파르치팔과 성배 찾기

Parsifal      and the Search for the Grail

# 파르치팔과
# 성배 찾기

찰스 코박스 지음 정홍섭 옮김

도서출판
ㅍㄹ씨ㅇ
푸른씨앗

# 머리말

아서 왕과 원탁 기사의 위대한 전설들을 주제로 책을 써 온 영국의 저자들은 파르치팔 이야기에 대해 별로 말한 바가 없다. 말로리 경에게 중요한 인물은 가웨인이며, 파르치팔(퍼시발 경)은 상대적으로 중요하지 않은 위치에 있다. 다른 저자들은 랜슬롯과 귀네비어의 낭만적 이야기들에 초점을 맞춘다.

또한 이 전설들을 영국에서 만들었다고 인정하면서도, 경이로운 파르치팔 이야기를 완벽하게 재현하기 위해서는 바로 프랑스와 독일의 트루바두르들, 특히 크레티엥 드 트르와와 볼프람 폰 에셴바흐에게 눈을 돌려야 한다.

루돌프 슈타이너는 세계문학과 우리 시대의 중심 문제들 가운데 하나인 의식혼의 여행과 올바르게 질문하는 방법을 배워야 하는 과제를 소개하는 방법으로, 발도르프 교육 과정의 11학년(16~17세) 학생들에게 이 이야기를 권장했다. 파르치팔처럼 학생들은 모두 이 세기의 삶에 필요한, 자신의 개별적인 성배 찾기의 길을 경험하게 될 것이다.

이 책은 이 이야기에 흥미를 느낀 다른 교사들의 요청에 부응하여 출간하게 되었다. 이것은 11학년 주요 수업을 위한 준비로서 1965년에 쓴 원본 노트에 기초를 둔 것이다.

찰스 코박스

※ 피터 스노우가 이 책의 원본을 2002년에 약간 고쳐 썼다.

{ 차례 }

# 1
----

# 민네장[1]과 트루바두르

저는 이번 수업 동안 파르치팔[2]이라 불리는 이야기 하나를 여러분에게
들려 드리려고 합니다. 이 이야기는 12~13세기로 거슬러 올라가는 아
주 오래된 이야기입니다. 첫 번째 질문을 던져 보겠습니다. 왜 오늘날
우리가 고대의 이야기나 중세시대의 이야기, 기사와 성과 칼싸움 이야
기 때문에 골치를 앓아야 하는가 하는 것이 그것입니다.

　자, 아마도 이 이야기는 좋은 이야기일 겁니다. 그리고 좋은 이야
기란 언제나 들려줄 만한 가치가 있는 법입니다. 셰익스피어의 희곡들
역시 어제 쓴 것이 아닙니다만, 오늘날 사람들의 마음을 움직이는 힘
이 있습니다. 위대한 시, 작품들은 나이가 들지 않습니다. 그것들은 왔
다가 가 버리는 유행을 초월합니다. 여러 세기에 걸쳐 향유되며, 과거

와 현재의 가교 역할을 합니다. 약 800년 전에 지어진 파르치팔 이야기가 이 위대한 문학 작품들 가운데 하나입니다.

　　그러나 이것이 제가 이 이야기를 여러분에게 들려주고 싶어 하는 이유는 아닙니다. 여러분이 영어권 밖의 어떤 위대한 문학 작품과 친해지는 것이 유일한 과제라면, 저는 자신의 영혼을 악마에게 파는 사람에 관한 희곡 작품인, 독일 시인 괴테의 『파우스트』를 선택할 것입니다. 아니면, 이탈리아 시인 단테의 『신곡Divine Comedy』을 택할 텐데, 이것은 희극이 아니라, 지옥의 심연과 천국의 높은 곳으로 들어가는 여정을 그린 작품입니다. 위대한 문학 작품으로서, 이 작품들은 파르치팔 이야기만큼 아주 중요합니다. 그러나 파르치팔을 택하는 데에는 다른 이유가 있습니다.

　　파르치팔을 택하는 이유를 여러분에게 설명해 드리기 위해 실제로 일어났던 두 가지 사건들을 말씀드리고자 합니다. 이 이야기들은 어떤 시인이 머릿속에서 꾸며 낸 것이 아닙니다.

　　첫 번째 사건은 2차 세계대전 동안 미국에서 일어났습니다. 1943년 또는 1944년 무렵이었는데, 이때만 해도 공상 과학 소설이 아주 인기가 있었습니다. 상당히 많은 수의 작가들이 이 분야에 전문적으로 종사했고, 하나 또는 그 이상의 공상 과학 잡지에 자신이 쓴 이야기를 실었습니다. 이 작가들 가운데 한 사람이 이야기 한 편을 보내자 곧바로 출간되었는데, 이것은 새로운 무기 이야기였습니다. 그런데 이 잡지가 가판대에 나타나자마자, 미국의 FBI 즉 연방수사국이 그 호 전량을 압수하고 저자를 체포했습니다. 그는 국가 안보를 위태롭게 했다는 이유로 기소되었는데, 그 이야기에서 묘사한 무기가 바로 원자폭탄이

기 때문이었습니다. 당시에는 원자폭탄이 아직도 군사기밀로 보호되고 있었습니다. 그 첫 번째 실험이 로스 알라모스에서 진행 중이었고, 그에 관한 소문조차 사람들에게 전혀 알려지지 않았습니다. 그런데 이때 과학 소설에서 우라늄 융합이라는 주요 원리를 묘사한 이 작가가 있었던 것입니다. 이 불쌍한 사람은 혹독한 투옥 선고에 처할 위험에 있었습니다. 그러나 다행스럽게도 자신이 로스 알라모스 실험을 전혀 몰랐고, 이야기는 단지 자기 자신의 상상의 소산임을 입증할 수 있었습니다. 그는 어떤 것도 들은 적이 없었으므로 어떤 비밀도 누설한 것이 아니었습니다. 결국 그는 엄중한 경고와 함께 풀려날 수 있었고, 여러 해가 지나서 이제는 비밀이 아니게 되어서야 어떻게 자신이 큰 반역죄 재판에서 가까스로 벗어났는지를 말할 수 있었습니다.

그럼 이제 좀 더 먼 과거 즉 2500년 전 고대 그리스의 아테네로 거슬러 올라가 보겠습니다.

이날은 공휴일이어서, 아테네 사람들이 인기 극작가 아이스퀼로스가 쓴 새 연극의 첫 번째 공연을 보려고 거대한 원형극장에 모여 있습니다. 작가 자신이 연극에 참여하고 있습니다(배우 가운데 한 명이거든요). 연극이 시작되자 객석에는 깊은 침묵이 감돕니다. 이때 작가 아이스퀼로스가 앞으로 걸어 나와 자기 대사를 읊습니다. 그런데 갑자기 객석에서 누군가 나서서 거칠게 외치면서 끼어듭니다. "저자가 성스러운 비교의식秘敎儀式을 더럽힌다! 멈추게 하라! 저자를 죽여라!" 그러자 칼을 뽑아든 사람들이 무대 위로 뛰어듭니다. 아이스퀼로스가 무대에서 도망갑니다. 쫓아오는 이들을 피해 디오니소스 신전에 당도합니다. 이곳에서 그는 적어도 일시적인 피난처를 얻는데, 어떤 도망자도 신전에서 데려갈 수 없기 때문입니다.

이후 아이스퀼로스는 아테네 재판관들 앞에서 제대로 된 재판을 요구했고 그것이 받아들여졌습니다. 그는 비교의식의 비밀들을 누설하지 않았음을 증명하기 위한 재판을 받았습니다. 이 죄는 사형에 처하는 것이었습니다. 그러나 다행스럽게도 아이스퀼로스는 비교의식에 참여해 보거나, 그 비밀을 들어본 적이 없으며, 따라서 그것을 누설할 수가 없었음을 증명할 수 있었습니다. 그의 연극과 그 속의 모든 말은 단지 그 자신의 상상력의 소산이었던 것입니다. 그는 풀려났습니다.

신기한 일치가 아닌가요? 이 두 사건이 시간상으로 약 2400년이나 아주 멀리 떨어져 있는데도 신기하게도 비슷하다는 말이지요.

이렇게 멀리 떨어져 있는 이 두 시대에 똑같은 상황이 벌어지고 있습니다. 아주 적은 수의 사람들만이 알고 있는, 꼭꼭 싸매 둔 비밀이 있고, 자기 자신의 정신적 능력이나 비상한 머리로 스스로 그 비밀을 알아내는 단 한 사람이 있는 상황 말입니다.

이렇게 뚜렷한 유사성이 있습니다만, 아주 명백하고 중요한 차이 또한 있습니다. 그 차이는 그렇게 빈틈없이 꼭꼭 지키려고 애쓰는 비밀의 종류에 있습니다.

고대 그리스의 비의 신전이 지키고 있었던 비밀의 종류는 무엇이었고, 오로지 선택된 남녀들에게만 보여 준 것이 무엇이었습니까? 비의 신전에서는 진리를 구하는 사람에게 더 높은 세계들로 가는 길, 정신세계로 이르는 길을 보여 주었습니다. 비의 신전의 비밀은 정신의 비밀이었습니다.

그런데 원자폭탄으로 인도한 것들은 어떤 종류의 비밀이었습니까? 마침내 이 괴물 같은 무기를 만든 물리학자와 과학자들이 처음부터 파괴의 무기를 찾아 나선 것은 전혀 아니었습니다. 그들의 연구에는 완전히 다른 목적이 있었습니다. 오랫동안 과학은 모든 물질, 모든 물질의 성분이 원자Atom로 구성되어 있다고 믿었습니다. 아톰Atom은 '나눌 수 없다', '나뉠 수 없는 어떤 것'을 뜻하는 그리스어입니다. 그러나 라듐의 발견 이후 물질을 원자 이상으로 더 나눌 수 있다는 것이 밝혀졌습니다. 원자는 더 작은 입자들 즉 전자, 중성자, 양자, 광자로 나눌 수 있고, 우리가 현재 아는 바로는 음전기 물질의 입자조차 있습니다. 여러분은 과학자들이 물질의 비밀을 밝히기 위해 애써 왔음을 알고 있습니다. 원자폭탄은 물질의 비밀을 탐구하는 가운데 나온 부산물이었던 것이지요.

이렇게 여러분은 고대 그리스의 비의에서는 정신의 비밀을, 현대에는 로스 알라모스의 실험에서 물질의 비밀을 봅니다.

제가 여러분에게 들려준 이 두 이야기 사이에 놓인 2400년 동안에, 인류는 정신의 비밀에서 물질의 비밀로 옮아갔습니다. 공상 과학 소설 작가는 물질의 비밀을 '상상했기' 때문에 곤란에 빠졌고, 그리스의 극작가는 정신의 비밀에 관한 것을 생각해 냈기 때문에 어려움에 처했던 것입니다.

이 긴 시간대(2400년)의 한쪽 끝에 정신의 비밀이 있고, 다른 한끝에는 물질의 비밀이 있습니다. 그런데 이 둘 사이의 중간에 세 번째 비밀이 있습니다. 그것은 어떤 종류의 비밀일까요?

저는 이 질문을 의문으로 남겨 놓고 싶습니다. 우리는 아마도 이번 수업을 진행하면서 이 의문에 대한 답을 찾게 될 것입니다. 그러나 적어도 이 비밀, 즉 세 번째 비밀에 걸맞은 이름은 있습니다. 사람들이 이 세 번째 의문 또는 비밀에 깊이 관심이 있던 시대가 있었습니다. 그리고 사람들은 이 비밀을 이렇게 불렀습니다. *성배의 비밀*이라고.

파르치팔 이야기가 바로 이 성배의 비밀을 찾아 나서는 한 사람의 이야기입니다.

그럼 파르치팔 이야기의 시대는 어느 때일까요? 파르치팔의 시대는 아주 대충 말해서 아이스퀼로스의 시대와 원자폭탄의 시대 중간에 놓입니다. 파르치팔 이야기는 두 시대 사이의 중간, 즉 정신의 비밀을 찾아 나선 시대가 서서히 막을 내리고 물질의 비밀을 찾아 나서는 시대가 바야흐로 시작되고 있었던 시대의 중간에 놓여 있다고 할 수 있습니다.

그럼 이제 당시에 이 지상을 내려다보고 있던 어떤 초인적 지성, 즉 과거를 되돌아볼 수도 있었고, 또 인류 진보의 미래 경향을 내다볼 수도 있었던 어떤 초인적 존재를 상상해 봅시다. 그런데 이 존재가 이렇게 자문합니다. "새로운 세상을 위해 낡은 세상의 것을 구하는 것이 가능할까? 물질의 비밀을 찾는 데만 골몰하는 시대를 위해 정신의 비밀을 구하는 것이 가능할까?"

그리고 이 의문에 대한 답으로서, 이 존재는 파르치팔 이야기를 만들어 내고자 합니다. 정신의 비밀이, 현대적 사고방식 즉 오늘날 우리가 지니고 있는 종류의 사고방식과 결합되는 이야기 말입니다. 그래서 이 이야기의 주인공 파르치팔은, *비록 겉으로는 당대의 풍습을 따르고 있지만, 실제로는 하나의 현대인, 최초의 현대인, 즉 현대적 사고방식을 지닌 사람입니다.*

그럼 아시겠지요, 이것이 바로 우리가 파르치팔 이야기를 다루고
자 하는 바로 그 이유입니다. 겉보기는 중세풍으로 화려해도, 파르치
팔은 실제로 현대인입니다. 그는 두 세계 사이의 관문에 서 있습니다.

저는 '어떤 초인적 지성이 이 파르치팔 이야기를 생각해 냈을 것'
이라고 말했습니다. 저는 그런 초인적 지성이 존재했는지 모릅니다
만, 사실 1200년 무렵 시기에 한 사람이 아닌 몇몇 시인들이 파르치팔
이야기를 지었습니다. 그 이야기들 사이에는 커다란 차이가 있습니
다. 어떤 판본도 다른 것과 정확히 같지는 않지만, 주요 인물은 똑같
습니다.

그리고 말이지요, 그 시대에 이 이야기들은 우리가 '베스트셀러'
라고 부를 만한 것이었습니다. 굉장히 인기가 있었습니다. 물론 베스
트셀러는 틀린 말입니다. 당시에는 인쇄술이 발명되지 않아서 이 책을
찍어 낼 출판업자가 없었습니다. 게다가 이 이야기를 알고 싶어 한 사
람들 대부분은 글을 읽을 수가 없었습니다. 그들은 이곳에서 저곳으
로, 이 성에서 저 성으로 옮겨 다니던 전문 이야기꾼이 들려주는 이야
기를 들어야만 했습니다.

그리고 그렇게 들려주는 것은 산문이 아닌 운문이었습니다. 이
이야기들은 이야기꾼들이 암송하는 긴 시였습니다. 이야기꾼들은 하
프로 반주를 하면서 이야기를 노래하기도 했습니다. 어떤 이야기꾼은
남들한테 배운 것을 그저 옮기기만 할 수 있었습니다. 그렇지만 어떤
이야기꾼은 자기만의 이야기를 지어낼 수도 있었고 지어내기도 했는
데, 이들은 트루바두르('trouver=찾다'에서 온 말)라 불렸습니다.

트루바두르가 지은 이야기들은 모두 기사와 아서 왕, 랜슬롯, 가

14

웨인 등의 활약이었습니다. 파르치팔이라 불린 기사를 소개한 최초의 트루바두르 가운데 한 사람이 프랑스 사람 크레티엥 드 트르와였습니다. 당시에는 오늘날처럼 사람들이 민족주의적이지 않아서 크레티엥 드 트르와는 영국 기사를 자기 이야기의 주인공으로 삼은 것에 아주 만족해했습니다. 물론 아서 왕도 영국 왕이고, 파르치팔 역시 영국인입니다. 그는 '갈르와인 파르치팔Parsifal le Gallois' 즉 웨일즈 사람 파르치팔이라 불립니다.

　　파르치팔 이야기를 지은 그다음 트루바두르는 독일인 기사 볼프람 폰 에셴바흐였습니다. 볼프람은 대단한 사람입니다. 기사로 훈련받고 길러져서 투사가 되었고, 창과 검을 다루는 법을 배웠습니다. 그래서 어떤 싸움을 묘사할 때, 그는 전문가의 권위를 가지고서 이야기합니다. 그렇지만 기사 교육에는 읽기나 쓰기 같은 쓸데없는 기술은 포함되어 있지 않았습니다. 볼프람은 실제로 시의 한 대목에서 자신이 알파벳의 한 글자조차 배운 적이 없다고 말합니다.[3] 아마도 이것은 그가 반어적으로 말한 것일 겁니다.

　　이것은 긴 시여서, 현대의 인쇄로 약 400쪽은 족히 됩니다.[4] 여러분은 아주 축약된 판본으로 만족해야 할 것입니다. 그렇지 않다면 이야기에 설명과 해설이 더해져 우리가 가진 것보다 훨씬 더 많은 시간이 걸릴 겁니다.

　　저는 여러분이 다른 많은 주인공, 그리고 파르치팔 이야기와 얽혀 있는 다른 이야기들 때문에 혼란스러울 것 또한 염려하고 있습니다. 그것은 볼프람이 보여 주는 그의 시대 전체의 파노라마인데, 여러분은 모든 기사 이름과 그들의 연인lady, 그리고 그들의 삶이 주인공인 파르치팔의 인생행로와 만나고 가로질러 가는 양상을 주체할 수가 없을 겁니다.

이 중세 독일인은 물론, 현대 독일인과 아주 다릅니다. 예를 들어 "나는 한 글자도 읽을 수가 없다"는 볼프람의 말은 본래 "ine kan decheinen buochstap"인데, 이것은 여러분 중에 독일어를 가장 잘하는 학생도 무슨 말인지 모를 겁니다.

볼프람이나 크레티엥 드 트르와 같은 트루바두르가 지은 이 긴 시들에 관해 할 이야기가 한 가지 더 있습니다. 이들은 이 이야기들을 영주와 그 부인을 즐겁게 하려고 쓰거나 구술했습니다. 이렇게 해서 이들은 현대 소설가들의 선구자가 되는 셈입니다. 당시에는 이야기가 소설novel이자, 12세기와 13세기의 대중 소설popular fiction이었습니다.

그렇지만 트루바두르는 단순한 오락보다 훨씬 높은 것을 목표로 했습니다. 그들은 이 이야기들을 자신의 종교적 신념과 가장 높은 이상, 자신의 삶의 철학을 전달하기 위한 도구로 만들었습니다. 그러나 그들은 동시에 유머를 도입하기도 하고, 비극적 순간에서 우스운 상황으로 옮겨가기도 했으며, 인간 삶의 가장 깊은 문제들을 다루기도 하고, 동시에 선한 싸움의 묘사를 즐기기도 했습니다.

볼프람의 『파르치팔』을 진정한 예술 작품, 위대한 시로 만들어 주는 것이 바로 이 능란한 혼합법입니다.

모든 좋은 소설이 그런 것처럼, 『파르치팔』을 읽고 나면 여러분은 책 속에만 존재하는 한 사람이 아닌 여러분 스스로에 관한 어떤 것을 배웠다고 느끼게 될 것입니다. 그것이 결국 모든 문학이 목적하는 바입니다.

# 2

## 파르치팔의 소년 시절

저는 여러분에게 파르치팔 이야기가 역사의 어디쯤 위치해 있는지 전반적인 배경을 말씀드렸고, 또 각자 자기 방식으로 서로 다른 이야기의 판본을 지어낸 시인인 트루바두르에 관해서도 말씀드렸습니다. 그리고 앞서 말한 바와 같이, 볼프람 폰 에셴바흐가 들려주는 이야기를 주로 따라갈 예정이지만, 크레티엥 드 트르와와 다른 이들의 작품에서도 인용할 것입니다. 각각의 작품 속에 아름다운 장면들이 있기 때문입니다. 그럼 이제 이야기가 시작됩니다.

시골에 봄이 찾아왔습니다. 봄이 들판에 찾아와 어두운 땅에서 최초의 잎들이 솟아나왔고, 봄이 드넓은 살탄 숲에 찾아와 참나무와

물푸레나무에서 최초의 푸른 싹이 돋아났습니다.

커다란 숲이어서 말을 탄 사람도 지나는 데 여러 날이 걸렸습니다. 빽빽이 줄지어 선 나무들 사이로 몇 줄기 길이 나 있을 뿐이었고, 이 길로 아주 드문드문 방랑자가 지날 뿐이었습니다.

이 길에서 멀리 떨어진 살탄 숲 한복판 깊은 곳에 인간의 손으로 갈고 일군 빈터와 소박한 오두막집 몇 채와 작은 밭이 있었습니다. 이상한 노릇은, 이 사람들이 그렇게 멀리 떨어진 곳에서 살기로 해 이웃들과 격리되어 있다는 점이었습니다.

그러나 이 숲과 빈터에도 봄은 찾아왔고, 숲의 새들이 지저귀며 아침을 반갑게 맞아 노래할 때, 한 과부의 아들인 아이가 빈터의 한 오두막집에서 나왔습니다. 짧은 사냥용 창을 지니고 있었고, 어깨 위에는 활과 화살집을 걸치고 있었습니다.

아이는 자신의 사냥 창 다루는 솜씨를 자랑스러워했는데, 어떤 수노루도 그의 표적에서 도망칠 수 없었습니다. 그러나 활은 그에게 새로운 물건이었습니다. 바로 전날에야 그것을 자기 손으로 만들었기 때문에 한번 시험해 보고 싶은 마음이 간절했습니다.

그는 더 깊이 숲으로 들어갔고, 활과 화살을 사용해 보기 시작했습니다. 처음에는 나무가 과녁이었지만, 움직이지 않는 나무 몸통을 겨누는 데에 곧 싫증이 났습니다. 그때 나뭇가지 위에 앉아 있는 새 한 마리를 보았습니다. 아이는 재빠르게 겨누어 새를 날아가게 했고, 그 새가 떨어지는 것을 보았습니다. 그런데 이상하게도, 그렇게 운 좋게 맞춘 것이 좀체 신이 나지 않았습니다……. 그는 슬퍼졌고, 죄책감을 느꼈고, 부끄러움을 느꼈습니다. 왜 이럴까? 어리둥절해하면서 아이는 집 쪽으로 발길을 돌려 숲 속의 빈터로 향했습니다. 어머니가 아닌 그 누구에게 이 이상한 죄책감을 설명해야 할까?

어머니가 말했습니다.

"그건 네가 필요하지도 않은데 동물의 생명을, 신이 주신 생명을 앗았기 때문이란다."

"신이요?"

아이가 말했습니다.

"신이 누군데요?"

그러자 어머니가 응답했습니다(여기에서는 운문으로 된 판본을 이용하겠습니다).

> 아들아, 신He은 낮보다도 밝지
> 그리고 언젠가 인간을 도우러 나섰을 때
> 정말로 지상에서 인간으로 사셨지.
> 신에게서 너는 필요한 모든 것을 구하지.
> 그러나 자신의 재주로 사람들을 신의 진실한 길에서
> 멀어지게 만드는 자he는 어둡단다.
> 그런 이에게 네 영혼과 마음이 지배받지 않게 하여라.

그것은 소박한 가르침이었습니다. 그러나 그렇게 소박한 삶을 살며 세상에서 격리되어 있던 이 아이에게 그것은 필요한 모든 것이었습니다. 그가 가진 모든 지식은 아주 적고 소박한 것이었고, 그의 어머니는 그에게 숲 바깥의 거대한 세상에 관한 그의 호기심을 자극할 만한 것은 아무것도 들려주지 않았습니다. 그는 그가 사는 세상, 즉 숲 바깥에 살고 있는 사람들의 삶의 방식을 아무것도 알지 못했습니다.

자신의 의문을 이렇게 풀고 나자, 아이는 숲으로 다시 나가서 행복한 마음으로 부드러운 이끼 위를 걸으며 새들의 노래를 들었습니다.

그런데 갑자기 멀리서 다른 소리가 들렸습니다. 발굽 소리, 쇠와 쇠가 맞부딪치는 쨍그랑거리는 소리였습니다. 어머니가 막 들려준 말씀을 여전히 마음속에 생생히 담아 두고 있었던 그는 혼잣말을 했습니다.

"아마 악마일 거야, 검은 악의 지배자 말이지. 내 창을 단단히 쥐고 저놈이 절대 잊지 못할 방식으로 상대해 줄 거야."

아이는 악마와 마주치기를 열망하면서 소리가 나는 방향으로 서둘러 갔습니다. 그러나 점점 더 가까이 가며 보게 되면서 가던 길을 멈추었습니다.

그는 말 위에 탄 다섯 사람을 보았습니다. 그들은 머리에서 발끝까지 철갑을 두르고 있어서 햇빛이 그 금속 위를 비추자 빛이 반사되어 번쩍거렸고, 그 모습이 아이의 눈을 부시게 했습니다. 그들은 화려한 색깔이 칠해진 커다란 방패를 들고 있었고, 긴 창과 검도 가지고 있었습니다.

아이는 그런 것을 본 적이 없었습니다. 그러나 어머니께서 신은 낮만큼 밝다고 말씀해 주지 않으셨던가? 분명히, 이 눈부신 이들이 신일 것이었습니다.

말 탄 이들이 자신이 서 있는 곳을 지날 때 아이는 무릎을 꿇고 팔을 들어 올리며 소리쳤습니다.

"오! 신이시여, 도와주소서, 오! 신이시여, 제게 축복을 주소서!"

그러자 그들 모두가 멈춰 섰습니다. 첫 번째 말 탄 이가 자신의 동료에게 말했습니다.

"이 바보 아이는 두려움에 정신이 나간 게 틀림없어. 얘가 우리가 길을 찾는 데 도움을 줄 수 있을 것 같은데, 우선 정신을 좀 차리게 해 주어야겠어."

그러고는 길에서 무릎을 꿇고 있는 아이에게 말했습니다.

"나를 두려워 말아라, 착한 아이야."

"두려워한다고요?"

아이가 말했습니다.

"왜 제가 당신을 두려워해야 하죠? 저는 신이 두렵지 않습니다. 신이 아니세요?"

"아니."

말 탄 이가 말했습니다.

"나는 절대로 신이 아니란다. 그런데 네게 물어보고 싶은 게 하나 있다. 두 남자와 부인 한 사람이 이 길을 지나가는 것을 보았느냐?"

아이는 이 질문에 주의를 기울이지 않았습니다. 아이는 일어났지만 계속해서 말 탄 이들을 뚫어지게 바라보았습니다. 그러고는 말했습니다.

"신이 아니군요. 음, 그렇다면, 저는 당신들이 신보다도 더 아름답다고 말할 수 있을 뿐이에요. 오, 전 당신들처럼 되고 싶어요! 그런데 신이 아니라면, 누구신가요?"

"맹세코,"

말 탄 이가 말했습니다.

"우린 이 숲에서 가장 어리석은 녀석을 만난 거야. 착한 아이야, 나는 기사란다."

"기사,"

아이가 말했습니다.

"이 말을 전에 들어 본 적이 없지만, 저는 기사가 되는 게 이 세상에서 가장 아름다운 일이 틀림없다는 걸 알 수 있어요. 그런데 이건 뭐죠?"

그가 방패를 가리키며 물었습니다.

"자,"

기사가 말했습니다.

"우린 바쁘단다. 두 남자와 부인 한 사람을 보았느냐?"

그러나 아이는 이 물음이 귀에 들어오지 않았습니다.

"말해 주세요,"

아이가 소리쳤습니다.

"이게 뭔지 말해 주세요, 그리고 이건 뭐에 쓰는 거지요?"

"맙소사!"

기사가 한숨을 쉬면서 말했습니다.

"이건 방패라는 거고, 적의 창이나 활로부터 스스로를 보호하는 데 쓰는 거란다."

"그럼 팔과 가슴 위의 이 온갖 번쩍거리는 물건들은요?"

"갑옷이라는 거다."

기사가 말했습니다.

"이것도 검으로 치거나 창으로 찌르는 것을 막아 주지."

"엄청 아름답네요!"

아이가 소리쳤습니다.

"그런데 전 숲 속의 수노루가 이런 갑옷이 없어서 기뻐요. 만약 그렇다면 어머니와 저는 먹을 고기가 없을 거예요. 그런데 기사님, 기사님은 그렇게 번쩍거리는 갑옷을 입은 채 태어나셨나요?"

"아니다,"

기사가 크게 인내하며 대답했습니다.

"그 어느 누구도 몸에 갑옷을 두른 채 태어나지 않는단다. 나는 기사가 되었을 때 이 갑옷을 받았지."

그것은 아이에게 좋은 소식이었습니다. 아이가 외쳤습니다.

"오, 누구든 기사가 될 수 있군요! 누가 기사로 만들어 주는지 어서 말해 주세요, 그 사람한테 가서 저도 기사가 되게요!"

"우리의 주인, 아서 왕께서,"

기사가 대답했습니다.

"사람들을 존귀한 기사 작위에 올려 주실 수 있지. 그런데 자, 아이야, 우리에게 길을 비켜 주렴. 네가 우리를 도울 수 없는 걸 알았으니, 우린 바빠서 서둘러 가야만 한단다."

일행이 갈 길을 계속 갈 때 첫 번째 기사가 말했습니다.

"나한테 저렇게 잘 생긴 용모를 가진 아이가 있었으면 좋겠군. 아서 왕의 궁정에 저보다 나아 보이는 인간이 없어. 그런데 저렇게 잘 생긴 용모와 튼튼한 몸을 지녔는데 정신은 멍청하니 얼마나 딱한 노릇이야. 하늘이시여 저 불쌍한 아이를 지켜 주소서!"

아이는 오랫동안 그곳에 선 채 그 반짝거리는 갑옷이 더 이상 보이지 않고, 발굽 소리가 더 이상 들리지 않을 때까지 기사들을 바라보고 있었습니다. 이제까지 자신이 살아온 그 작은 세상이 자기 앞에서 산산이 부서졌고, 마음은 혼란에 빠졌습니다. 그의 영혼 속에 이제는 단 하나의 생각, 단 하나의 바람이 생겼는데, 아서 왕을 찾아 방패와 검과 갑옷을 지닌 기사가 되는 것이었습니다.

자신의 집이었던 숲과 빈터, 충직한 하인들, 심지어 어머니조차 더 이상 그에게 중요한 것이 아니었습니다. 그것은 '나는 기사가 되고 싶다'는 불타오르는 바람에 비하자면 그림자 같은 것이었습니다. 마음 속에 이러한 결심을 한 채 그는 서둘러 집으로 갔습니다.

어머니는 노심초사하며 그를 기다리고 있었습니다. 돌아와야 할 시간이 많이 지났습니다. 한참이 지나 마침내 그가 오는 것을 본 어머니는 그가 안전하고 건강한 것을 보고 안도감을 느꼈음에도, 그를 나무라면서 맞이했습니다. "어머니가 얼마나 걱정할지 몰랐느냐?" "왜 어머니를 이리 오래도록 기다리게 했느냐?" "무엇 때문에 그토록 오래 숲 속에 있었던 것이냐?" 그러나 그녀의 아들은 변해 있었습니다. 그는 어머니의 다그침에 조금도 개의치 않았고, 잘못했다고 하지도 않았으며, 갑자기 큰 소리를 질렀습니다.

"어머니, 저는 이 세상에서 가장 아름다운 것을 보았어요!"

"기억하시죠,"

아들이 말했습니다.

"어머니께서 제게 언젠가 이 세상에서 가장 아름다운 존재들이 천사라고 말씀해 주셨죠. 하지만 어머니는 잘못 아시고 계세요. 제가 오늘 천사들보다도 더 아름다운 것을 보았어요."

"하늘에 계신 주님이시여!"

어머니가 소리쳤습니다.

"이렇게 말하는 걸 보니 네가 제정신이 아닌 게로구나. 무슨 일이
있었던 것이냐?"

아들이 대답했습니다.

"아니에요, 어머니, 제가 정말로 그렇게 아름다운 사람들을 보았
어요. 게다가 저는 그들이 뭐라 불리는지도 알아요. 그들은 '기사'라고
해요."

기사라는 소리에 어머니의 얼굴이 사색이 되었고, 이내 혼절했습
니다. 아들은 놀라 아무 말 못 하고 거기에 서 있었습니다. 자기가 한
무슨 말이 어머니를 그다지도 속상하게 한 것일까? 하인들 몇 명의 도
움으로 부인이 자리에 뉘어졌고, 잠시 뒤 그녀는 의식을 되찾았습니
다. 그녀는 하인들을 밖으로 내보내고 나서 아이에게 말했습니다.

"내 귀한 아들아, 여러 해가 지나는 동안, 내 삶에는 단 하나의 목
적만 있었단다. 기사 작위나 기사 같은 것이 있다는 사실을 네가 모르
도록 하는 것이 그것이었다. 너는 기사들을 보아서도 안 되고 기사의
행동에 관해 들어서도 안 된다. 너는 기사와 관계있는 어떤 것도 모른
채로 지내야만 한다. 그런데 네가 와서 이 가증스러운 말을 내게 지껄
이며, 내가 이 오랜 세월 동안 쌓아 온 모든 것을 허물어뜨리는구나."

"하지만 왜죠?"

아들이 소리쳤습니다.

"왜 어머니는 제가 그것을 모르도록 하고 싶으신 거죠? 왜 제가 기

사들에 관해 알아서는 안 되는 겁니까?"

"네게 그 이유를 들려주마."

어머니가 말했습니다.

"네 아버지보다 더 훌륭한 기사는 없었단다. 그 어느 누구도 그의 친구들로부터 더 사랑받지 못했고, 그 어느 누구도 그의 적들로부터 더 두려움을 사지는 못했단다. 아버지는 귀족 혈통이었고, 나 역시 높은 신분의 영주와 왕들 가문의 딸이었지. 우리는 재산도 엄청나게 많았고, 땅도 많이 가지고 있었고, 수백 명 기사의 섬김을 받았지. 하지만 사악한 자들의 배반으로 네 아버지는 재산을 잃었고, 적들과 싸우다 돌아가셨단다. 너는 내게 남은 단 하나의 피붙이였고 어린아이였기에, 내가 잃어버린 모든 것 때문에 슬픔에 잠긴 채, 넌 네 아버지가 돌아가신 것처럼 죽어선 안 된다고 나 스스로에게 맹세했단다. 너는 기사 작위의 영광과 명예를 위해 네 생명을 걸도록 부추김 받아서는 안 되는 거였단 말이다.

이것이 바로 내가 충직한 하인 몇 명과 함께 기사들의 세상과 그들의 전쟁욕에서 멀리 떨어진, 황량한 이곳으로 온 이유이니라. 나는 내 몫으로 남아 있던 모든 안락함과 명예들을 내던졌기 때문에, 세상의 악한 길들로부터 안전한, 기사 작위의 유혹에서 안전한 이 외딴곳에서 너를 기를 수 있었단다. 이렇게 내가 네게 말해 주었으니, 내 귀한 아들아, 기사 작위를 쫓다가는 죽음과 슬픔이 있을 뿐임을 알고서 네가 본 기사들을 잊어버리기를 바란다."

그러나 그녀의 아들은 고개를 흔들며 이렇게 말할 뿐이었습니다.

"어머니께서 제게 들려주신 어떤 말도 제 마음을 변화시킬 수 없

26

습니다, 어머니. 저는 기사가 되고 싶고, 아서 왕에게 가고 싶습니다. 만일 이것이 제게 허락되지 않는다면 제 삶은 살 가치가 없을 겁니다. 오! 어머니, 어머니께서 저를 도와주셔야만 합니다. 제게 말 한 마리를 주시고 아서 왕에게 보내 주십시오!"

여러 날 동안 부인은 아들과 논쟁을 벌이기도 하고 애원하기도 했지만, 이전에는 어머니에게 복종하지 않은 적이 없었던 그가 이제는 마음을 돌리지 않았습니다. 그는 어머니의 슬픔에 개의치 않았고, 어머니의 간청을 모른 척했으며, 오로지 완고하게 되풀이해 말할 뿐이었습니다.

"저는 기사가 되고 싶어요."

그러자 이 불쌍한 여인은 생각했습니다.

'내가 만약 아이에게 바보스럽게 보이도록 옷을 입히고 잘 걷지도 못하는 늙은 암말을 준다면, 사람들이 아이를 비웃고 조롱하게 될 테고, 그러면 저 아이가 곧 발길을 돌려서 내게 돌아올 거야.'

어머니는 아이에게 부대 만드는 데 쓰는 천으로 셔츠를 만들어 주고, 여러 가지 헝겊 조각들로 꿰맨 옷을 지어 주고, 양옆에 덮개가 달린 모자를 만들어 주었습니다. 그것은 우스꽝스러운 몸짓으로 왕자들을 즐겁게 해주는 어릿광대들이 보통 입는 의상이었습니다. 그리고 그녀는 자신이 찾을 수 있는 가장 늙고, 가장 비참하게 생긴 말을 탈 것으로 주었습니다.

그러나 소년은, 세상이 돌아가는 방식을 아무것도 알지 못했기 때문에 종달새처럼 행복했습니다. 말을 타고 들고 날 때 입는 옷이 있고, 자신을 태워 줄 말이 있고, 자신을 지켜 줄 가볍고 가는 사냥 창이 있는

데 뭘 더 바랄 게 있겠습니까? 그의 마음속에는 드넓은 온 세상이 정복되기를 기다리며 자기 앞에 펼쳐져 있었습니다. 아서 왕과 그의 궁중이 오직 그를 맞이해 그들 중 한 사람의 기사로 받아들여 주기 위해 기다리고 있을 뿐이었습니다.

그는, 자신이 떠나기 전 마지막 며칠 동안 어머니의 얼굴이 얼마나 많이 수척해졌는지 알아차리지 못했고, 어머니가 거의 아무것도 먹지 않는다는 것을 알지 못했으며, 어머니가 밤새 잠들지 못한 채 흐느끼는 소리를 듣지 못했습니다. 그의 밤들은 아서 왕의 기사가 된 자신의 모습을 보는 아름다운 꿈으로 빛나고 있었고, 깨어 있는 동안 다른 아무것도 생각하지 않았습니다.

떠날 날이 왔습니다. 그는 길 떠날 생각에 안달이 나서 재빨리 작별인사를 했습니다. 늙은 말에게 박차를 가해 보통 구보로 멀리 달렸는데, 한 번도 뒤돌아보지 않았습니다. 그러나 그의 어머니는 그를 볼 수 있을 때까지 그대로 서서 지켜보았고, 그가 시야에서 사라지자 평생을 슬픔에 시달려 약해진 몸과 심장이 그 비통함을 견뎌 낼 수 없었습니다. 자비롭고도 갑작스러운 죽음이 그녀의 운명이었을 그 외로움과 근심과 고통에서 그녀를 구원해 주었습니다.

그러나 아들은, 자신이 마지막으로 어머니를 보았다는 사실을 알지 못한 채, 자신의 떠남이 어머니에게 죽음을 가져온 충격이었다는 사실을 알지 못한 채, 즐겁게 노래 부르며 계속해서 달려 어두운 숲을 지나 세상으로 들어갔습니다.

# 3

## 국외자들과 카스파 하우저

17세가량의 한 젊은이를 어떤 유용한 지식에 대해서도 완전히 무지하게 만든 이 매우 기이한 양육. 이 아이가 읽지도 쓰지도 못한다는 사실이 당시에는 크게 문제 되지 않았지만, 숲 바깥의 풍습이나 생활방식역시 전혀 몰랐습니다.

하나의 문명, 초기 중세시대의 문명이 있었는데, 이 젊은이는 그것에 전혀 무지했습니다. 이것은 그가 자신의 시대에 이방인이었음을 의미합니다. 그는 마치 현대의 한 아이가 외딴 섬에서 길러지다가 갑자기 열일곱 살 때 도시로 보내지는 것과 같은 처지였습니다.

물론 그 젊은이는, 제가 말한 그 현대의 아이처럼 시간이 흐른 뒤수많은 잘못과 실수 뒤에 알아야 할 필요가 있는 것을 습득할 것입니다. 젊은 사람들은 어떤 상황에서도 자신을 적응시킬 수 있는 법이니, 이 젊은이도 예외가 되지 않겠지요. 그는 자신에게 닥쳐올 몇몇 놀라운 일들을 겪어야만 했습니다. 결국 그 역시 숲 바깥의 새로운 세상에 자신을 적응시켜야 했지요. 그러나 숲에서 자기 시대의 문명과 차단된 채 보낸 생애의 첫 17년은 그에게 그 흔적을 남길 수밖에 없었습니다.

사람들이 말하듯, 생애의 첫 17년 또는 18년은 형성의 시간입니다. 이 시간이 삶에 대한 한 사람의 태도 전체를 형성합니다. 그 이후로 쭉 사람은 훨씬 더 많은 지식을 획득하고, 경험을 얻고, 경력을 만들 수 있겠지만, 삶에 대한 기본 태도는 그 시기에 습득하게 되며 이것이 생애 전체를 통해 지속하게 됩니다.

역사에서 구체적인 예를 들어 봅시다. 18세기에 프랑스의 왕위를 계승할 한 젊은이가 있었습니다. 루이 왕자는 아이였을 때 영특하고 매력적인 어린 친구였습니다. 그 주변의 조신들, 왕과 왕비 모두가 그를 애지중지했습니다. 그들은 그를 어루만지고, 칭찬하고, 그를 보면서 호들갑을 떨었습니다. 그가 원하는 것은 뭐든 이루어지지 않은 것이 없었습니다. 한마디로 말하자면, 그는 완전히 응석받이로 키워졌던 겁니다. 열일곱 살 나이에 왕자 루이는 왕이 되었습니다. 프랑스의 루이 15세 왕이 된 것입니다. 그는 쉽게 왕위의 다른 형식들, 즉 우월함을 보여 주는 태도, 우아한 미소 등을 습득했습니다. 그러나 한 거대한 나라 통치자의 책무들을 짊어질 만한 능력은 전혀 없었습니다. 업무를 수행할 수 없었고, 판단을 내릴 때의 근심을 받아들일 수 없었습니다. 그래서 그는 곧 정부의 모든 일을 야심에 찬 한 여인, 마담 드 퐁파두르에게 맡겨 버렸습니다. 그 결과 프랑스에 연이은 재난이 닥쳤고, 이것이 30년 뒤 그의 아들 치하에서 프랑스대혁명으로 이어졌습니다.

최초의 17년이 그 혼적을 남긴 것입니다. 루이 15세를 그 생애가 마감될 때까지 그런 상태로 지속하게 한 것이 바로 이 시간입니다.

자, 우리 이야기 속의 젊은이는 이런 식으로 버릇없이 키워지지는 않았지만, 숲 속 외딴곳에서의 양육이 그를 자기 시대의 문명 전체에서 이방인으로 만들었습니다. 그는 자신의 시대에 이방인이었지요. 겉으로는 자신을 곧 적응시키겠지만, 그리고 그렇게 하는 것을 즐기기도 하겠지만, 마음속에서 그는 여전히 이방인으로 남아 있을 터이고, 다른 말로 하자면 '국외자'로 남아 있을 것입니다.

• 국외자란 어떤 특정한 시대에 살고 있으면서 그 시대에 진행되고 있는 모든 것에 참여하고 종종 아주 성공적으로 참여하지만, 실제로는 적응하지 못하는 사람들입니다. 다른 세상에서 온 존재들과 같은 것이지요.

그러한 국외자의 전형적인 예가 바로 레오나르도 다 빈치입니다. 레오나르도는 그 시대에 크게 존경받았습니다. 왕자들이 그에게 자신들을 위해 일하도록 부탁하려고 경쟁할 정도였습니다. 레오나르도에게 친구들이 없었던 것도 아닙니다. 그는 자신을 진심으로 사랑하고 지원하며 필요할 때 곁에 있어 준 친구들이 없어 본 적이 없었습니다. 그러나 그에게 가장 중요했던 단 한 가지, 즉 지식을 구하고 과학을 탐구하는 것은 그의 시대를 몇 세기 앞질러 간 것이었습니다. 이 불타오르는 관심을 공유할 수 있는 사람이 아무도 없었기 때문에, 그는 자신의 공책 지면에 그 모든 것을 간직하고 있어야만 했습니다. 한 개인으로서 매우 인기 있었고, 예술가로서 크게 성공했던 레오나르도는 생애

내내 외로운 사람이었고, 국외자였습니다.

　레오나르도를 그 자신의 시대에 국외자로 만든 것이 바로 이 내면의 외로움입니다. 그런데 우리 이야기 속의 젊은이는 기이한 양육 때문에 그와 마찬가지 종류의 내면의 외로움을 지닐 운명에 놓인 것입니다. 그러나 말이죠, 이 내면의 외로움은 레오나르도나 이 젊은이 같은 사람들을 우리와 아주 가까운 곳으로 데려오는 바로 그런 것이기도 합니다. 우리는 그들과 함께 느끼고, 그들과 공감할 수도 있으며, 그들을 이해합니다. 우리가 그들을 아주 잘 이해할 수 있는 데에는 한 가지 이유가 있습니다. 오늘날 우리 각자가 바로 이런 내면의 외로움 속에서 살고 있기 때문입니다.

　의심할 바 없이 여러분 모두가 좋은 친구이고, 가까운 친구들입니다. 그러나 알고 있다시피 여러분 안에는 여전히 외롭고 따로 떨어져 있는 무언가가, 친구들 무리의 한가운데에 있을 때조차 외로운 상태에 있는 무언가가 있습니다.

　이 내면의 외로움이 어떤 면에서는 현대인의 가장 중요한 문제여서 모든 나라의 현대문학 대부분의 중심 주제가 되어 있습니다.

　몇몇 작가들은 현대인의 이 내면의 외로움을 슬프고 비극적인 무언가로 다룹니다. 한 프랑스 작가는 그것에 '망명'이라는 말을 썼습니다. "나는 망명생활을 하는 사람 같은 느낌이 든다, 어떤 타국에서."

　다른 작가들, 예를 들어 『고도를 기다리며』를 쓴 새뮤얼 베케트는 이 외로움에 대해 거칠고 맹렬한 농담을 합니다.

　또 다른 프랑스 작가 사르트르는 이 외로움을 최대한 끝까지, 외로움이 여러분에게 아주 소중한 것이 되어 여러분이 다른 모든 개인을 증오하는 지점까지 끌고 가서 이 느낌을 이런 말로 표현합니다. "타인들은 지옥이다." 사르트르에게 다른 사람들과 함께 살아야만 하는 것은 일종의 지옥입니다.

약물을 이용해서 이 외로움에서 벗어나고자 하는 작가들도 있습니다. 코카인과 헤로인을 이용해서 그들은 스스로 만든 천국과 지옥 속으로 도피합니다. 한 사람의 일상의 자아와 그 외로움에서 도망가기 위한 다른 약물들, 즉 메스칼린과 마리화나나 엑스터시 같은 것도 있습니다.

이렇게 약물 속에 그 외로움을 잠기게 하는 것을 즐기는 사람이 젊은이들이라는 사실은 놀랄 만한 것이 아닙니다. 좀 더 나이가 많은 사람들보다 외로움을 더 날카롭고, 더 강하게 느끼는 것이 바로 젊은 사람들이기 때문입니다.

그러나 백 년, 이백 년, 삼백 년 전에, 아니면 그보다 전에 쓰인 책들 속에서 여러분은 이러한 외로움과 관련된 어떤 것도 발견할 수 없습니다. 이것이 당시에는 이러한 외로움이 일반적인 문제가 아니었다는 가장 좋은 지표입니다. 모든 시대에 외로운 이들, 국외자들이 있었지만, 그들은 예외였지 지배적 현상이 아니었습니다. 우리 같은 식의 외로움 속에서 살았던 사람들, 레오나르도나 우리 이야기 속의 젊은이 같은 사람들은 거의 없었습니다.

우리 시대에는 이 외로움이 우리가 숨 쉬는 공기처럼 자연스럽습니다. 우리 모두가 그것을 견뎌야만 하지요. 과거 시대에는 그렇지 않았습니다. 그것이 만들어지는 데에는 특별한 환경이 필요했습니다. 트루바두르, 즉 800년 전에 살았던 이 시인들이 숲 속 외딴곳으로 아들과 함께 도피하여, 아이를 국외자 즉 800년 전의 세상에서 살아야 했던 한 외로운 현대적 영혼으로 만드는, 바로 그 특별한 종류의 상황을 만드는 어머니의 이야기를 쓴 것은 그야말로 천재적 솜씨입니다.

아이에게 당대에 존재했던 지식과 학교 교육과 그 밖의 교육을 베풀지 않는 것은 당시로서는 자연스럽지 않은 양육 방법입니다. 여러분이 비슷한 처지에 놓여서 여러분 나이의 사람들이 이미 배운 모든 것들을 바로 여러분 나이에 따라잡아야만 한다면, 그것이 얼마나 끔찍이도 힘든 일일지 알 수 있을 겁니다. 게다가 지금 처음부터 시작해야 한다면 여러분은 그것이 힘들고 끔찍한 일이라 생각할 것입니다.

그런데 정말 그러한 일이 실제로 한 사람에게 일어났습니다. 어떤 실재하는 사람이 예전에 우리 이야기 속의 아이처럼, 완전한 무지 속에서 길러진 후에 아무런 준비도 없이 세상으로 내던져졌습니다. 그러나 이 실제의 역사적인 사건 속에서는 그 아이를 세상으로부터 격리시켜 놓은 동기가 한 어머니의 잘못된 사랑이 아닌 사악한 음모였습니다.

우리의 젊은이와 유사한 양육을 받은 그 불운한 실제 개인의 이야기는 역사의 풀리지 않는 커다란 수수께끼 가운데 하나입니다. 수많은 책이 그에 관해 쓰였지만, 그 어느 것도 만족할 만한 대답을 주지 못합니다.

이 불가사의한 사실이란 이런 것입니다.

그 장소는 남부 독일의 바바리아에 있는 뉘른베르크 시였습니다. 때는 1812년이었습니다. 그 해 5월 어느 맑은 날, 이 도시의 관문 밖으로 산책하러 나가던 뉘른베르크의 한 시민이 잘 걷지 못해 술에 취해 보이는 농사꾼 옷을 입은 한 젊은이를 보았습니다. 그 시민은 친절한 사람이어서 젊은이를 도와주겠다고 했습니다. 그는 젊은이의 다리에서 피가 흐르고 있고, 젊은이가 무슨 뜻인지 알 수 없는 몇 마디 말을 할 수 있을 뿐임을 알았습니다. 그는 분명히 취해 있지 않았습니다.

그 사람은 그 수상한 아이를 시내로 데리고 갔는데, 그 불쌍한 아이는 결국 뉘른베르크 경찰서로 오게 되었습니다. 경찰 역시 그 아이가 되풀이해서 지껄이는 몇 마디 말을 전혀 알아들을 수 없었습니다. 그러나 종이 한 장이 주어지자 아이는 거기에다 뻣뻣하고 서툰 대문자로 CASPAR HAUSER라는 말을 썼습니다. 아이는 그 뜻을 모른 채 이 글자들을 그리는 법을 배운 것이 틀림없었지만, 경찰은 이것이 아이의 이름이라고 확신했습니다. 아이가 어디서 왔는지 알아내는 게 불가능했기 때문에 경찰은 아이를 어느 탑 안의 쓰지 않는 감방에 재웠습니다.

처음에는 아이가 자기 집에서 어찌어찌 나오게 된 어떤 시골 마을의 천치라고 생각했습니다. 아이는 열여섯이나 열일곱 살쯤 먹었는데, 마치 첫걸음을 떼는 어린아이처럼 걸었습니다. '말'이나 '말 탄 사람' 같은 몇 마디를 빼고는 말을 하지 못했고, 말을 하지 못했기 때문에 생각도 할 수 없었습니다.

우리가 한 살에서 한 살 반 나이에 배우는 첫 번째 세 가지 것들이 걷기, 말하기, 그리고 말하기를 통한 생각하기입니다. 이 열일곱의 소년은 이 중 어떤 능력도 갖추고 있지 않았습니다.

그러나 그의 눈에는 정신지체자의 멍청함이 없었습니다. 자기를 심문하는 사람들을 바라보는 방식에 지능이 있어서 경찰은 이 카스파 하우저 때문에 매우 어리둥절했습니다. 게다가 그는 놀라운 속도로 새로운 말들을 습득했고, 일단 그 말의 의미를 알면 절대로 잊어버리지 않았고, 정확하게 사용했습니다. 카스파 하우저한테서 다른 기이한 점들은, 그가 마른 빵과 물 이외의 음식에는 손을 대려 하지 않는다는 것, 그리고 밝은 곳에서와 마찬가지로 어둠 속에서도 볼 수 있다는 것이었습니다.

뉘른베르크 시장이 조사를 명하자 한 무리의 변호사와 의사와 정부 관리들이 탑 안에 있는 카스파 하우저에게로 몰려왔습니다. 그들의 조사 결과에 따라 시장은 이 젊은이가 뛰어난 지능을 지니고 있고, 거의 찾아볼 수 없는 선함과 순수함의 소유자이지만, 어찌 된 일인지 그의 모든 양육이 범죄적으로 방치되었던 것이라고 발표했습니다. 그리고 결론적으로 이 불쌍한 소년을 돌보는 것이 뉘른베르크 시의 의무라고 판단했습니다.

이것은 뉘른베르크에 충격을 불러일으켰습니다. 사람들은 마치 신기한 짐승인 것처럼 카스파 하우저를 방문하려고 떼 지어 와서 질문해 가며 그를 성가시게 굴었습니다. 당황한 소년은 대답할 수 없었습니다. 그러나 그는 탑을 침입하는 모든 이에게 천사 같은 인내심과 친절함을 보여 주었습니다.

그러나 방문자들 가운데 이 아이에게 따뜻한 개인적 관심을 지닌 학교 선생님이 있었습니다. 그는 아이에게 새로운 말들을 가르쳐 주는 데 여러 시간을 썼는데, 자신의 학생이 배우는 속도에 놀랐습니다. 그의 요청으로 카스파 하우저는 그의 보호를 받게 되었습니다.

물론 가르침은 처음부터 시작해야 했습니다. 아이는 걷는 법부터 배워야 할 지경이었으니까요. 그러나 3주가 지나기도 전에 카스파는 아주 유창하게 대화를 나눌 수 있었고, 대수를 떼었으며 하프시코드로 간단한 곡을 연주할 수 있었습니다. 또한, 읽고 쓸 수 있었습니다. 이 모든 것을 3주 안에 한 것입니다!

그런데 놀랄 만한 것들이 또 있습니다. 어느 날 오후 자신의 학생이 정원에 앉아서 어떤 책에 빠진 모습을 보았습니다. 그의 머리 둘레에는 참새들이 앉아 있고, 발밑에서는 비둘기들이 빵 부스러기를 쪼아 먹고 있었으며, 팔 안에는 고양이 한 마리가 가르랑거리고 있고, 또 나비들이 어깨 위에 앉아 있었습니다. 다른 때에도 그는 동물들을 지배하는 신기한 힘을 보여 주었습니다. 이웃사람이 사슬로 묶어 두었던 사나운 개 한 마리가 사슬을 잘라 버리고는 으르렁거리면서 생울타리를 뚫고 덤벼들려고 했는데, 카스파의 발밑에 와서는 평화롭게 앉아 그의 손을 핥았습니다. 카스파는 어떤 사람도 나쁘게 생각할 수 없었습니다. 그래서 자신이 본 모든 사람을 '아름답다'라고 불렀습니다. 그는 거짓말이 무엇인지 이해할 수 없었습니다. 그래서 스스로 거짓말을 한마디도 할 수 없었습니다. 오랫동안 그는 자신을 '카스파'라고만 말했습니다. 그가 '나'라는 대명사를 이해하고 그것을 사용하는 법을 배운 것은 커다란 발견이었습니다.

그의 기억력은 아주 비범했습니다. 사람들이 긴 목록의 이름이나 숫자 수백 개를 읽어 주면 올바른 순서로 단 하나의 실수도 없이 그것들을 곧바로 옮길 수 있었습니다. 게다가 그는 모든 사람이 그렇게 할 수는 없다는 사실에 놀랐습니다. 젊은 카스파 하우저는 놀라운 사람이었습니다.

말할 수 있게 되자 자신의 알려지지 않은 과거를 설명할 수 있게 되었고, 그가 말하고 또 반복해서 말한 것, 그리고 그것을 적은 것이 카스파 하우저라는 불가사의한 사건의 가장 거대한 수수께끼가 되었습니다.

그가 기억할 수 있었던 가장 어릴 적 사물은 침대 하나와 의자 하나 외에는 아무것도 없는 작고 어두운 방이었습니다. 그는 침대에 사슬로 묶여 있었고, 의자가 있는 곳 이상 갈 수 없었습니다. 어둠 속에서 혼자였고, 어떤 사람도 보지 못했습니다. 잠에서 깨어나면 빵 한 조각과 물 한 주전자가 의자 위에 있었습니다. 잠자는 동안 그곳에 음식을 가져다 놓는 사람을 본 적이 없었습니다. 때로는 물맛이 달랐습니다. 이럴 땐 보통 때보다 더 오래 잤고, 깨어나 보면 얼굴이 씻겨 있었고, 이발이 되어 있었으며, 몸에 필요한 새로운 것들이 들어 있는 통이 하나 놓여 있었습니다. 그에게는 시간관념이 없었고, 자신이 외롭다는 것조차 알지 못했습니다. 하는 일 없이 지냈고, 아무것도 알지 못했고, 아무것도 생각하지 않았으며, 아무것도 듣지 못했고, 아무것도 보지 못했습니다.

이런 상태가 여러 해 동안 지속된 것이 틀림없었습니다. 그가 깨어 있는 동안 감옥 문이 열리고 누군가 들어와서 그를 풀어 준 것이 바로 얼마 전이었기 때문입니다. 누군가가 몇 마디 말을 되풀이해서 말했고 마침내 카스파가 그것을 따라 했습니다. 이것이 그가 듣고 무엇을 의미하는지 모르는 채 배운 인간 언어의 최초의 말이었습니다. 이 누군가가 또한 그에게 '카스파 하우저'를 의미하는 기호들을 종이 위에 베껴 쓰도록 했습니다. 그것이 며칠 걸렸을 터이고 마침내 이 누군가가 만족해했습니다. 그는 카스파 하우저를 그 어두운 방에서 데리고 나왔고, 카스파 하우저가 몇 야드도 걸을 수 없자, 카스파를 자기 등에 업고는 자주 쉬어 가면서 몇 마일을 데리고 갔습니다. 며칠 동안 카스파를 이런 식으로 옮기고 나서 뉘른베르크 바로 바깥에 서 있도록 내버려 두고는 가 버렸습니다.

이 폭로가 폭풍을 불러일으켰습니다. 신문들은 해명을 요구했고, 이런 비인간적인 학대를 한 자를 찾아내는 수사를 요구했습니다. 그리고 어떤 사람들은 독일의 한 귀족 지배 가문이 처리 곤란한 친척, 즉 왕위 상속자의 가능성이 있는 친척을 이런 섬뜩한 방법으로 처치한 것이라고 공개적으로 비난했습니다.

한 독일 고등법원 판사가 이 불가사의한 사건의 해결을 떠맡으면서, 카스파 하우저는 그의 보호 하에 옮겨졌습니다. 그런데 그때 이 모든 일을 시작했던 학교 선생님이 갑작스럽고도 예기치 않게 죽었고……그 고등법원 판사 역시 예기치 않게 죽었습니다. 그 뒤 카스파 하우저도 알 수 없는 암살자에게 찔려 죽었고 암살자는 찾을 수 없었습니다. 그래서 카스파 하우저의 불가사의는 해결되지 않은 채 남겨졌습니다.

이 이야기는 독일인 작가 야콥 바서만이 『카스파 하우저의 수수께끼』에서 들려주고 있는데, 영화로도 만들어졌습니다.

제가 여러분에게 카스파 하우저의 이야기를 들려 드린 이유는, 여기서 우리가 세상을 모른 채 격리되어 길러진 한 아이에 대한 허구가 아닌 실제의 설명을 얻기 때문입니다. 그러나 열일곱 나이에 세상에 풀려 나온 이 아이는 2년 뒤 시점에 라틴어를 배워서 줄리어스 시저를 번역할 수 있었습니다.

카스파 하우저가 배움에서 보여 준 환상적인 속도와 비범한 기억력을 기억한다면, 여러분은 격리되어 있었던 것이 그의 지능을 감소시키지 않았음을 깨닫게 될 것입니다. 그와는 전혀 반대로 그것이 그의 정신적 능력을 고양하고 강화했습니다.

교육 법안을 상정하는 당국자들이 이백 년 전에 행해진 이 끔찍한 '실험'에 주의를 기울였다면, 6세 아이가 또는 어떤 학교들에서는 5세 아이가 읽고 쓰는 법을 배워야 한다고 주장하지 않을 것입니다. 저는 만일 여러분의 학교 교육이, 말하자면 여섯 살이 아닌 열 살이나 열두 살 때 시작되었더라도, 여기 있는 여러분 모두가 시험을 통과할 것이라고 확신합니다. 그러나 현재 사정은 그렇지 않으니, 지금은 우리가 하고 있는 그대로 해 나갈 수밖에 없겠지요.

인간의 정신에 너무 일찍 지식의 짐이 지워지지 않는다면, 카스파 하우저의 경우가 보여 주듯, 더 강하게 성장한다는 것이 사실입니다. 우리의 이야기로 돌아가면, 젊은이가 받은 그 기이한 양육, 즉 그의 시대에 그를 국외자로 만들고 외로운 영혼으로 만든 것, 그를 격리시켜 놓았고 그에게 더 간절한 마음을 준 이 양육, 그것이 그에게 평범한 방식으로 길러졌을 경우보다도 더 큰 능력들을 주었습니다. 우리의 젊은 주인공은 겉으로 보이는 것처럼 그렇게 불리한 위치에 있지 않았습니다.

# 4

## 파르치팔의 어린 시절 모험

여러분은 제가 우리 이야기의 주인공을, 내내 이름을 사용하지 않고 '젊은이' 또는 '아이'라고 불렀다는 것을 알아차렸을 것입니다. 이렇게 하는 것은 제가 트루바두르 크레티엥 드 트르와를 따르는 것인데, 이 사람은 자기 책의 앞 몇 장에서 자신의 주인공을 '젊은이'라고만 부릅니다. 여기에는 충분한 이유가 있습니다. 이 젊은이는 자신의 이름을 알지 못하기 때문입니다. 이 점이 이 이야기의 다음 사건들 속에서 나타나게 되니, 이제 이야기를 계속해 보겠습니다.

어머니께서 만들어 준 어릿광대 복장을 하고, 늙은 암말을 탄 이 젊은이는 행복하게 숲 속을 뚫고 달려서 이전에 본 적이 없는 개간된

들판과 마을들이 있는 세상으로 나왔습니다. 때때로, 길에서 노새를 모는 농사꾼이나 말이 끄는 마차를 탄 상인 같은 사람들을 만났습니다. 그들은 어릿광대 복장을 한 이 친구를 아주 놀란 표정으로 보며 웃었습니다. 그러나 그는 이것을 단지 호감의 표시로 받아들여서 그들에게 "좋은 여행 하시기 바랍니다, 어머니께서 제게 말씀해 주신 것처럼."이라는 말로 인사했습니다. 이 말을 듣고 그들은 더더욱 많이 웃었지만, 그들 중 아무도 누가 봐도 멍청한 이 사람을 놀리려 하지 않았습니다.

그 길을 따라가다 고갯길에 다다르게 되었는데, 한 고개를 내려가자 어떤 여인의 목소리가 들렸습니다. 통곡하고 울부짖고 흐느끼는 소리였습니다. 무슨 일이었을까요? 호기심만큼이나 연민의 마음이 들었습니다. 젊은이는 소리가 나는 쪽으로 말을 돌려서 길의 한 굽이를 돌아서 가자 바위에 앉아 있는 한 젊은 여인이 보였습니다. 그녀의 무릎에는 한 남자가 있었는데……사지가 뻣뻣한 것으로 보아 시체인 것이 분명했습니다. 젊은이가 울고 있는 여인에게 다가가서 말했습니다.

"부인, 제 어머니께서 제게 고통에 빠진 여인은 누구든 도와 드리라고 말씀하셨습니다. 그러니 제가 불행에 빠진 부인을 돕도록 해주십시오."

여인은 고개를 들었지만, 말없이 그를 바라볼 뿐이었습니다. 부끄러움을 모른 채 젊은이는 계속해서 말했습니다.

"말씀해 주십시오, 이 기사를 죽여 부인을 슬프게 한 자가 누구인지요? 그게 누구인지 말씀해 주신다면, 제가 부인께 약속합니다, 그 살인자가 제 창을 피할 수 없을 것입니다. 부인께 끼친 슬픔에 대한 대가로 그자가 목숨을 내놓게 할 것입니다."

방패나 갑옷도 없고 기껏 사냥용 창을 무기로 지니고 있는 이 사내애가 무기와 경험 면에서 우월한 적을 가서 죽이겠노라고 제안하는 것이 여인에게는 이상하게 보일 것이 틀림없었습니다. 그러나 그녀는 이 젊은이의 마음을 움직인 것이 치기 어린 장담이 아니라 진정한 기사도 정신이라는 것을 알아보았습니다. 그녀는 대답했습니다.

"젊은 친구여, 나는 너의 선한 의도를 존중하지만, 나와 약혼했고 나의 신랑이 되었을 이 기사의 죽음에 대해 복수하는 것은 이방인인 네게 요청할 만한 것이 아니다. 내가 그 죽음을 슬퍼하고 있는 이분은 살해당한 것이 아니라, 공개된 전투에서 적과 맞서 싸우다가 죽은 것이란다. 그렇지만 너는 한 낯선 사람에게 스스로 봉사하고자 하는 고귀한 마음을 지녔구나. 말해다오, 네 이름이 무엇이냐?"

"'착한 아들, 귀한 아들', 그것이 어머니께서 저를 부르신 이름이었습니다."

젊은이가 대답했습니다. 이 말을 듣고 여인은 그를 오래도록 말없이 바라보았습니다. 그러고는 그녀가 다시 말을 꺼냈을 때, 그녀의 목소리에는 다른 어조가 있었습니다.

"그것이 네가 아는 유일한 이름이냐?"

그녀가 물었습니다.

"네, 그렇습니다. 그럼 제가 어머니에게 '착한 아들, 귀한 아들'이라는 것보다 무슨 더 좋은 이름으로 불릴 수 있겠습니까?"

젊은이가 약간 조바심을 내며 말하자 다시 여인이 그를 말없이 바라보다가 말했습니다.

"자기 아이를 이런 이름으로 부른 그녀를 나는 잘 안다. 그분은 내 숙모 헤르첼로이데 왕비이신데, 여러 해 전에 그분은 어린 아들과 함께 숲 속으로 숨으셨지. 헤르첼로이데 왕비가 너의 어머니의 이름이고, 나는 너의 사촌 지구네란다. 그런데 사랑하는 사촌 동생아, 너 역시 네가 태어날 때 부여받은 이름이 있단다. 신이여 그 이름에 영광을 주소서. 네 이름은 파르치팔이다."

"그럼, 저는 파르치팔이군요."

젊은이가 신기해하며 말했습니다.

"그런데 지구네 누님, 누님은 제 어머니를 헤르첼로이데 왕비라 불렀습니다. 그럼, 어머니가 왕비십니까?"

"그래, 파르치팔."

여인이 말했습니다.

"왜냐하면, 가무렛의 귀족인 네 아버지가 노르갈 땅의 왕이었기 때문이지. 그분과 너의 형들이 전쟁에서 목숨을 잃고, 네 어머니 헤르첼로이데가 숲 속으로 피신하자, 지금 내 팔에 안겨 죽어 있는 이 기사, 내 신랑이, 진정한 상속자인 너 파르치팔이 나타나 왕관을 쓸 때까지 그 왕국을 지키고 방어하는 임무를 떠맡은 거란다. 이 사람이 방어한 것은 너의 땅이었고, 외래 침입자들에 맞서 싸우다 내가 사랑한 이 사람이 목숨을 잃은 거란다."

"그렇다면 이 분의 복수를 하고 제 왕국을 되찾는 것은 제 의무입니다!"

파르치팔이 외쳤습니다.

"지구네 누님, 여기서 만나는 길 가운데 어느 길이 저를 적에게 인도하는지 말씀해 주셔야 합니다. 그리고 정의가 행해지고 제 왕국을 되찾을 때까지 저는 쉬지 않을 겁니다!"

그러나 싸움 기술에 익숙하지 않고, 또 짧은 투척 창으로 무장했을 뿐인, 이 무지한 아이가 잘 훈련된 전사들에게 덤벼든다면, 그 결과가 어떨 것인지 지구네는 너무도 잘 알았습니다. 그래서 그녀는 파르치팔을 반대 방향으로 이끌 길을 가리켜 주었는데, 이 길은 그를 아서 왕의 땅으로 이끌 길이었습니다.

그녀는 그 숲 속의 신랑 시신 곁을 떠나려고 하지 않았습니다. 자기가 원할 때 부를 수 있는 수행원들이 있지만, 죽은 자신의 기사와 함께 슬픔을 안고서 홀로 남고 싶다고 파르치팔에게 말했습니다.

그러자 파르치팔은 그녀가 자신에게 알려 준 길을 따라 말을 몰아갔습니다. 그는 이제 알게 된 이름 덕분에 이전보다 부유해졌지만, 물려받아 자기 것이 되어야 했을, 잃어버리고만 왕국 때문에 이전보다 궁핍한 상태였습니다.

몇 시간 뒤 배고프고 지쳐서 쉼터를 찾았는데, 농부 한 사람을 만나 기뻤습니다. 그는 자기처럼 가난했지만, 외로운 이방인을 기꺼이 환대했습니다. 게다가 파르치팔은 그 사람을 통해 자신이 아서 왕의 왕국에 있다는 것을 알게 되자, 다른 모든 것, 즉 지구네, 죽은 기사, 자기 아버지의 왕국은 잊어버렸고, 단 하나의 바람만을 가지게 되었습니다. 가능한 한 빨리 아서 왕의 궁궐에 도착해서 기사가 되는 것이었습니다.

다음 날 아침 그가 간청하자 농부는 아서 왕과 원탁의 기사들이 머물고 있던 도시로 그를 데려가 주었습니다. 그러나 도시가 보이자 농부는 작별을 고하면서 말했습니다.

"왕의 신하들은 모두가 신분이 아주 높고 힘이 세서 나 같은 놈이 자기네 가까이 갔다간 기분 나빠할 거야."

파르치팔은 어릿광대의 복장을 하고 늙은 암말을 탄 채, 아서 왕의 도시로 들어갔습니다. 한 번도 본 적이 없는 도시여서 집들과 거리에 있는 아주 많은 사람을 빤히 바라보았는데, 그 사람들 역시 재밌어하면서 자신을 빤히 쳐다보는 것을 거의 알아차리지 못했습니다. 어린 파르치팔은 자신이 궁궐의 예법을 전혀 알지 못한다는 사실을 깨닫지 못했습니다. 먼 산속 숲에서 온 야만스런 사람도 그것을 파르치팔만큼은 알았을 것입니다.

그는 더없이 행복하게도 자신의 무지를 깨닫지 못했고, 간절한 기대로 가득한 채 말을 타고 계속해서 갔습니다. 마침내 어떤 초원에 도달했는데, 초원 너머로 커다란 건물을 둘러싸고 있는 벽을 보았습니다. 아서 왕이 사는 곳이었습니다. 모든 꿈이 충족되어야 할 장소를 보자 파르치팔의 심장은 더욱 빨리 뛰었습니다. 반짝이는 눈으로 상상했던 것보다 훨씬 큰 건물을 바라보는데, 한 기사가 벽에 있는 문들 가운데 하나를 지나서 나와 말을 달리더니 파르치팔을 향해 질주해 왔습니다.

그는 과연 어떤 기사였을까요! 그의 갑옷은 타오르는 불처럼 붉었고, 그의 방패 역시 불꽃처럼 붉었으며, 마구馬具도 붉었고, 그 말 또한 갈색이 도는 붉은 빛깔이었습니다. 창 자루, 칼집, 그가 잡고 있는 고삐도 모두 붉었습니다.

이 붉은 기사가 가까이 오자 파르치팔은 그가 한 손에 황금 잔을 쥐고 있는 것을 보았습니다. 이 찬란한 붉은 유령이 접근해 오자 파르치팔은 너무나 놀라서 할 말을 잃어버렸습니다. 붉은 기사는 말의 고삐를 쥔 채 다가와서 할 말을 잃은 이 젊은이에게 인사를 했습니다.

"네게 이렇게 잘 생긴 용모를 주신 어머니께 축복이 있으시기를. 너는 많은 삶의 기쁨을 찾게 되겠지만, 비탄과 고통과 슬픔 또한 알게 될 것이다."

파르치팔은 이런 예언을 받아들일 준비가 되어 있지 않았지만, 그가 미처 정신을 차리기도 전에 붉은 기사가 계속해서 말했습니다.

"네가 아서 왕에게 가는 길이니, 내 말을 그에게 전하도록 네게 임무를 부여하겠다."

"그러겠습니다, 기사님."

꽤 애를 써 가면서 파르치팔이 말했습니다.

"당신의 전갈은 무엇입니까?"

"잘 들어라."

붉은 기사가 말했습니다.

"내 이름은 이더이며, 나는 아서 왕의 땅에 대한 소유권을 주장한다. 그것은 본래대로라면 그의 것이 아니라 내 것이 되어야 한다. 내 주장의 징표로서, 나는 이제 막 아서 왕과 그의 기사들이 밥을 먹고 있는 방안으로 들어가서, 왕 앞에 놓여 있던 포도주가 가득 찬 이 황금 잔을 가져왔다. 유감스럽게도 그 탁자에서 이것을 가져오면서 귀네비어 왕비에게 포도주를 쏟았다. 내 비록 왕비에게 범한 작은 사고를 유감스럽게 생각하지만, 그건 별로 중요하지 않다. 중요한 것은 아주 오래된 관습에 따라 왕의 탁자에서 잔을 가져오는 사람이 그것으로써 왕국에 대한 자신의 권리를 선언한다는 점이고, 그것이 바로 내가 행한 바이다. 이제 네가 아서 왕의 궁궐에 들어가, 내가 여기서 그의 가장 좋은 기사와 이 잔을 놓고 싸우기를 기다리겠노라고 전하라. 내가 이긴다면 그 땅은 내 것이고, 오만한 아서는 나를 자신의 주인으로 받들겠다고 맹세해야 한다. 만일 내가 진다면, 그가 자신의 잔과 왕국을 그대로 가질 수 있다. 이제 가라, 착한 아이야, 그리고 그에게 이 말을 전하거라."

파르치팔은 기사들의 행동 방식에 관한 호기심으로 가득하고, 이 기사의 붉은 갑옷과 온통 붉은 복장에 대한 경탄으로 충만하여, "네 그러겠습니다, 이더 님!"이라고 외치고는, 가장 빠른 속도로 말을 몰아 궁전 성벽으로 가서 성문을 지나 앞마당으로 들어갔습니다. 이곳에 여러 명의 견습기사들이 함께 서 있었는데, 그들 중 이바넷이라는 사람이 와서 무슨 일로 왔느냐고 물었습니다.

"제 일은 아서 왕을 만나는 것입니다."

파르치팔이 말했습니다.

"내게 왕이 밥을 먹는 홀이 어딘지 알려 주시오."

"그 홀은 1층에 있는데, 커다란 아치가 들어가는 문이다."

견습기사 이바넷이 말했습니다. 만일 이 자가 어떤 방문객인지를 알았다면 그렇게 선뜻 알려 주지 않았을 것입니다. 왜냐하면 파르치팔은 말을 탄 채 문쪽의 아치를 지나 곧바로 커다란 홀 안으로 들어갔고, 그곳에서 탁자 앞에 앉아 먹고 마시는 한 무리의 기사와 부인들이 자기네 한가운데에 나타난 말과 말 탄 이를 보고 적잖이 놀랐기 때문입니다. 파르치팔은 말에 탄 채로 이 커다란 홀과 만찬을 하는 사람들을 조용히 살펴보더니 말했습니다.

"신께서 용감한 기사와 아름다운 부인 여러분 모두를 돌보시기를. 제 어머니께서 가르쳐 주신 대로 여러분에게 인사드립니다."

이때 홀 안에 있던 모든 얼굴이 그에게로 향했지만, 전혀 수줍어하지 않고 분명한 목소리로 계속해서 말했습니다.

"저는 여러분 중 누가 아서 왕인지 모릅니다, 여러분 모두가 제겐 왕으로 보이기 때문이지요. 하지만 저는 왕에게 줄 전갈을 가지고 있습니다. 황금 잔을 가진 붉은 기사 이더가 그 잔을 놓고 자신과 싸울 여러분의 가장 좋은 기사가 초원으로 나올 것을 기다리고 있습니다. 그는 왕비에게 포도주 쏟은 것을 유감스럽게 생각하고 있습니다. 그리고 저는 오로지 그가 입고 있는 온갖 붉은 옷들을 갖고 싶습니다. 그것들이 바로 제가 기사로서 입고 싶은 것입니다!"

그가 말을 마치자, 홀 안에서는 크게 왁자지껄하는 소리가 났습니다. 부인들은 그가 얼마나 잘 생겼는지를 말했고, 기사들은 그가 강하고 어떤 싸움에도 쓸모 있어 보인다고 말했습니다. 그러나 그들 모두는 그가 과연 제정신으로 어릿광대 복장을 한 채 아서 왕의 연회장에 말을 타고 들어왔는지 의아해했습니다. 그때 아서 왕이 목소리를 높여 말했습니다.

"내가 왕이고, 그 전갈에 대해 네게 감사한다. 붉은 기사의 모욕적 언사는 처벌을 면치 못할 것이며, 원탁의 기사 모두가 내 왕국에 대한 권리를 감히 주장하는 그자를 상대하는 임무 맡기를 갈망할 것이다."

"아닙니다."

파르치팔이 말하자, 모든 사람이 놀랐습니다.

"제가 붉은 기사의 갑옷을 원합니다, 제가 그의 말과 무기를 원합니다. 그러니 제가 가서 그와 싸우게 해주십시오."

그러자 아서의 기사 중 한 사람인 케이 경이 격노해서 소리쳤습니다.

"이 멍청한 어린 바보 녀석, 네가 도대체 누구기에 그런 명예를 요구한단 말이냐? 이 멍청이야, 너는 붉은 기사에게 마구 얻어맞는 것이 마땅하다. 아마 그가 네게 정신이 들게 해줄 것이다. 그래, 가서 그와 싸워서, 그의 갑옷을 얻어내거라…… 할 수 있다면!"

이때 아서 왕이 끼어들었습니다.

"케이 경, 무지가 잘못일 뿐인 어린아이에게 그런 식으로 말하지 마시오. 그리고 너, 어린 친구여, 더 많은 전투 경험을 지닌 더 나이 많은 이만이 얻을 수 있는 것들을 바라지 마라. 붉은 기사의 화려한 갑옷은 잊어버리고, 내가 네게 줄 수 있는 것에 만족하거라. 자, 말에서 내리거라, 그리고 붉은 기사는 그를 더 잘 상대할 수 있는 누군가에게 맡겨 두어라."

파르치팔은 붉은 갑옷에 대한 열망으로 불타올랐고, 케이 경의 모욕적 언사에 기분이 상해서 말했습니다.

"아닙니다, 저는 말에서 내리지 않겠습니다. 밖에서 기다리고 있는 사람 또한 말 위에 있고, 저는 말을 타고 나가서 그와 싸우고 싶기 때문입니다. 저는 그가 가진 것 말고는 다른 어떤 갑옷이나 무기나 말을 원하지 않습니다. 제게 붉은 기사의 갑옷을 주십시오, 아서 왕이시여!"

"너는 어리고 무지한 만큼이나 고집이 세구나."

왕이 말했습니다.

"네 생각대로 하여라. 붉은 갑옷은 네 것이 될 것이다. 네가 그것

50

을 얻을 수 있다면. 그럼 하늘이 너를 보호하기를, 네가 이 어리석은 도전으로 큰 상처를 입지 말기를."

"감사합니다!"

파르치팔이 외치면서 말을 돌려 나갔습니다.

이때 홀 안에는 아주 이상한 부인 한 사람이 있었습니다. 그녀는 일생을 통틀어 웃어 본 적이 없었습니다. 아서 왕의 궁궐에는, 그녀가 한 번 웃을 것인데 그것은 그녀가 모든 이 가운데 가장 높은 명예를 얻을 기사를 보았을 때라는 이야기가 있었습니다. 수많은 위대하고 유명한 기사들, 랜슬롯 경, 가웨인 경, 그리고 다른 모든 원탁의 영웅들을 보았지만, 그녀는 웃지도, 심지어 미소 짓지도 않았습니다.

그런데 파르치팔이 늙은 암말에 탄 채 온통 기워서 만든 어릿광대의 복장을 하고, 붉은 기사와 맞서기 위해 그 홀 안을 말을 몰고 가면서 이 부인이 앉아 있는 탁자 앞을 지나게 되었습니다. 그러자 그녀가 그를 보고는 웃음을 터뜨렸던 것입니다.

파르치팔에게 매우 화가 나 있던 기사 케이 경이 그녀 옆에 앉아 있었습니다. 이전에 웃은 적이 없던 이 여인이 파르치팔을 보고 몸을 흔들며 웃는 것을 보자 이 웃음이 무엇을 의미하는지 기억해 냈습니다. 그는 몹시 화가 나서 기사가 지녀야 할 태도를 잊고는 그녀에게 소리쳤습니다.

"당신은 이 궁궐의 가장 훌륭한 기사들을 보고도 웃거나 미소 짓지 않았는데, 지금 이 어린 멍청이를 보고 웃는 겁니까?"

그러고는 화가 나서 기사 작위의 모든 규칙에 반하는 짓을 했습니다. 그녀의 얼굴을 때린 겁니다. 파르치팔이 그것을 보고 놀라서 빤히 바라보았습니다. 어찌 남자가, 기사가, 여인을 때릴 수 있단 말인가? 그러자 이 탁자에 있던 또 다른 기사가 파르치팔에게 말했습니다.

"부인은 너를 위해 고통을 겪는 거다. 그녀의 웃음은 네가 가장 높은 명예를 얻을 기사라는 징표지. 그것이 바로 케이 경이 화가 난 이유란다."

그러자 파르치팔이 말했습니다.

"저는 지금, 부인을 아프게 하고 저를 모욕한 사람이 기사에게 어울리지 않는 행동의 대가를 치르게 하도록 기다릴 수 없습니다만, 언젠가 저 사람은 그 행동을 후회할 겁니다."

그러고는 궁전 밖으로 나와서 붉은 기사 이더가 황금 잔을 들고 기다리고 있는 초원으로 갔습니다. 그의 뒤에는 자신이 도착해서 큰 기대를 하고 바라보았던, 그러나 이제는 또 모욕적인 말과 무례한 행동을 겪은 건물이 있었습니다.

파르치팔이 고개를 돌려 궁전을 마지막으로 바라보는데 누군가 자신을 따라오는 것을 보았습니다. 처음에 그에게 그 큰 홀의 문을 알려 준 견습기사 이바넷이었습니다. 아서 왕의 홀에 있는 높고 낮은 모든 사람 가운데에서 이 견습기사만이, 파르치팔이 붉은 기사의 손아귀를 어떻게 잘 헤쳐 나올지를 보려고 함께 갈 만큼의 관심이 있었습니다. 파르치팔은 이 견습기사와 일행이 되어 붉은 기사를 만나러 말을 타고 갔습니다.

# 5

## 기사 작위의 기원

파르치팔 이야기에 등장하는 사람들은 모두 기사이며, 이 이야기 전체가 기사가 되려는 어린 파르치팔의 욕망과 함께 시작합니다. 이 이야기에서 사람들이 행하는 모든 동기, 모든 이유가 기사 작위와 연관되어 있습니다.

이제 저는 여러분에게 여러분이 이미 들은 바 있는 기사 작위라는 제도가 어떻게 존재하게 되었는지, 즉 로마제국에 급속히 퍼져서 그것을 파괴한 게르만 종족들 속에 그 기원이 있다는 사실을 상기시키고자 합니다.

게르만 종족들은 싸움과 전투를 좋아하는 뚜렷한 특징이 있었습니다. 일대일 싸움이 됐건 전투가 됐건, 싸움과 전투가 그들이 사는 유일한 이유였습니다.

사내아이가 태어나면 아버지는 아기가 강한 전사로 커 나갈 것인지를 판단했습니다. 아이가 병들거나 약해 보인다고 생각하면 아이는 죽임을 당했습니다. 그것이 삶의 시작이었고, 삶의 끝에서 남자가 침대에서 죽는 것은 수치스러운 일이었습니다(그들은 그것을 '밀짚 죽음'[5]이라 불렀습니다). 남자가 스스로 전투에서 죽지 못하고 너무 늙어 버리면, 그는 자신이 가진 모든 것을 불붙은 배에 싣고서, 그 불 속에서 죽었고, 바람과 해류가 그 배를 끌고 가 버렸습니다.

게르만 종족들은 내세 즉 죽음 이후의 삶을 믿었습니다. 그러나 그들은 또 다른 세계에서의 삶조차 죽은 전사들의 영혼 간의 전투로써 즐겁게 된다고 상상했습니다.

그래서 그들은 전투에 돌입하면 거칠고도 몹시 사나운 즐거움, 즉 로마인들이 알고서 두려워하게 되었던 일종의 미친 분노를 지니고 자신을 싸움에 내던졌습니다. 그들은 그것을 Furor Teutonicus, 즉 게르만족의 분노라 불렀습니다.

그들의 피 속에 있는 이 '게르만족의 분노'는 배고픔이나 목마름, 싸움을 향한 욕망만큼이나 강했습니다. 자, 이러한 엄청난 힘 또는 충동은 시간이 흐른다고 사라지거나 없어지지 않으며 변화되거나 탈바꿈될 수 있을 뿐입니다.

게르만족의 분노를 천천히 점차 변화시키고 탈바꿈시킨 것은 기독교의 도래였습니다. 이 거친 전사들은 기독교인이 되고서도 그저 선하고 평화로운 시민으로 된 것은 아닙니다. 그것과는 거리가 멀었습니다. 최초의 게르만 기독교인들은 그 조상과 마찬가지로 피에 목말라 있었습니다.

　그러나 기독교의 영향 아래에서 이 싸움의 정신은 점차로 더 높은 목적에 봉사하도록 규제되고 만들어져 기사 작위 제도가 나타났습니다. 기사는 여전히 싸우는 사람이어서, 전투가 없으면 마상시합에서 서로 싸웠습니다. 그러나 기사는 여자들과 가난한 사람들과 고통을 겪는 사람들을 보호하고, 강도에게서 길을 지킬 의무가 있었으며, 야만인처럼 행동하지 않고 정중한 행동을 실천해야 했습니다.

　법과 질서가 없던 이른바 암흑시대에는, 싸움하는 사람인 기사가 가난한 사람들과 약한 사람들의 수호자가 되었습니다. 이런 식으로 기독교는 거친 싸움의 정신을 건설적인 목적에 이용했습니다. 그래서 로마의 몰락과 함께 사라졌던 문명이 다시 시작될 수 있었습니다.

　이것이 바로 중세의 기사들이 오늘날 문명의 시작을 알리는 전조인 이유입니다.

　그렇지만 야만적인 게르만족의 분노로부터 귀족적이고 온화한 기독교인 기사로의 변화와 탈바꿈은 쉽게, 빨리 이루어지지 않았습니다. 모든 기사의 내면에는, 그 정중한 태도와 높은 이상 밑에 야만성 즉 어느 순간에라도 뚫고 나올 수 있는 거칠고 피에 목말라 있는 짐승이 숨어 있었다고 말할 수 있습니다.

　마치 모든 기사의 내면에서 어둡고 오랜 게르만족의 분노가 기독교의 원리에 맞서 싸우고 있는 것 같았습니다. 또한 항상 기독교의 원리가 승리한 것은 아니었습니다. 여러분은 그것을 셀 수 없이 많은 역사의 사례들 가운데 하나에서 볼 수 있습니다.

　프랑스와 영국 사이의 백 년 전쟁 중(1369년)에 영국 왕 에드워드

3세가 칼레 시를 포위했습니다. 방어자들은 기꺼이 항복하고자 했지만, 영국인들을 도시 안으로 들어오게 했을 때 어떤 일이 벌어질지 알고 싶었습니다. 에드워드 왕은 포위 기간에 자신의 병사들을 많이 잃어 기분이 나쁜 상태였기 때문에 칼레에서 온 사자들에게 말했습니다.

"너희 도시 안에 있는 단 하나의 목숨도 살려 두지 않을 것이다!"

그러나 이것은 그와 함께 있던 영국 기사들에게는 견딜 수 없는 일이었습니다. 그들은 왕에게 간청하고 애원했으며, 그가 한 기사의 맹세를 상기시켰습니다. 마침내 에드워드 왕이 마지못해 말했습니다.

"그럼, 내가 주민은 살려 주겠지만, 시민 지도자 여섯 명은 교수형에 처해야 한다. 이것이 이 문제에 대한 내 마지막 언명이다."

이때에 왕의 부인인 필리파가 그를 만나러 와서 끼어들었습니다. 그녀는 왕 앞에 무릎을 꿇고는 자신을 위해 그 여섯 사람을 살려 달라고 간청했습니다. 에드워드 왕은 잠시 동안 얼굴을 찌푸린 채 말없이 서 있었습니다. 그러고 나서 말했습니다.

"당신이 오늘 이 자리에 없었으면 좋았을 텐데. 그렇지만 당신이 여기에 있으니, 내가 당신의 요청을 거절할 수가 없군. 이 도시와 그 안의 모든 목숨은 당신 것이요."

이러한 일화 속에서 여러분은 게르만족의 잔인한 피의 굶주림이 여전히 그곳에 있었고, 또 기독교의 더 높은 원리들이 그것을 거의 통제하지 못했다는 것을 알 수 있습니다.

그러나 그 시대에 이 싸움의 정신을 기적적으로 변화시키는 데 성공한 사람들 또한 있었습니다. 예를 들자면 바로 아씨시의 성 프란체스코입니다.

프란체스코는 처음에는 전사가 되기로, 기사가 되기로 했습니다. 그는 이미 전투에도 참여했었고, 무기들이 쨍하고 부딪치는 소리와 두려움의 느낌, 싸울 때 나타나는 이상한 도취 현상을 충분히 즐긴 바도 있었습니다. 그런데 그때 그의 삶에서 완벽한 변화가 일어났습니다. 그가 말하듯이 그는 어떤 전혀 다른 싸움으로의 부름을 느꼈습니다. 아버지의 바람에 반하게도 그는 수사가 되었는데, 가장 극단적인 금욕의 형식들을 실천하는 수사이자, 어려움에 처한 사람들을 돕는 하나의 과제에만 헌신하는 사람이 되었던 것입니다.

다음 이야기보다 더 좋은 실례는 없습니다. 프란체스코와 그의 추종자들이 정착한 곳 가까이 있는 숲 속에 한 무리의 강도들이 살고 있었습니다. 강도 중 세 사람이 식량이 부족하자 그들의 작은 마을로 와서 식량을 요구하며 무기를 휘둘렀습니다. 프란체스코 자신은 그때 먼 곳에 있었는데, 그의 추종자들 가운데 한 사람이 강도들에게 자신이 그들을 어떻게 생각하는지 용감하게 말했습니다. 어찌 도둑이며 살인자인 당신들이 스스로 탁발을 통해 적은 음식을 모았을 뿐인 하느님의 사람들에게 식량을 요구할 수 있다는 말인가? 강도들이 약간 부끄러워하며 물러갔습니다. 그러나 잠시 뒤 프란체스코가 돌아와서 벌어진 일에 관해 듣자, 강도들을 쫓아낸 그 수사에게 격노했습니다. 자기 자신이 아니라 다른 사람들을 먼저 생각하는 것이 자신들의 의무라는 것이었습니다. 또한 배고픈 사람은 배고픈 사람이라는 것이었습니다. 강도든 아니든 말이지요. 결국, 그 불쌍한 수사는 그곳에 있던 모든 음식을 챙겨서 숲 속에 있는 강도들의 비밀 은신처로 손수 날라야 했습니다.

프란체스코에게는 싸움의 정신이 실제로 이타심과 연민으로 변화되었던 것입니다.

이것이 우리가 기사와 기사도 정신의 시대를 기억해야만 하는 것, 즉 싸움에 대한 오래된 욕망과 아씨시의 프란체스코가 보여 준 새로운 이상 사이의 끊임없는 투쟁이었습니다.

그런데 이 투쟁은 결코 끝난 것이 아닙니다. 그것은 바로 우리 시대 속으로 들어와 계속되고 있습니다. 2차 대전 때에 병사였던 사람들 대부분은 단지 그렇게 해야만 했기 때문에 사람을 죽였지만, 나는 그것을 적극 즐기는 사람들을 보았습니다. 그들은 '과거로 회귀한 자들', 즉 고대의 힘들이 다시 나타난 사람들이었습니다. 또한, 싸움에 대한 오래된 욕망을 스스로 드러내는 또 다른 방식도 있습니다. 스스로는 어떤 폭력 행위를 저지를 꿈도 꾸지 않는 수많은 사람이 있지만, 그들이 가장 좋아하는 영화와 텔레비전은 무엇을 보여 주고 있습니까?

당연하게도 어린아이들이 그러한 볼거리와 영화라는 정신적 음식을 먹고 길러진다면, 이 오래된 본능들은 더 강해지고, 아이들은 폭력에 굶주려 하며 자랍니다. 십 대 패거리들이 서로 전투를 벌이고, '스릴'을 위해 범죄를 저지르며, 그저 재미를 위해 커다란 파괴를 저지른다는 소식을 듣더라도 놀라운 일이 아닙니다. 또다시 도망쳐 나와 모든 방면에서 맹공격을 펼치고 있는 것이 바로 그 오래된 '분노'입니다.

하지만 그와는 다른 일도 일어났습니다. 아주 오래된 전쟁 욕망에는 긍정적인 면 또한 있었습니다. 그것이 위대한 용기나 모험심과 결합했던 겁니다. 그렇게 수 세기가 지나고 기독교가 영혼들에 작용하면서, 이 용기와 모험심이 발견의 시대를, 콜럼버스와 마젤란의 여행을 이끌었습니다. 그리고 훨씬 뒤에 그것은 인간 정신의 용기와 모험심이 되었습니다. 그것이 현대 과학으로 이어진 것입니다.

우리를 공격적으로 만든 바로 그것이 우리의 과학, 우리의 발명, 우리의 모든 기술적 진보를 만들어 내기도 했습니다. 다른 한편으로는 예컨대 적십자의 창설을 이끈 이상주의 또한 있습니다.

적십자의 창립자인 앙리 뒤낭은 처음에는 사업가이자 스위스의 은행가였습니다. 그는 어떤 사업 계약 관계로 파리에 갔는데, 프랑스 통치자의 동의가 있어야만 계약을 성사시킬 수 있었습니다. 그가 바로 당시의 나폴레옹 3세(나폴레옹 1세의 종손)였습니다. 하지만 이 중요한 사람, 나폴레옹 3세가 파리에 없었습니다. 이탈리아인들이 오스트리아인들에게 맞서 싸우며 그의 도움을 요청해서 이탈리아에서 군대를 지휘했습니다. 그래서 이 스위스 사업가 뒤낭은 계약의 서명을 받기 위해 커다란 전투가 벌어지기 바로 전날 이탈리아로 갔습니다. 나폴레옹은 그를 볼 시간이 없었지만 뒤낭은 머물도록 허락을 받았고, 다음 날 어느 언덕에서 그 전투 전체를 내려다볼 수 있었습니다.

이 전투, 솔페리노 전투는 역사상 가장 사람이 많이 죽은 전투 가운데 하나였습니다. 마지막 날 오스트리아인들이 패퇴하자 약 10,000명의 사상자가 전장에 있었습니다. 의사도 간호사도 구급차도 없었고 부상자들을 위한 물조차 없었습니다. 밤새도록 피로 물든 들판에서 괴로워하는 울부짖음 소리가 일어났습니다. 그날 밤 사업가 뒤낭은 자신의 사업을 잊었습니다. 이웃해 있는 마을들에서 도와줄 사람들을 모았고 그들이 할 일과 물, 음식, 붕대의 공급을 조직했습니다. 사흘 밤낮 동안 그 적은 사람의 무리가 쉬지 않고 일했습니다.

그리고 이날들 동안, 뒤낭은 적십자에 관한 생각을 했습니다. 그는 그것에 자신의 일생을 바쳤습니다. 그의 사업은 돌보지 않아 엉망이 되었고, 그는 자신이 가진 모든 것을 잃었습니다. 그러나 그는 제네바 협약과 적십자 창립을 이루어 냈습니다. 그러고는 무일푼의 가난한 사람이 되어 은퇴하여, 스위스에 있는 어떤 산골짜기에서 사람들에게 알려지지 않은 채 살았습니다.

적십자와 옥스팸[6] 같은 훗날의 조직들은 우리 유산의 다른 면입니다. 그리고 두 측면이 중세시대의 기사들로 거슬러 올라갑니다. 기사의 삶은 이 두 측면 사이의 끊임없는 투쟁이었습니다. 우리는 우리의 주인공 파르치팔이 공격적이고 폭력적인 정신, 그 격렬한 전투의 분노를 완전히 공유하고 있었음을 보게 될 것입니다.

# 6

## 붉은 기사와의 싸움

여러분은 파르치팔이 아서 왕의 궁궐에서 어떤 대접을 받았는지를 들었습니다. 그는 자신의 젊은 열정을 거의 동정 받지 못했습니다. 품위 있는 예의범절을 지닌 왕과 무례한 태도를 지닌 케이 경 모두가, 그가 어리고 경험 없음을 계속 되뇌었습니다. 왕은 친절하게도 그가 붉은 기사에게 다치지 않도록 보호해 주고 싶어 했습니다. 케이 경은 친절하지 못하게도 그를 다치게 해서 그것으로 가르침을 주고자 했습니다. 어느 쪽도 그에게 격려의 말을 하지 않았습니다. 이것은 젊은 사람들이 인생에서 종종 맞닥뜨려야만 하는 태도인데, 파르치팔과 마찬가지로, 그들은 그것에 분개하게 마련입니다. 그러나 파르치팔의 마음이 붉은 갑옷에 고정된 것처럼 그들의 마음이 어떤 것에 붙들리면, 파르치팔이 했던 것과 똑같이 그것을 얻기 위해 나섭니다.

이러한 특징들 속에서 우리는 파르치팔 이야기를 쓴 중세 트루바
두르들의 위대한 인간 이해를 볼 수 있습니다. 이러한 특징들을 통해
우리 시대와 그들 시대, 기계의 진보를 이룬 우리의 세계와 원시적 조
건에 있던 그들 세계의 엄청난 거리 사이에 다리가 놓입니다. 우리와
붉은 기사와 맞닥뜨리기 위해 말을 타고 초원으로 나아간 파르치팔 사
이를 연결해 주는 것이 바로 이러한 특징들입니다.


붉은 기사 이더는 황금 잔을 돌 위에 내려놓고는 아서 왕의 기사
중 하나가 그의 도전에 응하러 오자마자 싸울 준비가 되어 있었습니
다. 그러나 지금 그에게로 말을 타고 온 이는 갑옷을 입은 기사가 아니
라 그가 자신의 말을 전해 달라고 부탁했던 젊은이였습니다. 그래서
붉은 기사는 물었습니다.

"이 잔을 놓고 나와 싸우기 위해 오고 있는 아서 왕의 기사는 없
느냐?"

"없습니다."

파르치팔이 대답했습니다.

"제가 아서 왕에게 당신이 입고 있는 화려한 붉은 갑옷을 달라고
하자, 왕이 그것을 가져도 좋다고 말했습니다. 그러니 그것을 벗어 주
세요. 저는 그 갑옷을 입고 싶어 기다릴 수가 없습니다!"

"들어라."

붉은 기사가 말했습니다.

"너는 위대한 원탁의 기사들 가운데에서 아무도 나와 싸울 용기

가 없다고 확신하느냐?”

파르치팔은 설명할 기분이 아니었습니다. 그가 외쳤습니다.

“갑옷을 벗고, 무기를 내려놓으시오! 나는 당신에게 이미 그것들이 내 것이라고 말했소. 아서 왕이 그것들을 내게 주었소.”

“왕이 아주 후한 것을 주었구나.”

붉은 기사가 말했습니다.

“왕이 네게 내 목숨을 주는 것이 나았을 터인데, 네가 내 갑옷을 얻으려면 내 목숨을 먼저 가져가야만 하니 말이다.”

“제 생각도 마찬가지입니다.”

인내심이 없어져 가면서 파르치팔이 말했습니다.

“그 물건들을 기꺼이 내놓지 않는다면, 당신이 갑옷뿐만 아니라 당신의 목숨도 잃는 것이 당연합니다! 자, 아서 왕이 내게 준 것을 내놓으시오!”

붉은 기사는 이 모든 것을 농담으로 대하면서 말했습니다.

“그럼 어떤 위대한 행동으로 너는 내 갑옷이라는 호화로운 보상을 받을 만했다는 것이냐?”

“나는 내가 받을 만한 것을 받을 것이요!”

파르치팔이 화를 내며 외쳤습니다.

“나는 이제 그것을 받을 것이요!”

이 말과 함께 그는 붉은 기사에게 말을 달려가서 상대방 말의 굴레를 움켜쥘 지점에 이르렀습니다. 붉은 기사는 자신의 창 손잡이를 거꾸로 돌려, 두 손으로 창을 잡아서 파르치팔이 말에서 떨어질 정도의 힘으로 파르치팔을 쳤습니다. 파르치팔은 그의 발밑에서 허둥거렸습니다. 그가 똑바로 서자마자, 그의 머릿가죽을 조금 벗겨 낼 정도로 또 한 번의 비스듬한 타격이 날아왔습니다.

그 순간에 맹렬한 분노가 파르치팔을 사로잡았습니다. 눈앞에서는 붉은 기운이 부옇게 아른거렸고, 피가 귓속에서 쿵쾅거리고 있었습니다. 그는 자신의 투척용 창이 땅 위에 있는 것을 보고는 재빨리 집어 들어, 숲 속에서 여러 해 동안 익힌 사격술로 똑바로 날려서 붉은 기사의 눈을 꿰뚫고 골속에 박히게 했습니다. 일순간 그 커다란 붉은 기사가 안장에 똑바로 앉아 있나 싶더니 땅으로 굴러떨어졌습니다. 파르치팔의 마음속에는 한 가지 생각을 위한 공간만이 있었습니다.

'이제 저 갑옷은 내 거야. 그의 무기들도 내 거야. 그의 말도 내 거야!'

어색한 손놀림으로 투구를 잡아 뜯었지만, 기사의 갑옷을 붙들어 맨 끈들을 다루어 본 경험이 없어서 그것을 벗겨 낼 수가 없었습니다. 검의 띠를 찾느라 더듬었지만 마찬가지였습니다.

이 순간에 이 모든 대결을 지켜보고 있던 견습기사 이바넷이 예상치 않은 결과에 놀랐다가 정신을 차렸습니다. 그가 달려와서 말했습니다.

"나는 내가 본 것을 믿을 수가 없어. 네가 위대하고 유명한 기사 한 사람을 패배시키다니! 하지만 갑옷 벗기는 건 내가 도울게. 너는 이 물건들을 어떻게 다루는지 모르니까!"

그래서 이 견습기사의 도움으로 죽은 기사한테서 갑옷을 벗겨 냈습니다. 견습기사가 말했습니다.

"자, 네가 입고 있는 것들을 벗고, 갑옷 밑에 받쳐 입는 좋은 옷을 입어라."

"오, 안 돼요."

파르치팔이 말했습니다.

"저는 어머니가 내게 주신 옷을 바꿔 입는 것을 꿈도 꾸지 않을 거예요. 이 세상에서 가장 좋은 의복과도요!"

견습기사가 아무리 애원해도 파르치팔은 자신의 누더기 옷을 내놓으려 하지 않았습니다. 마침내 파르치팔은 머리부터 발끝까지 그 붉은 갑옷으로 둘러싸였지만, 그 밑에는 숲에서부터 입고 온 옷들을 입었습니다. 사실은 이 이상한 옷의 조합이 그 자신의 진정한 모습이었지만 그는 그것을 몰랐습니다. 그는 기사의 겉치레를 하고 있었지만, 아직 진정한 기사로 만들어 주는 내면의 목표와 의무가 없었기 때문입니다.

파르치팔이 마침내 완전한 기사 복장을 하고 붉은 말 위에 앉자 이바넷에게 말했습니다.

"당신에게 붉은 기사의 좋은 옷들과 나를 이제까지 태워 준 말을 드리겠습니다. 그리고 저기 있는 돌에서 황금 잔을 가져다가, 아서 왕에게 도로 가져다 드리세요, 저는 그의 궁궐로 돌아가지 않을 것이기 때문입니다. 저는 그곳에서 케이 경에게 모욕을 당했고, 한 부인이 저 때문에 고통을 받으셨습니다. 언젠가 제가 아서 왕의 어떤 기사보다도 훌륭하다는 것을 증명했을 때 돌아와서, 그 부인에게 행한 잘못을 복수할 겁니다. 왕께 제 안부 인사를 전해 주십시오!"

이 말과 함께 그는 붉은 갑옷을 입은 채 위풍당당하게 말을 타고 떠났는데, 이제 붉은 기사가 된 것입니다.

견습기사가 아서 왕에게 이 소식과 더불어 잔을 가져왔고, 이 어린아이가 굉장히 명성이 높은 기사 이더를 죽였다는 소식으로 궁궐에서는 커다란 경탄이 일었습니다. 하지만 아서는 말했습니다.

"그것은 기사의 전투가 아니었다, 기사들은 서로 싸울 때 사냥하는 창의 사용을 금하기 때문이다. 또한 창을 던져 죽인 것은 운 좋게 맞춘 것뿐이다. 사실, 그 어린아이는 오래가지 못할 것이다. 경험 많은 다음 기사가 그 아이를 죽일 것이다."

아서 왕은 죽은 적 이더를 위대한 귀족 영주에 합당하게 매장해주었습니다.

그러나 파르치팔이 새로 얻은 갑옷과 목숨을 곧 잃을 것이라는 생각은 오산이었습니다. 행운이 이 어린아이와 함께했는데, 온종일 자신에게 싸움을 걸어올지도 모르는 다른 기사를 만나지 않았기 때문입니다.

저녁 무렵에 파르치팔은 거대한 벽과 도개교가 가로놓인 깊은 해자로 둘러싸인 성에 당도했습니다. 좋은 옷을 입은 한 노인이 도개교 위에 서서 길을 내다보고 있었습니다. 파르치팔은 습관대로 말했습니다.

"제 어머니께서 제게 들려주신 대로 당신께 인사드립니다!"

이 이상한 인사에 노신사가 놀랐습니다. 그는 엄청나게 화려한 갑옷을 입은 기사를 보고 놀랐는데, 그 기사는 아주 서툰 모습으로 방패와 창을 지니고 있었던 것입니다. 그래서 이름이 구르네만츠인 노신사는 환대라는 규범뿐만 아니라 호기심에 이끌려 그를 손님으로 초대했습니다. 자신을 짓누르는 익숙하지 않은 무게에 지친 이 젊은이는 기쁘게 이 초대를 받아들였습니다.

집주인 구르네만츠는 자신의 하인이 이 손님의 갑옷 벗기는 것을 도울 때 적잖이 놀랐습니다. 왜 이 녀석이 이 누더기 어릿광대 복장을 하고 있는 것일까? 그러나 구르네만츠는 예절 바른 사람이라 꼬치꼬치 캐묻지 않았습니다.

그러나 파르치팔은 거리낌이 없었습니다. 성의 내부가 이전에 보지 못한 물건들로 가득 차 있어서 그는 뜰로 들어선 순간부터 묻기를 멈추지 않았습니다.

새장 안에서 머리 위에 덮개를 쓰고 앉아 있는 저 새들은 무엇이지요? 사냥하는 매란다. 왜 연회장에 물이 든 대야와 수건이 있는 거지요? 손으로 먹으니까 손가락에 기름이 묻으면 닦아야 하기 때문이지. 탑은 왜 그렇게 높은가요? 멀리서 접근하는 적들을 보기 위해서란다. 그들이 식사하기 위해 자리에 앉을 때까지 그는 묻기를 멈추지 않았습니다. 그때 구르네만츠 노인이 말했습니다.

"젊은 친구, 나는 자네가 기사의 생활방식에 익숙하지 못하다는 것을 알 수 있어."

파르치팔은 그렇다는 것을 솔직하게 인정하면서 덧붙였습니다.

"하지만 저는 배우기를 아주 간절히 바라고 있어요."

"그렇다면,"

이 열렬한 젊은이에게 호감을 느끼게 된 구르네만츠가 말했습니다.

"내가 기꺼이 자네의 선생이 되겠네. 자네가 여기 머물면서 내게 배워도 좋네."

파르치팔은 이 제안이 매우 기뻐서 주인에게 얼마나 감사한지 말했습니다. 그때 구르네만츠가 파르치팔의 운명을 이끌 말을 했습니다. 그것은 그나 그의 스승 모두가 내다볼 수 있는 것보다도 더 운명적이었습니다.

종종 인생에서는 아무런 특별한 의도 없이 말해진 우연한 말 한마디가 전혀 예기치 않았으면서도 엄청난 결과를 가져올 수가 있습니다. 아마도 우리가 하는 말의 영향을 우리가 미리 알지 못하는 것이 다행스러운 일일 겁니다. 구르네만츠가 한 말은 분명히 파르치팔의 인생에서 운명적인 역할을 할 것이었습니다.

구르네만츠가 한 말은 이런 것이었습니다.

"내가 자네의 선생이 될 것이니, 우리는 지금 당장 공부를 시작할 수 있어. 그런데 기사가 배워야 할, 훌륭한 행동을 위한 궁궐의 첫 번째 예법 가운데 하나는 이런 거야. 꼬치꼬치 캐묻지 말 것, 너무 많은 질문을 하지 말 것. 자네가 온 이후로 그렇게 했던 것처럼 말이야. 그런 질문들은 어쩌면 자네가 질문하는 사람을 당황스럽게 만들 수가 있고, 그것이 자네를 무식하게 보이게 할 수도 있지. 그래서 어느 쪽이든 자네는 그것 때문에 호감을 얻지 못하거나 존경받지 못할 것이네."

구르네만츠는 좋은 의도로 파르치팔에게 이런 건전하고도 실제적인 조언을 했고, 기사의 행동거지 규범대로 살기를 열망하는 파르치팔은 그 조언을 마음에 새겼습니다. 그러나 그것 때문에 많은 슬픔이 찾아오게 되었습니다.

그날 저녁 파르치팔은 자신의 이야기를 구르네만츠에게 들려주었습니다. 어떻게 해서 자신이 숲을 떠났는지, 본래대로라면 자신의 것이 되어야 하는 왕국을 어떻게 알게 되었는지, 어떻게 아서의 궁궐을 제대로 찾아 들어갔는지, 그리고 어떻게 해서 붉은 기사의 갑옷을 얻게 되었는지를 말입니다. 그리고 그는 갑옷을 소유하는 것만으로는 기사가 되지 못한다는 것, 훈련받고 교육받아야만 그의 스승 구르네만 츠가 자신을 기사로 만들어 줄 '작위 수여'라는 의식을 베풀어 줄 것임을 알게 되었습니다.

파르치팔은 이 귀족 구르네만츠와 함께 머물면서 창과 검의 적절한 사용법을 배웠고, 기사 전투의 규칙들을 배웠으며, 예법의 규범들을 배웠습니다. 어떤 스승도 그보다 더 적극적인 학생을 가질 수는 없었고, 오래지 않아 구르네만츠가 검의 평평한 면으로 그의 어깨를 치는 의식의 날이 왔습니다. 마침내 구르네만츠가 말했습니다.

"내가 그대를 기사로 칭하노라!"

그 성을 떠나는 날, 그는 더 이상 갑옷 밑에 어릿광대의 옷을 입지 않았으며, 자신의 어머니를 언급하면서 사람들에게 인사하지 않았고, 세상의 삶의 방식에도 더 이상 무지하지 않았습니다.

그러나 기사 작위는 어떤 것들을 아는 문제가 아니라, 다툼과 전투에서 행위의 문제였습니다. 모험과 위험 속에서 기사는 자신의 가치를 증명해야만 했던 것입니다. 파르치팔이 구르네만츠의 성을 떠나면서 시작한 것은 행동을 찾아 나서고, 도전하고 정복할 적을 찾아 나서는 것이었습니다.

그리고 모험이 그를 맞이하게 되었습니다.

그가 어떤 거대한 도시에 당도한 것은 늦은 오후였습니다. 도시 바깥에는 무장한 사람들의 야영지가 있었습니다. 파르치팔은 그들이 도시를 공격할 때 쓰는 긴 사다리와 나무로 만든 탑을 가지고 있는 것을 보았습니다. 또한, 도시의 성벽에는 무장한 사람들이 배치되어 있었는데, 그들은 공격자들을 물리치기 위한 활과 화살과 뜨거운 역청이 들어 있는 양동이를 갖추고 있었습니다. 도시는 포위되어 있었습니다. 그러나 어떤 싸움도 진행되고 있지 않았고, 그가 말을 타고 그 야영지를 지나 도시의 성문으로 갈 때 누구도 그의 길을 막지 않았습니다. 그는 성문을 두드렸고, 이 싸움의 어느 편에도 가담하지 않은 이방인으로서 들여보내 줄 것을 요구했습니다. 그는 들여보내 졌지만, 성문에서 그를 맞이한 사람들은 모두가 중무장을 한 채 그에게 어두운 눈길을 던졌고 그는 그들이 환대의 규범을 따지건 아니 건 간에 지금은 쓸모없는 내방객을 먹여 살릴 만한 때가 아니라고 중얼거리는 소리를 들었습니다.

도시 안으로 들어오자 파르치팔은 곧 그 말을 이해했습니다. 그가 본 모든 사람이 창백했고, 피골이 상접해 있었습니다. 어떤 집이나 여관에서도 요리하는 냄새가 흘러나오지 않았고, 장터의 좌판은 비어 있었습니다.

초췌한 몰골의 주민 가운데 한 사람에게서 파르치팔은 이 도시가 한 젊은 여왕 콘드비라무르(불어 *conduire amour* 즉 '사랑으로 이끌다'라는 말에서 왔습니다)의 통치하에 있다는 사실을 알게 되어 그녀의 궁전으로 갔습니다.

포위당하고 굶주림에 고통받고 있었음에도, 방랑하는 기사를 위한 환대의 규범은 어길 수 없어서 여왕 콘드비라무르는 파르치팔을 아주 정중하게 영접했고, 변변치 않은 식사를 베풀 수밖에 없음을 사과했습니다. 그러나 파르치팔은 자신에게 어떤 음식이 제공되는지 아랑

곳하지 않았습니다. 그가 여왕에게 눈길을 준 순간부터 여왕은 또래의 소녀일 뿐이었습니다. 갑자기 세상의 다른 모든 것은 중요하지 않게 되었고, 유일하게 중요한 것은 그녀 곁에 있는 것인 듯했습니다. 자신의 태도를 조심하면서 그는 그 호리호리한 몸매를 너무 뚫어지게 바라보지 않으려고 애썼지만, 예의상 미소 짓는 그녀의 얼굴에 나타나는 심각한 표정을 의식하지 않을 수 없었습니다. 마음속으로 이미 '그녀의' 기사가 되어 그녀에게 기꺼이 봉사하고 그녀의 골칫거리들을 떨쳐 없애기 위해 자신이 할 수 있는 모든 것을 하겠다고 결심했습니다.

그녀의 곤경을 그에게 들려준 것은 콘드비라무르 여왕 자신이었습니다. 도시 바깥의 무장한 사람들은 그녀와 결혼하기를 원하나 거절당한 어떤 대단하고 강력한 영주의 군대였습니다. 이 거절 때문에 기분이 상한 그 오만한 귀족이 무력을 행사했던 것입니다. 포위와 오랜 기간의 배고픔으로 적에 대항하고자 하는 사람들의 의지는 이미 약해져 있었습니다. 그러나 거절당한 구혼자 킹그룬은 자신의 힘과 무기를 다루는 기술에 자부심이 있었기 때문에 콘드비라무르의 기사 중 누구든 일대일의 싸움에서 자신을 대적하여 이긴다면 자신의 군대를 철수하겠다고 제안했습니다. 하지만 그녀의 기사 중 누구도, 배고픔으로 쇠약해져 있어서 감히 그 도전을 받아들이려 하지 않았던 것입니다.

콘드비라무르가 이야기를 마치자 그녀의 눈이 파르치팔의 눈과 마주쳤습니다. 이 마주침 속에서 그가 읽어 낸 것은 요청과 약속 모두였습니다. 만일 그 순간에 콘드비라무르가 그에게 지옥의 군주와 싸워 달라고 요청했다 하더라도, 그는 행복한 마음으로 그 임무를 떠맡았을 것입니다. 그러니 그녀를 위해 단지 한 인간과 싸우는 것은 기쁨이자 즐거움이며, 그가 갈망하는 바로 그 일이었습니다. 콘드비라무르에게 킹그룬과 일대일의 싸움을 하겠다고 약속했을 때 그는 자신이 숲을 떠난 이래 그 어떤 때보다도 큰 행복감을 느꼈습니다.

콘드비라무르의 기사 중 한 사람이 자신의 도전을 받아들였다는 말을 들은 위대한 군주 킹그룬은 그 싸움을 도시를 포위하는 지루한 일 가운데 유쾌한 막간극 정도로 생각했습니다. 전투나 마상시합에서 자신에게 필적할 만한 상대를 만난 적이 없었기 때문에, 자신의 힘과 기술로 또 하나의 희생자의 목숨을 앗으리라고 기대했습니다. 그것은 양편 도시 성벽에서, 걱정스럽게 포위하고 있는 야영지에서 열심히 지켜보는 싸움이었습니다.

멀리서 보니 두 기사가 서로에게 맞서 말을 달리기 시작했습니다. 처음에는 천천히, 그러고는 더 빨리 더 빨리, 말들이 그들 사이의 거리를 좁히면서 기사들은 자신의 긴 창을 '고정'시켜 상대방의 방패를 겨누었습니다. 그리고 한복판에서 전속력으로, 두 창이 부러질 만큼의 힘으로 두 사람이 서로 부딪쳤고, 그러자 말들이 궁둥이로 주저앉았습니다. 두 기사는 무거운 갑옷이 허용할 만큼의 속도로 말에서 내렸고 검을 뽑아 서로 쳤습니다. 그들의 방패는 난도질당하여 조각났지만, 그들은 여전히 계속해서 싸웠고 타격을 주고받았습니다. 그러나 이때 자신의 힘을 너무 믿었던 킹그룬이 압박감을 느끼기 시작했고, 검을 든 팔이 납덩이처럼 무겁게 느껴지기 시작했는데……그때 파르치팔이 킹그룬을 비틀거리게 할 만큼의 힘으로 그의 투구를 내리쳤고, 두 번째로 내리쳐서 그를 땅바닥에 주저앉혀 버렸습니다. 그다음 순간 파르치팔의 칼끝이 킹그룬의 목구멍 즉 투구와 몸통 갑옷 사이의 공간에 겨누어졌습니다.

"어서, 나를 죽여라!"

땅에 떨어진 자가 쉰 목소리로 말했습니다.

"나라면 네게 그리할 것이다!"

"네게 또 다른 선택을 주겠다."

파르치팔이 말했습니다.

"너는 두 가지 조건에 복종할 것을 맹세해야만 한다. 하나는 도시의 포위를 거두어야 한다는 것이다. 그리고 다른 조건은 네가 아서 왕의 궁궐에 가서, 나를 위해 얼굴을 맞은 부인을 위해 봉사해야 한다는 것이다. 또한 아서 왕에게 붉은 기사의 문안 인사를 전하거라!"

킹그룬은 자기 목숨을 내던질 만큼 바보가 아니기에 그 조건들을 지키겠다고 맹세했습니다. 파르치팔은 승리자로서 콘드비라무르에게 돌아왔습니다. 그리고 그녀와 결혼했으며, 벨르페르Belrepeire라 불리는 이 도시의 왕이 되었다는 말을 듣고 놀랄 사람은 없을 것입니다. 그는 행복했지만, 인생의 진짜 시련은 아직 도래하지 않았습니다. 그는 자기 몫의 행운을 가졌지만, 비탄과 슬픔의 교훈들을 아직 배워야만 했습니다.

# 7

## 아서: 신화인가 역사인가?

물론 아서 왕과 그의 기사 이야기에는 전쟁, 전투, 마상 시합, 마상 창 시합, 일대일의 싸움 등 아주 많은 싸움 이야기가 들어 있는데, 우리는 다툼과 폭력을 향한 관심 뒤에 숨겨진 역사적 이유를 이미 알고 있습 니다. 제가 앞 장에서 여러분에게 말씀드린 부분이 붉은 기사의 죽임 과 함께 시작해서 콘드비라무르 여왕의 도시 바깥에서의 싸움으로 끝 난 이유는 바로 그 시대의 일반적 정신을 따라가는 것에 있었습니다.

하지만 아서 왕 기사들의 싸움에는 또 다른 위대한 싸움, 아서 왕 과 관련된 또 다른 위대한 전투가 있습니다. 그것은 창과 검이 아닌 펜 과 종이를 가지고 이루어진 것이며, 나아가 과거가 아니라 바로 현재 까지 계속되고 있습니다. 바로 아서 왕과 그의 기사들이 과연 실제로 존재했는지 아니면 단순히 지어낸 것인지에 관한 문제입니다.

여러분은 아마도 빨간 모자 이야기가 그런 것처럼 아서 왕 이야기 역시 '실제'나 '진실'이 아니라고 생각하는 쪽일 것입니다. 그러나 그것은 그렇게 단순한 문제가 아닙니다.

대개 제기되는 바와 같은 '아서 왕: 인간인가 신화인가?'라는 의문은, 사방에 단서들이 흩어져 있는 탐정 이야기 같은 것인데, 그 유일한 어려움이 이 단서들을 정확히 읽어 내는 일이라는 것이죠.

한 가지 단서는 그 지방 구전에 나오는, 아서 왕과 관련이 있는 영국Britain과 북부 프랑스에 걸친 여러 장소 즉 콘월에 있는 틴터글 성 유적이나 글래스턴베리 수도원, 또는 에든버러에 있는 아서의 저택 등입니다. 영국 전역의 이곳저곳에 아서에 관한 풍부한 지방 구전이 있어서 그 모든 것이 무로부터 순전히 지어낸 것으로는 보이지 않습니다.

그러나 다른 한편으로는 트루바두르들이 이 모든 이야기를 쓸 당시에는 어떤 아서 왕도, 어떤 원탁의 기사도 확실히 없었습니다. 하지만 트루바두르들이 그 모든 것을 지어내지는 않았습니다. 그들은 이미 존재하고 있었던 이야기들을 이용했습니다. 트루바두르들 훨씬 이전에 영국의 모든 마을에는 아서와 그의 영웅들을 말한 바드bard[7]라는 이야기꾼들이 있었습니다. 바드와 청중 모두가 읽거나 쓸 줄 몰랐지만, 세대에서 세대로 이야기가 구어로 보존되었습니다. 아서 왕은 트루바두르들이 그 이야기를 쓰기 훨씬, 훨씬 전에 영국의 영웅이었고, 그들은 그 이야기들을 자기 식대로 썼습니다. 트루바두르들은 아서와 그의 사람들이 자기네 시대의 기사들처럼 행동하게 하였고 그들에게 12세기와 13세기 의상을 입혔습니다. 그러나 아서와 가웨인과 랜슬롯의 이야기는 이미 존재하고 있었고, 트루바두르들은 그 이야기들을 '각색'하고 이곳저곳에 덧붙였을 뿐입니다. 그들이 아서 왕을 '지어낸' 것은 아닙니다.

트루바두르들은 아서와 그의 사람들이 이미 대중적인 영웅들로 영국 사람들에게 알려져 있고 사랑받았으며 사람들이 그들에 관해 많이 듣기 원해서 그들을 선택한 것입니다. 영국 사람들에게 아서 왕은 이미 그때(1100년에서 1200년 무렵) 단지 영국 왕들 가운데 한 사람이 아니라, 왕 그 자체 즉 진정한 영국 정신의 화신이었습니다. 아서 왕의 중요성은 과거에 이랬고 오늘날에도 여전히 이러합니다. 사람들의 마음속에서 그는 영원한 정신, 가장 높고 좋은 의미에서 영국적인 모든 것을 상징하는 영웅으로 남았습니다.

그러나 이것이 바로 아서 왕에 관한 논쟁이 여전히 진행 중인 지점입니다. 구어로만 전해진 이 초기 이야기들은 단순한 상상의 산물, 신화였을까? 아니면 그것은 한 실재 인물, 한때 살아 있었고 그 명성을 잊을 수 없는, 한 왕에게로 귀착되는 것일까?

그런데 제3의 가능성이 남아 있습니다. 아서를 인간이면서 동시에 신화로 만드는 것이 답이라 주장하는 학파가 있습니다. 그들은 '아서'가 한 인물의 이름이 아니었고, 켈트시대로 거슬러 올라가는 시대의 지도자에게 주어진 칭호였다고 말합니다. 지도자가 죽으면 그 계승자가 '아서'가 되므로 단 한 사람이 아닌, 수많은 아서가 있었다는 것이지요.

여러 세대 동안 그들의 '아서'에 의해 지도된 이 집단 즉 원탁의 영웅들이 그 야만 시대에 약자들을 보호하기 위해 일하고 분투했습니다.

그들은 억압과 잔인함에 맞서 싸우고, 강도들과 잔혹한 권력이 접근하지 못하도록 막는 임무에 헌신하는 등, 잔인하고 야만적인 시대의 온갖 악에 맞섰습니다. 그들은 기사 작위가 있기 이전의 '기사들'이었던 것입니다. 그것은 일종의 '결사brotherhood', 아마도 어떤 비밀 결사였고, 영국 전역에 분파를 지니고 있었으며, 각 분파는 그 자체의 지도자, 그 자체의 '아서'를 지닌 결사였을 가능성이 큽니다.

이것이 제3의 견해, 즉 아서 이야기의 기원에 관한 제3의 관점입니다. 이 제3의 관점은 모든 단서가 들어맞고, 또 그것이 아서 왕과 영웅들의 기억이 영국 사람들에게 매우 사랑받고 있는 이유, 즉 그들이 아서를 통해 가장 좋은 영국적인 상징으로 무엇이 공정하고 정당한지에 대한 감각과 그것을 위해 싸우는 용기를 설명해 준다는 장점이 있습니다.

그러니 여러 세기가 지난 뒤 중세시대의 기사들이 그와 똑같은 이상을 따랐을 때 사람들이 여전히 기억하고 있었던 아서보다도 더 좋은 본보기, 더 좋은 전형을 어떻게 찾을 수 있었겠습니까? 그 자신이 기사였던 트루바두르들이 아주 오래된 켈트 이야기들을 취해서 그들의 모든 기사를 아서의 종으로 만든 것은 이상한 일이 아닙니다.

실제의 아서들, 그 켈트의 지도자들은 기독교가 영국에 전파되기 이전에 잘 살았던 것이 틀림없습니다. 그들은 드루이드교를 따랐는데 이것은 태양을 숭배했습니다. 그러나 약자와 가난한 사람들을 보호하고 잔인함과 무자비에 맞서 싸움으로써, 그들은 이미 기독교의 이상을 위해, 기독교의 원리를 위해 일하고 있었던 것입니다.

이상한 것은 최초의 기독교 선교사들이 영국 제도의 켈트인들에게 왔을 때 마치 이 사람들이 그것을 기다리고 있던 것 같았다는 점, 즉 그 새로운 종교가 기꺼이 받아들여졌다는 사실입니다. 마치 아서들이 그것을 위한 길을 마련해 두었던 것 같았습니다. 그래서 트루바두르들이 그들의 이야기 속에서 아서를 기독교인 왕으로 만들었을 때 그들이 아주 틀린 것은 아니었는데, 고대의 아서 속에 기독교적인 무언가가 있었기 때문입니다.

그러니 아서 왕과 기사 이야기들이 상상의 이야기와 순전히 지어낸 이야기와 동화를 많이 포함하더라도 그것은 완전한 상상의 이야기는 아니고, 그 배경에는 실제로 일어난 무언가가 있었던 것이지요.

그것은, 쉴리만이 (이 도시를 파괴한 불로 여전히 검게 그을린) 트로이 유적을 발굴할 때까지 역시 오랫동안 신화로 간주되었던 트로이전쟁 이야기와 마찬가지입니다.

그리고 말이죠, 아서 이야기들 가운데 공상적인 부분들, 단지 동화에 지나지 않는 것으로 보이는 부분들조차 언뜻 보이는 것처럼 매우 비현실적이거나 아주 터무니없는 상상의 소산인 것은 아닙니다. 아서왕 이야기의 맨 첫 부분을 봅시다. 아서의 아버지 유서 펜드라곤 왕이 죽자 영국은 혼란과 혼돈에 빠집니다. 아서가 아직 아기였고 권력을 쥔 군주들은 왕좌를 놓고 서로 싸웠기 때문이라고 합니다.

마법사이자 이 아이의 후견인인 멀린이 기꺼이 이 소년을 돌보고 길러 주고자 하는 양부모에게로 어린 아서를 데리고 갔지만, 멀린은 그들에게 소년이 누구인지 말해 주지 않았고 소년 자신도 그 사실을 몰랐습니다.

양아버지는 기사 엑터 경이었는데, 영국 왕위를 차지하기 위한 투쟁에 참여했습니다. 그러나 어떤 경쟁자도 결정적인 승리를 거둘 수 없었으므로 모든 싸움이 헛수고가 되었습니다. 그래서 여러 해 동안 그들 사이의 이 성과 없는 다툼 뒤에 영주들이 평화적인 방법으로 영국 왕이 될 사람을 찾기로 했습니다.

이때 마법사 멀린이 다시 관여합니다. 그의 충고로 영국에서 가장 높은 사제인 캔터베리 대주교가 모든 영주를 크리스마스 때 런던 회합으로 불러들였습니다. 이 회합에서 그들 중 영국의 왕관을 쓸 자격이 있는 이에게 어떤 징표를 줄 것이었습니다. 그들 모두가 런던으로 왔고, 합당한 사람이 선택되어야 한다고 모두가 기도하는 커다란 예배가 열렸습니다.

예배가 끝나서 나올 때 그들은 교회 경내에서 이상한 광경을 보았습니다. 커다란 네모난 돌이 있었고 그 돌에 모루가 하나 있었는데, 그 모루와 돌을 꿰뚫고 검이 하나 꽂혀 있었습니다. 그 검에 이런 글귀가 새겨져 있었습니다.

"돌에서 이 검을 뽑는 자가 영국의 적법한 왕이다."

물론, 영주들 한 사람 한 사람이 차례로 모루와 돌에서 그 검을 뽑으려고 해보았지만, 그들 중 그 누구도 그것을 조금도 움직일 수 없었습니다. 그러자 그들은 당황해 하면서 대주교를 바라보며 말했습니다.

"우리 사이에는 합당한 사람이 아직 없나 봅니다. 우리는 그가 오기를 기다려야만 합니다."

기다리는 시간 동안 영주들은 그들끼리 마상 시합을 열기로 했습니다. 이 회합에 온 귀족들 사이에 아서의 양아버지인 엑터 경이 있었고, 그와 함께 이름이 케이인 그의 아들과 어린 아서가 있었습니다. 엑터 경의 아들인 케이는 얼마 전에 이미 기사가 되어 있었고, 수양형제일 뿐이며 혈통도 모르는 아서는 그 젊은 기사의 하인이자 견습기사였습니다.

모든 귀족이 마상 시합을 준비하고 있는데 젊은 기사 케이가 아서에게 말했습니다.

"우리가 오늘 아침에 시내의 숙소를 나서면서 마상 시합이 있을 거라고 예상하지 않아서 내 검을 두고 왔다. 어서 가서 그걸 가져오너라."

아서가 서둘러 숙소로 돌아갔지만 집의 모든 사람이 나가고 없었고, 문은 잠겨 있어서 들어갈 수가 없었습니다. 어찌해야 할까? 만일 검이 없이 가면 케이가 몹시 화를 낼 것이었습니다. 그런데 돌아오는 길에 아서는 검이 꽂힌 돌이 놓인, 아무도 없는 교회 경내를 지나게 되었습니다. 검이 있었던 겁니다! 아서는 망설임 없이 쉽게 그 검을 뽑아 자기 주인에게 가져다주었습니다.

글을 읽을 수 없고, 지체 높고 권력을 가진 영주들의 일에 관심이 거의 없던 아서는 그 검에 특별한 무언가가 있다는 사실을 알지 못했습니다. 하지만 젊은 케이 경은 곧바로 그 검과 그것에 새겨진 것을 알아보았고, 무슨 일이 벌어졌는지를 깨달았습니다. 그러나 이 보검을 차지하고 싶은 유혹이 그에게 너무도 컸습니다. 그는 아버지 엑터 경에게 가서 말했습니다.

"보십시오, 여기 그 돌에서 뽑은 검이 있습니다! 제가 영국의 왕이 될 겁니다."

그러나 엑터 경은 쉽사리 속지 않았습니다. 그가 캐묻자 케이가 부끄러워 얼굴을 붉히면서, 자신에게 그 검을 가져온 사람은 아서였다는 사실을 시인해야만 했습니다.

아서는 매우 놀란 채 모든 영주와 함께 교회 경내에 있는 그 돌로 돌아와야 했고, 그들 모두 앞에서 그 검을 돌에 꽂았다가 다시 뽑아냈습니다. 다른 사람들은 아무도 그렇게 할 수가 없었습니다. 결국 아서가 영국의 왕이 되었습니다.

이것이 바로 그 유명한 '엑스칼리버 검', 즉 '돌에 꽂힌 칼'의 이야기입니다. 자, 그 시대의 이야기꾼들이, 처음에는 바드가, 나중에는 트루바두르가 이러한 상상의 장면들을 상징물로 이용했습니다. 그들은 이 이야기를 통해 아서만이 다른 모든 사람이 지니지 못한 무언가를 소유하고 있었다는 사실을 전달하고 싶었는데, 이 '무언가'를 하나의 검, 즉 엑스칼리버 검에 비유했습니다. 그리고 이 유일한 '무언가'가 한 사람을 지도자, 왕의 자격이 있는 사람으로 만들어 주었습니다.

한 사람의 성격 중에서 그에게 지도자의 자격을 부여하는 것이 무엇입니까? 그것은 바로 판단, 올바른 판단을 내리는 내면의 힘입니다.

'베기incision'와 '판단decision'이라는 두 낱말을 한 번 비교해 보세요. incision은 자른다는 뜻인데, decision에도 역시 'cision'이 있고, 이것은 자르는 것을 뜻합니다. 어떤 확고한 판단은 자르는 것입니다.[8] 그리고 엑스칼리버 검은 판단, 올바른 판단을 내리는 힘입니다.

좀 더 가까운 시대에 이 '판단의 힘'의 예가 있습니다. 1940년에는 히틀러의 군대가 프랑스에 가득 차 있었는데 프랑스 군대는 모두 달아났고, 프랑스 정부는 프랑스를 독일의 점령에 넘겼습니다. 프랑스에서 싸우고 있던 영국 군대는 됭케르크 철수로 안전하게 영국으로 돌아왔지만, 무기를 모두 잃었습니다. 영국은 독일의 침략에 실제로 무방비

상태여서 프랑스가 그랬던 것처럼 히틀러에게 항복하는 것 말고는 다른 선택의 여지가 없었습니다. 의회와 국민 대부분은 우리가 할 수 있는 것은 인내심을 가지고 히틀러에게서 좋은 평화 협정 조건들을 얻어내기 위해 애쓰는 것, 즉 전쟁에서 지는 것뿐이라고 생각했습니다.

그런데 이때 윈스턴 처칠의 유명한 방송이 있었습니다. 그는 세계를 위해 자신의 지도하에서는 영국이 계속해서 싸울 것이며, 히틀러에게 절대 항복하지 않을 것이라고 말했습니다. 1940년의 그 절망적인 나날들 속에서 나치의 지배에서 영국과 세계를 구한 것은 바로 한 사람의 결심, 한 사람의 판단이었습니다.

만일 옛날의 트루바두르들 가운데 한 사람이 1940년에 처칠의 목소리를 들었다면, 그리고 만일 그가 영국 공군이 히틀러의 독일 공군에 저항한 당시의 영국 전투the battle of Britain를 목격했다면 그 트루바두르는 이렇게 말했을 겁니다.

"엑스칼리버 검이 돌에서 뽑혔다. 윈스턴 처칠이 엑스칼리버의 힘을 가지고 있다!"

고대의 바드들, 그리고 중세시대의 트루바두르들은 상징적으로 장면을 묘사하며 말했습니다. 그러나 우리는 '판단'이 '자른다'를 뜻하는 라틴어에서 왔고 그 말 자체 속에 이미 단도나 검의 묘사가 담겨 있다는 사실을 알아차리지 못한 채, '판단'과 같은 추상적인 말들을 우리 시대에 사용하고 있습니다.

이제 우리가 공상적으로 보이는 이야기들이 어떤 의미를 지니고 있고, 그것들이 묘사를 통해 무언가를 분명히 보여 주고 있다는 것을 이해한다면, 아서 왕의 최후를 전해 주는 터무니없는 이야기, 즉 그는 죽은 것이 아니라 '아발론'에서 일종의 잠을 자며 쉬고 있으며, 그가 절대적으로 필요한 때에 영국으로 돌아올 것이라는 이야기 또한 이해할 수 있습니다. 영국의 작은 배들이 스페인 무적함대에 맞서 출항했을 때, 트라팔가르 해전에서 넬슨이 나폴레옹의 침략 계획을 좌절시켰을 때, 영국 전투에서 초라한 소수의 영국 공군 비행기들이 히틀러의 독일 공군에 맞섰을 때, 이것들 모두가 그 필요한 때였고, 이 모든 필요한 때에 모든 아서들 속에 살아 있었던 정신이 나타났습니다. 아무런 위험이 없는 평상시에는 영국에는 정신이 없고, 그것은 죽었다고 생각하는 것도 무리가 아닙니다. 그러나 주문에 묶여 있을 뿐입니다. 아서가 아발론에서 주문에 묶여 있다고 말해지는 것처럼 말이지요. 그런데 이 정신은 엄청나게 필요한 모든 시기에 나타났던 것입니다.

그러나 말이지요, 상상으로 만들어 낸 것 같은 이 모든 이야기 즉 '돌에 꽂힌 칼' 이야기나, 아서가 죽은 것이 아니라 마법의 주문 밑에서 잠자고 있을 뿐이라는 이야기는 한가한 공상이 아닙니다. 그것들은 숨겨진 의미를 지니고 있는 것입니다.

# 8

----

## 어부 왕

파르치팔은 스스로 전혀 알아차리지도 못한 채 행운이 함께 했습니다. 붉은 기사에 맞설 때 그를 구한 것은 행운이었습니다. 그를 구르네만 츠에게 인도해서, 구르네만츠가 그에게 기사가 되는 데 필요한 훈련과 가르침을 준 것도 행운이었습니다. 또한 그를 콘드비라무르 여왕에게 이끌어서 한 번의 싸움만으로 그가 혼인과 왕관을 얻도록 해준 것도 행운이었습니다.

그는 정말로 운이 좋았습니다. 그래서 아주 행복하게 콘드비라무 르 여왕과 함께 살았습니다. 그러나 시간이 지나면서, 종종 어머니 헤 르첼로이데를 더욱더 생각했습니다. 그는 자신이 숲을 떠나는 바로 그 시간에 어머니가 비탄에 빠져 죽었다는 사실을 알지 못했는데, 기사 작위와 한 왕국을 얻었으므로 어머니가 자신의 행복을 함께 나누기를 바랐습니다.

사자를 보내는 것은 적절치 않았습니다. 아니, 그 스스로 가서 자신이 얼마나 잘해냈는지 어머니께 말씀드리고, 외로운 숲에서 그가 있는 곳으로 어머니를 모셔오고자 했습니다. 아내와 헤어지기 싫었지만, 어머니에 대한 의무 때문에 콘드비라무르 여왕을 떠나서 자신이 어린 시절을 보낸 큰 숲으로 여행을 시작할 날이 왔습니다.

말을 타고 하루를 달려 저녁이 되었을 때 그는 전혀 알지 못하는 지역에 들어와 있었습니다. 우거진 숲으로 뒤덮인 언덕과 산기슭이 있었고 호수들이 있었지만, 어디에서도 사람이 사는 어떤 흔적도 볼 수 없었습니다. 그가 밤 동안 쉴 곳을 찾을 수 있었을까요?

기사의 성도 농부의 오두막집도 볼 수 없었기 때문에 파르치팔은 계속해서 말을 몰아갔습니다. 언덕들 사이에서 반짝거리는 것을 보았던 어느 호수에 당도했습니다. 그가 본 것은 반갑게도 어부라고 생각되는 사람들이었습니다. 호수에는 사람 몇 명이 타고 있는 배 한 척이 있었습니다. 파르치팔이 그들에게 소리치자 배가 그를 향해 왔습니다.

배가 다가오자 그는 왕이나 대 귀족이 입을 법한 자주색의 화려한 예복과 어민[9]을 입은 한 사람이 그 안에 있음을 알 수 있었고, 배 안의 다른 사람들은 하인들처럼 보였습니다.

배가 더욱 가까이 왔고, 이제 파르치팔은 그 귀족 영주이거나 왕처럼 보이는 자의 얼굴이 창백하고, 또 큰 고통의 흔적이 배어 있음을 볼 수 있었습니다. 파르치팔이 쉴 데를 찾을 수 있는지 묻자, 그 슬픈 표정의 남자가 말했습니다.

"근방 30마일 안에는 이 근처의 한 채 말고는 집이 전혀 없소. 저기 보이는 절벽 끝에서 오르막길을 찾을 수 있을 거요. 그 길을 따라가면 성에 당도할 것이요. 호수에서 고기잡이를 마치고 나면, 내가 오늘 밤 그곳에서 당신을 맞이하겠소."

파르치팔은 자신이 마음속으로 '어부 왕'이라 부른 이 사람에게 감사하다고 말하고는, 가리켜 준 방향으로 따라갔습니다. 언덕으로 오르는 길은 가파르고 구불구불해서 돌아갈까 하고 몇 번이고 생각했는데, 성의 흔적을 볼 수 없었기 때문에 헛고생하도록 보내진 것은 아닌가 하고 의심하기 시작했습니다. 그런데 막 해가 지는데 금빛으로 빛나는 땅거미 속에서 나무들 너머로 성의 탑들을 보았습니다. 성 둘레에 커다란 해자가 있었지만, 파르치팔이 다가가자 도개교를 내리고 성문을 열어 그를 받아들였습니다.

견습기사들과 기사의 종자들이 성 앞마당에서 그를 맞이했고, 어부 왕이 자신을 보냈다고 파르치팔이 말하자 그들이 환영의 인사를 했습니다. 그들은 그가 안장에서 내려오는 것을 도왔고, 그를 성 안의 한 방으로 인도하여 거기서 그가 갑옷 벗는 것을 도왔으며, 더운물과 몸을 닦을 수건, 그리고 여행으로 얼룩진 옷 대신 입을 비단 외투를 가져왔습니다.

이 모든 것은 부유한 귀족 영주의 집에서 기대할 만한 환대였습니다. 그런데 한 가지 이 성에 기이하고도 특이한 것이 있었습니다. 어떤 성에서나 들을 법한 웃음소리나 외치는 소리가 전혀 없었고, 누구도 콧노래를 흥얼거리거나 휘파람을 불지도 않았고, 견습기사들조차 어린 소년들 같지 않게 노인들의 근엄한 태도로 행동했습니다. 기사들이

나 기사의 종자들이나 견습기사들 모두가 파르치팔에게 갖은 공손함을 보여 주었지만, 어떤 얼굴에도 미소가 없었고, 그들 모두가 어떤 큰 슬픔이나 불행으로 짓눌려 있는 것처럼 보였습니다.

파르치팔은 이들과 이 성의 영주에게 무슨 문제가 있는지 의아스러웠습니다. 그의 창백하고 고통스러운 얼굴을 잊을 수 없었습니다. 하지만 그는 자신의 스승 구르네만츠의 가르침을 잘 기억하고 있었습니다. 기사는 꼬치꼬치 캐묻지 말아야 하며, 너무 많은 질문을 하지 말아야 한다는 것 말이지요. 그리고 어쨌든 이 사람들에게 골칫거리가 있다 하더라도 자신과는 상관없는 일이었습니다. 그래서 그는 아무것도 묻지 않았고, 준비가 다 되자 연회장으로 인도되었습니다.

그곳은 파르치팔이 지금까지 본 어떤 것보다도 더욱 웅장한 홀이었는데, 아서 왕조차 그것과 맞먹는 것을 가지고 있지 않았습니다. 수백 개 양초가 달린 샹들리에서 부드러운 빛이 퍼져 나왔고, 세 개의 커다란 벽난로에서는 통나무들이 기분 좋은 향기뿐만 아니라 따뜻함 또한 주었습니다. 벽을 따라 기사들이 쉬는 긴 의자들이 여러 개 있었고, 각각 긴 의자 옆에는 탁자가 있었습니다.

가장 높은 곳에 있는 주빈석에 어부 왕이 앉았습니다. 홀은 난방이 잘 되어 있었지만, 그는 털로 된 예복을 입고 있었고, 그것을 입고도 떨고 있는 것처럼 보였습니다. 그가 파르치팔에게 말했습니다.

"내가 일어나 당신을 영접하지 않는 것을 용서하시오. 그러나 나를 믿어 주시오, 이것이 내가 정중하지 못해 그러는 것이 아니라는 것을. 내 곁에 앉아 주시오."

파르치팔은 황금 자루에 보석으로 장식한 칼집 속의 검을 지닌 어부 왕에 앞서 한 견습기사가 나타날 때까지 거의 앉아 있지를 못했습니다. 만찬의 주인이 그 검을 뽑아서 파르치팔에게 주었습니다.

"당신께 드리는 것이요, 나의 영광스러운 손님이여."

그가 말했습니다.

"그 검이 당신을 잘 섬길 것이요. 그 검은 한 가지 위험에서만 말고는 절대로 부러지지 않을 것이요. 그 위험이 무엇인지는 그 검을 만든 장인만이 알고 있소."

그 커다란 홀 안에 모든 담화가 그쳐 있는 것을 알게 된 파르치팔은 그 귀한 선물을 받고도 더듬거리며 감사의 인사를 하고 있었습니다. 그 역시 입을 다물게 되었고, 그 침묵 속에서 옆문 하나가 열리더니, 손에 긴 창을 든 남자 한 명이 들어왔습니다. 그 남자가 창을 들고 홀을 지나갈 때 파르치팔은 놀랍게도 그 창끝이 피로 붉게 물들어 있고, 그 남자가 다른 문을 통해 밖으로 나가는 동안 핏방울들이 바닥에 후두두 떨어지는 것을 보았습니다.

깊은 한숨 소리를 들을 수 있었지만, 어떤 말도 하는 사람이 없었기 때문에 파르치팔은 그 모든 것이 무엇을 의미하는지 알 수 없어 아주 어리둥절해졌습니다. 하지만 그다음 일은 훨씬 더 의아스러웠습니다.

이번에는 한 부인이 들어왔고 그 뒤에 두 견습기사가 따랐는데, 그녀는 손에 수정처럼 보이는 그릇을 들고 있었습니다. 아주 밝게 빛나서 홀 안의 다른 모든 빛이 희미하고 파리하게 보였습니다. 그리고 파르치팔은 이런 속삭임을 들었습니다.

"성배……"

그런데 그 부인이 '성배'라 불리는 이 물건을 들고 홀 안을 한 바퀴

도는 동안 여러 명의 견습기사들이 모든 손님 앞에 황금 그릇을 놓았습니다. 그때 아주 신기한 일이 일어났습니다. 그 성배가 탁자들을 지나 옮겨질 때마다 각각의 그릇이 그 손님이 원하는, 그가 가장 좋아하는 음식으로 채워지는 것입니다.

파르치팔 역시 자기 앞에 놓인 황금 접시가 아무도 가져다 놓지 않은 음식으로 채워지는 것을 보았습니다. 그리고 다른 모든 사람이 음식을 먹고 있는 것을 보자 그 역시 양껏 먹었습니다. 사람들이 모두 먹었을 때 그 부인이 '성배'라 불리는 그 물건을 가지고 나갔습니다.

이때 파르치팔은 정말이지 호기심을 잔뜩 느꼈지만 그 마음을 내보이지 말아야 한다는 규칙 또한 기억했습니다. 질문을 해대는 나쁜 태도를 보인다면 이 성의 주인이 그를 어떻게 생각하겠습니까? 그래서 입을 다물었습니다. 식사가 끝나자 그 주인이 깊은 한숨을 쉬면서 말했습니다.

"당신의 침소가 준비된 것 같소. 긴 여행으로 피곤할 터이니, 가서 쉬는 게 좋겠소."

파르치팔이 일어나 주인에게 검을 선물 받은 것에 다시 한 번 감사를 표하고는 안녕히 주무시라는 인사를 하고서 밖으로 나갔습니다. 다른 기사들도 모두 일어났고, 몇 사람이 그에게 방을 안내해 주기 위해서 왔습니다.

파르치팔은 정말로 피곤했고, 자신이 본 것 때문에 혼란스럽기까지 했습니다. 그리고 이제 혼자가 되니 어떤 고통이 닥칠 것 같은 이상한 예감 또한 느낄 수 있었습니다. 밤사이 잠들어 있을 때조차 악몽에 시달렸습니다. 검에 찔리고, 말에 짓밟히는 것처럼 느꼈습니다. 땀에

젖은 채 앓는 소리를 내며 깨어나서는 이미 날이 밝은 것을 보고 기뻤습니다. 그는 언제가 됐든 견습기사들이 나타나 그가 갑옷 입는 것을 도와주리라고 기대했습니다. 그러나 아무도 오지 않았습니다.

"그들이 모두 적과 싸우라는 부름을 받고 멀리 간 것일까?"

파르치팔은 생각했습니다.

"그들이 내게 말해 줄 수는 있었을 거야. 그럼 내가 기쁜 마음으로 그들을 도왔을 텐데!"

하지만 짐작하는 것은 소용없는 일이었고, 기다리는 것도 소용없는 일일 뿐이었습니다. 그는 일어나서 옷을 입고, 꽤 힘들게 갑옷을 입었습니다. 어부 왕한테서 받은 보검뿐만 아니라, 예전에 붉은 기사에게서 빼앗은 검도 있었습니다. 그는 그 둘 모두를 허리에 차고 방을 나섰습니다.

성 안에는 여전히 한 사람도 보이지 않아서 파르치팔은 앞뜰로 나갔습니다. 거기서 기둥에 묶여 있는 말 한 마리와 그 기둥에 기대어 있는 자신의 창과 방패를 보았습니다. 그는 문과 창문 몇 개를 두드려 보았지만, 아무런 응답이 없었습니다. 그는 생각했습니다.

'음, 이 사람들은 내게 작별인사를 기대하지 않고 내가 떠날 준비를 해 둔 것 같으니, 가던 길을 계속 가야겠군.'

그는 말에 올라 성문을 향해 갔습니다. 도개교가 내려왔고, 파르치팔이 그 위를 건너는데, 다리 끝에 오기도 전에 뒤에서 누군가가 다리를 걷어 올리기 시작해 파르치팔의 말이 그 틈을 건너뛰어야만 했습니다. 파르치팔이 격노해서 뒤를 돌아다보면서 말했습니다.

"이게 무슨 짓이오, 내가 다리 끝까지 가지 못하게 하다니?"

그러자 성벽에서 응답의 목소리가 들려왔습니다.

"계속 가거라, 어릿광대야! 너는 아주 어리석게도 어젯밤에 음식을 꿀꺽꿀꺽 삼키는 데만 네 입을 사용했다. 네가 물어야 했던 것을 묻지 않았으니 네게 저주가 있으리라!"

전날에는 그렇게도 정중했던 사람들이 이제는 무례한 행동과 욕설을 하는 것을 보고 파르치팔은 충격을 받았습니다. 그가 소리쳤습니다.

"그게 무슨 말이요? 내가 무슨 질문을 해야 했다는 것이요?"

하지만 아무도 그 외침에 응답하지 않았습니다. 파르치팔은 밤새 그와 함께했던 그 어두운 예감을 다시 느꼈습니다.

이유를 알지 못해 속상하고 기분이 나쁜 채로 파르치팔은 말에 박차를 가해서 그 전날 밤 자신을 이 성으로 데려다 주었던 구불구불한 길을 따라 내려갔습니다. 곧 그는 그 길이 시작된 절벽에 당도했습니다. 다시 수 마일에 걸쳐 사람 사는 곳을 전혀 볼 수 없는 지역에 있게 되었습니다. 그러나 계속해서 말을 몰아가자, 친숙한 시골 풍경이 나타났습니다. 숲에서 아서 왕의 궁궐로 말을 타고 갈 때 분명히 그는 이 작은 시내와 저 산을 지나쳤던 것입니다. 그 커다란 숲, 어머니께로 점점 가까이 가고 있는 것이 틀림없었습니다.

그런데 그때 길 한 구비를 돌자 이전에 보았던 광경과 마주쳤습니다. 죽은 기사와 함께 있는 여인을 말입니다. 설마 예전에 그에게 그의 이름을 알려 주었던 사촌 지구네일 리가 없겠지요. 하지만 더 가까이 가자 지구네라는 것을 알 수 있었습니다. 그녀는 여러 해가 지나 나이가 들어 보였고, 검은 옷을 입고 있었습니다. 죽은 남자는 그녀 발치의 관 속에 누운 채 방부 처리되어 있었습니다.

여인 역시 파르치팔을 알아보았습니다. 그녀가 말했습니다.

"사촌 동생아, 내가 여기 있는 것을 보고 놀라지 마라! 나는 내 생명이 끝날 때까지 내 죽은 연인과 함께 있겠노라고 맹세했다. 그렇지만 슬픔 속에서도 내게 기쁨을 가져다주는 한 가지가 있다면, 그것은 바로 네 허리에 차고 있는 새 검을 보는 것이다. 나는 이 검을 알고 있으니 그것은 네가 어부 왕에게 다녀왔음을 말해 주고 있구나."

"그렇습니다."

파르치팔이 말했습니다.

"그가 제게 이것을 주었습니다!"

"사랑하는 사촌 동생아."

지구네가 기쁨에 차서 외쳤습니다.

"네가 몽살바주 성, 그 구원의 성에 다녀온 게로구나. 너는 정말로 축복을 받은 것이다, 네가 성배를 보았으니!"

"글쎄요."

파르치팔이 말했습니다.

"저는 그 성이 몽살바주라 불리는지 알지 못했지만, 그곳에서 이상한 것들을 보았습니다."

"분명히."

지구네가 말했습니다.

"너는 질문을 했겠지. 그곳에 세상에서 가장 높은 명예를 가져다주는 질문을 말이야?"

"질문이요?"

파르치팔이 말했습니다.

"아니요, 저는 어떤 질문도 하지 않았어요!"

"이 몹쓸 녀석!"

여인이 외쳤습니다.

"그 병들고 고통받는 사람, 어부 왕을 보고도 그의 고통이 무엇이라든지, 그가 왜 병들어 있는 것인지 물을 만한 아무런 연민, 아무런 동정심도 느끼지 못했다는 말이냐?"

"그건 기사에게 어울리지 않는 것이었을 텐데요……."

파르치팔이 더듬거렸습니다.

"어울리지 않는다고?"

지구네가 소리쳤습니다.

"이런 멍청한 녀석, 가련한 멍청이 같으니라고! 네가 무엇이 어울리는 것인지 생각을 덜 하고 가슴 속에 연민의 불꽃을 가졌다면, 네 꿈 너머에 있는 명예를 얻었을 것이다. 그러니, 알 거라. 큰 잘못을 저지른 어부 왕이, 한 기사가 와서 시킴을 받아서가 아니라 스스로 우러나 '당신은 왜 병이 들었습니까?'라고 물을 때까지 고통스러운 상처로 고통받도록, 그 성배라 불리는 것이 정했음을. 또한, 그 물음이 이루어지자마자 어부 왕의 상처는 치유될 것이고, 그렇게 물은 한 기사는 세상에서 가장 높은 명예로 보상받을 것이다. 그러나 너는 네 무언으로, 그리고 네 오만으로, 또한 너의 차가운 마음으로, 어부 왕과 그의 모든 성배의 기사들이 기다려왔던 네가 침묵하여, 네 것이 되었을 그 위대함을 잃어버리고 말았다! 묻지 않았기에 너는 저주를 받을 것이다. 네게 저주가 있으리라. 가거라, 저주받은 자여, 나를 홀로 내버려 두라!"

"하지만 지구네 사촌 누님,"

파르치팔이 말했습니다.

"제게 그 장소는 하룻밤 쉼터일 뿐이었습니다……. 저는 숲 속에 계신 어머니께 돌아가는 중이어서, 다른 어떤 것도 생각할 겨를이 없었습니다!"

"네 어머니께로?"

지구네가 말했습니다.

"너는 천국에서 어머니를 찾아야 할 것이다. 어머니는 네가 기사의 영광 이외에 아무것도 생각하지 않으면서 말을 타고 떠나던 바로 그날 비탄에 잠겨 돌아가셨다. 너는 네 어머니를 떠날 때 오로지 너 자신만을 생각했다. 너는 어부 왕 앞에서 침묵하고 있을 때 너 자신만을 생각했다, 그래서 너는 네 어머니를 잃었고, 또 성배의 기사들 가운데에 있던 네 자리를 잃어버렸다!"

파르치팔에게는 그녀가 말하는 한 마디 한 마디가 고막을 찢는 충격이었습니다. 어머니가 돌아가셨다. 그리고 자신이 어머니의 죽음을 불러왔다……. 저주가 있으리라. 또한, 자신이 그 저주를 가져왔다! 그의 머리로는 그것을 완전히 이해할 수 없었습니다.

오랜 시간이 흐른 후 마침내 그가 말했습니다.

"저는 다시 어머니를 되살릴 수 없습니다. 그렇지만 적어도 성배의 성 몽살바주로 돌아가서 제가 처음에 묻지 않았던 것을 물을 수는 있습니다."

지구네가 고개를 들어 말했습니다.

"가엾은 파르치팔, 누구도 스스로 성배의 성을 찾을 수는 없다. 성배의 성 그 자체만이 몽살바주를 발견하기로 되어 있는 사람들을 인도한다. 다른 모든 사람은 그것을 절대로 찾을 수가 없느니라. 성배의 성을 발견하는 것은 고귀한 혈통을 물려받아 태어날 때부터 네게 주어진 것이었고 네가 받은 소중한 유산이었는데 그 유산을 박탈당한 것이다."

한마디 말도 없이 파르치팔은 말을 돌려 오던 길을 되돌아갔습니다. 그는 자신이 그날 여행한 모든 길을 잘 기억하고 있었으므로, 절벽과 숲을 지나 그 성으로 이어지는 그 구불구불한 오르막길을 찾기로 했습니다.

여러 시간 동안 모든 언덕을 더듬어 어부들을 보았던 그 호수를 찾아보았지만, 호수도 절벽도 길도 찾을 수 없었습니다. 마치 그 모든 것이 꿈이었던 것처럼 아무런 흔적이 남아 있지 않았습니다.

# 9

## 마니교와 알비주아파

파르치팔과 어부 왕의 만남은 아서 왕의 검과 마찬가지로, 하나의 묘사 즉 상징적 묘사지, 물리적 사건으로 생각되지는 않습니다. 하지만 이 묘사들, 즉 병든 어부 왕, 몽살바주 성, '성배'라 불리는 물건 등은 아서 왕의 검만큼 그렇게 쉽게 설명되거나 해석되지 않습니다. 몽살바주 성과 성배에 관한 이 묘사들은 말하자면 하나의 메시지, 악의 힘으로 세상이 파괴되는 것을 본 사람들이 보낸 마지막 메시지, 즉 미래에 그들의 가장 신성한 믿음들이 잊히지 않게 하려고 그들이 보낸 메시지라고 말할 수 있습니다. 그 메시지는 적들이 그것을 알아채지 못하고, 그냥 지나쳐 버릴 수 있는 형태로 만들어져야 했습니다. 성배 이야기는 하나의 상징적 묘사인데, 그 속에 있는 파괴의 위험에 직면했던 어떤 무리의 사람들이 미래의 인류에게 하나의 메시지를 보낸 것입니다.

여러분은 중세시대 초기 몇 세기 동안 로마 가톨릭 교회가 가장 강력했고, 또 모든 '이단'(이것은 교회의 '교리'에 순응하지 않는 모든 생각을 의미합니다.)을 무자비하게 억압했다는 사실을 알고 있습니다. '교리'란 교회의 공식적인 가르침을 뜻합니다. '이단'이 된다는 것, '교리'에서 금지한 어떤 견해를 표현한다는 것은 고문과 화형대에서의 죽음을 불러들이는 것을 의미했습니다. 그럼에도 '이단자들', 즉 로마 교회에 감히 반항한 사람들이 있었습니다. 12세기인 1100년 무렵에 한 특별한 이단이 프랑스 남부의 프로방스에 거대한 지지 세력을 마련했습니다. 이 이단을 따르는 사람들을 '알비주아파'라 불렀습니다.

프랑스 남부의 알비주아파는 숫자가 아주 많아서 그들 사이에는 실질적으로 로마 가톨릭 신자가 남아 있지 않았습니다. 그들은 자신들만의 교회와 자신들만의 사제, 자신들만의 성경이 있었습니다. 귀족과 상인과 농민들, 이 모든 계급이 이 이단을 받아들였습니다. 또한, 유럽 나머지 지역이 여전히 '암흑시대' 속에 있었던 반면에, 프로방스의 알비주아파는 하나의 융성한 문명에 도달해 있었습니다. 그들 사이에서는 시와 예술이 번창했던 겁니다.

또한, 당대에 전례가 없었던 것으로서 그들은 어떤 형태의 종교에도 관용을 역설했습니다. 유대인이나 모슬렘들이 그들 사이에서는 공격받거나 방해받지 않고 살 수 있었습니다. 사실 그들은 스페인에 있는 아랍인들과 매우 화기애애한 관계를 맺고 있었습니다.

물론 이 모든 것은 로마 교회라는 살에 박힌 하나의 가시였습니다. 만일 이런 종류의 것이 계속해서 허용된다면 이 이단이 다른 지역으로 퍼질 수 있었습니다. 사실은 이미 퍼지고 있었습니다. 그래서 로마 교황 이노센트 3세가 '십자군'을 소집했습니다. 이것은 투르크인이나 모슬렘들에 맞선 것이 아니라 기독교인들, 알비주아파 사람들을 대상으로 한 십자군이었습니다.

그는 이 십자군을 위한 자원자를 찾았습니다. 어떤 사람들은 의심할 바 없이 종교적 광신으로 찾아왔지만, 대부분은 프로방스의 부유한 도시들에서 약탈품을 얻어내려고 왔습니다. 이렇게 '알비주아십자군'이 생겨났습니다.

중세시대 사람들은 일반적으로 잔인하고 피에 목말라 있었지만, '알비주아십자군'의 야만성은 그 시절에조차 머리카락이 쭈뼛해질 정도였습니다. 이 도시 저 도시에 불길이 솟아올랐고, 주민 모두가 학살되었는데 빨리 죽은 사람들은 운이 좋은 사람들이었습니다.

최후의 알비주아파 사람들이 피레네 산맥에 있는 한 성인 몽세귀르로 피난을 갔습니다. 이 최후의 피난처가 '십자군들'에게 포위되었고 최후의 순간이 닥치는 것은 시간문제일 뿐이었습니다. 항복한 뒤 남아 있던 알비주아파 사람들이 성에서 산길을 따라 끌려 내려왔습니다. 자신들의 믿음을 버리지 않은 남자와 여자와 아이들이 하나의 커다란 불 속에서 산 채로 태워지는 것을 택했습니다. 그래서 알비주아파 이단이 완전히 없어졌습니다.

그러나 알비주아파는 '지하' 운동(우리가 그것을 부르고자 하는 바대로는)으로 여전히 남아 있었습니다. 이것은 그들이 간직했던 믿음을 살아 있게 하려고 두 가지 방식으로 활동하는 운동이었습니다. 하나의 방식이 트루바두르였습니다. 많은 트루바두르가 내밀한 알비주아파

였고, 그들은 분명히 드러나지 않는 형태, 즉 로마 교회가 알아볼 수 없는 형태로 이른바 '십자군'이 이 지상에서 없애 버린 믿음과 지식을 표현하기 위해 그들의 예술과 그들의 시를 이용했습니다.

이때 트루바두르들은, 정확히 말해 그들 중 일부는 인기 있던 아서 왕과 기사 이야기들에 새로운 특색을 가미했습니다. 성배와 성배의 기사 이야기를 도입한 것이지요.

따라서 성배 이야기는 공개적으로 살아 있을 수 없었고 당시에 이단으로 억압당하고 박해받았던 기독교 한 분파의 은근한 표현입니다. 이제 이것이 우리로 하여금 의문을 품게 합니다. 과연 알비주아파 이단은 무엇이었을까? 어떤 면에서 로마 교회나 오늘날 존재하는 모든 교회와 달랐던 것일까?

이 의문에 대한 답을 찾기 위해서는 우리가 역사 속으로, 지금부터 약 사천 년 전 역사 속으로 아주 멀리 거슬러 올라가야만 합니다.

약 사천 년 전에는 중동지방에 지금은 이란 또는 페르시아라 불리는 지역에 놀랄 만한 종교가 퍼져 있었습니다. 이 종교는 온 세상을, 우주를, 지구와 인간 자신을 빛의 힘과 어둠의 힘 사이 거대한 전쟁에 휘말려 있는 것으로 보았습니다. 빛은 물질적 빛뿐만 아니라 이 세상의 모든 선하고 건전한 것 또한 뜻했고, 어둠은 단지 물질적 어둠뿐만 아니라 이 세상의 악하고 타락한 모든 것을 담는 표현이었습니다. 빛의 무리의 신이 아후라 마즈다였고, 어둠의 세력의 신이 아리만이었습니다.

고대 페르시아 사람들은 모든 인간이 이 거대한 우주의 다툼 속에 관련되어 있다고 보았습니다. 모든 인간 행위는 이쪽 또는 저쪽, 빛 또는 어둠을 돕는 것이었습니다. 또한, 고대 페르시아 사람들은 스스로 빛의 왕국의 종들이라고 느꼈고, 이 지상에서 자신이 해야 할 모든 일은 빛의 신에게 봉사하는 것이었습니다.

이 종교는 매우 지대하고도 실제적인 결과를 가져왔습니다. 예컨대 페르시아인들은 어떤 종류의 늑대를 유용한 가축, 즉 개로 변화시킬 수 있었습니다. 이렇게 야수를 인간의 충직한 친구로 변화시킴으로써 그들은 어둠의 세력에 승리할 수 있었습니다. 훨씬 더 중요한 또 다른 '변화'가 있었습니다. 그들은 일종의 야생초를 최초 유형의 곡식으로 변화시켰는데, 밀과 귀리와 보리는 모두 사천 년 전에 경작된 이 식물에서 유래한 것들입니다. 모든 농업은 사천 년 전에 이 지역에서 시작되어 아시아와 유럽으로 퍼져 나갔습니다. 페르시아인들은 또한 야생 장미를 정원 장미로, 그리고 야생 나무들을 지금의 과일나무로 변화시킨 최초의 사람들이었습니다.

자, 제가 그들이 야생 나무들을 '변화시켰다'고 말하면 그것이 실제보다도 훨씬 단순하게 들립니다. 여러분이 달콤하고 즙이 많은 사과 씨를 심더라도, 여러분이 재배한 그 나무는 먹을 수 있는 어떤 사과도 맺지 못합니다. 그것은 야생 사과일 뿐입니다. 만일 여러분이 먹을 수 있는 사과를 원한다면, 좋은 사과나무의 가지를 어린 새 야생 나무에 '접붙이기'해야만 합니다. 일단 어떤 나무가 달콤한 사과를 맺으면 얼마만큼의 야생 나무도 접붙이기를 통해 변화될 수 있습니다. 이것은 모든 과일나무, 모든 장미에서도 똑같습니다. 그런데 어떻게 페르시아인들은 달콤한 사과를 맺는 최초의 나무를, 정원 장미가 달린 최초의 관목을 얻었을까요? 그것은 오늘날 아직 알지 못하는 과학의 능력 너머에 있는 문제입니다. 현재의 가장 앞선 방법들조차 접붙이기 없이 야생 능금나무를 변화시킬 수는 없습니다.

그래서 고대 페르시아의 이 종교는 엄청난 실제적 결과들을 가져왔습니다. 그것은 인간을 사냥꾼과 유목민에서 농부의 정착생활로 변화시켰습니다. 그것은 도시와 문명을 가능하게 했습니다.

수 세기가 흐르고 페르시아인들이 타락하자 그들의 종교는 형식적인 것으로 전락했습니다. 기독교가 도래했지만 페르시아에서는 아주 얼마 안 되는 개종자들만을 만들어 냈습니다. 이때 기원후 300년 무렵 페르시아인 마니가 페르시아의 종교와 기독교를 종합한 일종의 새로운 종교를 창시했습니다. 그는 그리스도를 어둠의 세력에 맞선 투쟁에서 인간을 돕기 위해 지상으로 온 빛의 신이라고 말했습니다.

그렇지만 마니의 가르침에는 중요한 변화가 한 가지 있었습니다. 무엇보다도 빛과 어둠 사이의 이 전쟁은 적을 파괴하는 인간의 전쟁이 아니었습니다. 빛의 왕인 그리스도가 악에 승리를 거두면 그 악은 더 높은 선으로 탈바꿈되고 변화합니다. 모든 악에는 선을 위한 더 높은 힘이 숨어 있는데, 말하자면 마법에 걸린 채 그 안에 갇혀서는 깨어나서 풀려나기를 기다리고 있습니다. 그리고 두 번째 변화로 마니는 동물이나 식물이 아니라 인간 자신 마음의 변화를 강조했습니다. 영혼의 야만적이고 야생적인 것이 선을 위한 힘이 되려면 변화해야 합니다.

마니의 이러한 가르침 때문에 그는 페르시아인들과 기독교인들 가운데 적을 만들었습니다. 페르시아인들은 자신들의 종교에 새로운 생각을 가져온 그를 적대했고, 기독교인들은 악을 구원받고 변화될 수 있는 무언가로 보는 생각에 몸서리를 쳤습니다. 결국, 마니는 페르시아 왕의 명령에 따라 처형되었습니다.

그러나 마니에게는 이미 추종자들이 있었습니다. 그들은 '마니교도'라 불렸습니다. 마니교도들은 페르시아에서 추방되었는데, 유럽의 기독교 나라들은 그들을 더 환영해 주지 않았습니다. 그들은 악을 숭배한다는 혐의로 처형되었습니다. 이런데도 마니교의 가르침은 특히 남부 프랑스의 프로방스에서 퍼졌습니다.

알비주아파가 이 흐름에 속해 있었습니다. 그 이단은 마니교도라는 이단이었던 겁니다. 알비주아파의 말살은 오랜 박해 이야기의 마지막 장일 뿐이었습니다.

이 알비주아파 이단은 그 페르시아 기원의 흔적을 지니고 있었습니다. 그들은 여전히 '빛의 왕국'과 '어둠의 왕국'에 관해서 말했습니다. 그런데 트루바두르인 볼프람이 그 어머니로 하여금 파르치팔에게 신을 말하게 할 때, 마니교도로서, 마니의 추종자로서 말하고 있습니다.

아들아, 신은 낮보다도 밝지
그리고 언젠가, 인간을 도우러 나섰을 때
정말로 지상에서 인간으로 사셨지.
신에게서 너는 필요한 모든 것을 구하지.
그러나 자기 재주로 사람들을 신의 진실한 길에서
멀어지게 만드는 자는 어둡단다.

이것은 빛의 왕국과 어둠의 왕국에 대한 마니교의 묘사입니다.
마니교도들과 알비주아파는 인간 영혼 속에 있는 '어둠'과 '빛'을 말했습니다. 우리는 오늘날 이 말들을 대신해 다른 용어들을 사용하고 있습니다. 우리에게는 이제 '심리학'이라 불리는 과학, 영혼의 과학이 있습니다. 심리학자들은 의식적인 마음 이외에 영혼에는 '잠재의식'의 부분도 있다는 것을 발견했습니다. 우리 영혼의 커다란 부분이 어둠 속에 잠겨 있는데 보통 때 우리는 이 잠재의식이라는 어둠 속에서 일어나는 것을 깨닫지 못합니다. 하지만 어떤 경우에는 무언가가 잠재의식의 심연에서 의식의 마음속으로 '분출'하는 일이 벌어지는데, 그러한 분출을 '신경증'이라고 부릅니다. 어떤 심리학자들은 그러한 경우들을 특별히 연구했는데, 이러한 '분출'이 잠재의식이라는 어둠 속에서 벌어지는 것을 암시하기 때문입니다. 잠재의식에 관한 과학에서 두 위대한 명사가 프로이트와 융입니다. 두 사상 학파의 장점에 관해서는 여전히 커다란 논쟁이 진행 중입니다만, 한 가지는 아주 확실합니다. *우리 각자가 의식적 행동 속에서는 아무리 선하다 할지라도, 잠재의식 속에, 잠재의식이라는 이 어둠 속에 수많은 악, 파괴적인 경향을 지니고 있다는 것입니다.*

보통 때 우리는 우리의 잠재의식 속에 있는 이 지옥에 관한 지식을 면제받지만, 악의 힘을 억제하고 있는 댐에 금이 생겨서 그것이 일어나면 인성 전체를 파괴할 수 있습니다. 저는 이러한 경우들이 증가하고 있고 더욱 빈번해지고 있는 것이 걱정스럽습니다. 이러한 환자들을 다루는 정신과 의사들은 커다란 문제와 마주하고 있습니다. 쓸 만한 약들이 있지만, 약은 치유책이 아닙니다. 그것은 증상을 억압할 뿐입니다. *진정한 치유책은 오직 어떤 긍정적인 것, 어떤 선하고 건전한 것 속으로 뚫고 들어오는 이 악을, 파괴적인 힘들을 변화시키고 탈바*

*꿈시키는 데 있습니다.*

그러니 말이죠, 현대 심리학, 현대 정신의학은 마니교도들과 알비주아파를 사로잡았던 것과 똑같은 문제에 직면한 겁니다. 우리가 그와 똑같은 말과 용어들을 사용하지는 않지만, 현대 심리학자는(그는 신이나 그리스도나 빛의 왕국을 믿지 않을 수도 있지만) 마니교도들과 알비주아파의 문제에 직면해 있습니다. 자기 환자의 잠재의식에서 끓어오르고 있는 악을 변화시키고 탈바꿈시키는 문제와 마주하고 있습니다.

이때 이 어두운 힘들을 주제로 최초로 연구한 프로이트 교수가 환자의 정신적 균형 상태를 마련해 주는 데 필요한 이 변화와 탈바꿈에 합당한 말을 만들었습니다. 그는 그것을 '승화'라고 불렀습니다. 성공을 거두는 드문 경우에도 이러한 특정 환자가 성공한 원인조차 알려지지 않았습니다. 분석심리학의 다른 위대한 명사인 융 교수는, 강한 종교적 신념을 지닌 환자들이 다른 사람들보다 훨씬 좋은 가망성이 있다고 주장했습니다. 그는 종교를 결정적인 창조의 힘으로 보았습니다.

그럼 이제 우리는 알비주아파로 되돌아갈 수 있습니다. 그들은 인간 영혼의 그 어두운 부분을 잘 알고 있었습니다. 그것을 알기 위해 신경증이 필요하지 않았습니다. 그들은 이렇게 말했습니다. "우리 안의 이 어둡고 악한 요소는 우연히 여기에 있는 것이 아니다. 그것은 우리의 유기체 속, 몸속, 피 속에 있다." 몸에서 순환하는 피는 그들이 보기에 물질적인 실체일 뿐만 아니라, 잠재의식의 어두운 충동을 포함하여, 감정과 열정과 본능과 욕망의 물질적 매개체였습니다. 그들은 피 속으로, 잠재의식의 심연 속으로 곧바로 작용해서 사악하고 파괴적인 충동을 선을 위한 세력으로, 건전한 힘으로 변화시킬 수 있다고 말했습니다. 그것이 바로 그들이 '성배'라 부른 것입니다.

첫 장에서 현대 과학은 물질의 비밀들에 관심이 있지만 고대 비의는 정신의 비밀에 관심이 있었음을 보았습니다. 마니와 그의 추종자들, 마니교도들, 알비주아파는 제3의 비밀 즉 영혼의 비밀에 관심이 있었습니다. 의식적인 마음이 어떻게 잠재의식을 변화시키고 탈바꿈시킬 수 있을까? 잠재의식의 악이 어떻게 선으로 탈바꿈될 수 있을까?

만일 인간이 물리적 물질이고, 일종의 복잡한 기계일 뿐이라면, 선과 악의 문제는 없을 것입니다. 기계에는 도덕의 문제가 없으니까 말입니다. 만일 우리가 순수한 정신일 뿐이라면 선과 악의 문제는 역시 없을 겁니다. 우리는 어떤 악의 가능성도 없이 선할 테니까요. 하지만 영혼을 지닌 우리는 정신과 물질 사이에 서 있고 도덕적인 판단과 마주합니다. 의식의 마음속에서, 우리는 언제나 올바른 것을 행하고자 하지만, 우리의 잠재의식은 선한 도덕적 의도를 훼방 놓는 충동과 부추김을 내보냅니다.

보통 때 우리는 이 잠재의식의 힘들을 억누를 수 있고, 통제할 수 있습니다. 범죄자, 살인자는 그것들을 통제할 수 없는 사람입니다. 그런데 마니교도들은 그 잠재의식을 단지 통제하는 것 이상을 행하는 데 착수했습니다. 그들의 목표는 그것을 탈바꿈시키는 것이었습니다. 그리고 잠재의식 속으로 맹목적인 충동과 부추김을 올려 보내는 유기적 과정 속으로 작용할 수 있는 그 정신의 힘, 이 힘을 그들은 '성배'라 불렀습니다.

이 이야기에서 '성배'라는 말은 어떤 그릇, 어떤 잔에 사용되고 있습니다만, 이것은 단지 상징적 묘사일 뿐입니다. '성배'라 불리는 이 힘이 무엇인지 다른 어떤 형태로 이야기된 바는 없었습니다. 모든 개개인이 혼자 힘으로 성배의 실체를 찾아야만 한다고 이해했던 겁니다. 그리고 그것을 발견한 사람들은 '성배의 기사들'이라 불렸습니다. 그러한 '성배의 기사들'은 초기 중세, 무법천지의 암흑시대에는 중요했습니다. 아서 왕의 기사들이 검의 힘으로 야수 같은 강도들과 싸우고 그들을 억제했다면, 성배의 기사들은 악한 사람들 가운데로 가서 그들이 변화해서 선한 사람들이 되도록 설득합니다. 그들은 이것을 말의 힘으로 행합니다. 아서의 기사들은 검sword의 기사들이고, 성배의 기사들은 말word의 기사들입니다.

그런데 알비주아십자군이 이 모든 전통을 파괴할 때, 그것을 구하고 보존하려는 두 가지 길이 있었습니다. 하나의 길이 트루바두르들, 즉 볼프람, 크레티엥 드 트르와와 다른 이들이었습니다. 또 다른 길이 있었습니다.

트루바두르 이야기들은 지배계급인 귀족과 기사들에게만 미쳤습니다. 농민과 범죄자와 농노들에게는 트루바두르의 작품이 달만큼이나 멀리 있어서 이야기를 좋아했지만, 그들이 즐긴 것은 지금은 어린아이들만을 위한 것인 설화folk tales[10]와 동화였습니다. '백설공주', '신데렐라' 같은 모든 동화는 지금은 아이들만을 위한 것이지만, 본래는 농민들 사이에서 회자하던 이야기였습니다. 유명한 그림 동화는 그림이라 불리는 두 형제가 농민들 사이에서 여러 세대에 걸쳐 전해져 온 것을 모은 것이었습니다.

이 동화 중 어떤 것은 알비주아파 사이에서 유래했습니다. 가장 잘 알려진 것 하나를 들어 봅시다.

한 남자가 어떤 정원을 지나다가 아름다운 장미를 보고는 '미녀'라 불리는 자기 딸에게 주려고 들어가서 그 꽃을 땄습니다. 그런데 그 정원 주인은 흉측한 야수였습니다. 꽃을 꺾다 야수에게 잡힌 그는 야수에게 자기 딸 미녀를 보내주겠다고 약속해야만 목숨을 구할 수 있었습니다. 그래서 미녀가 야수에게 보내졌는데, 그녀는 하인들에게 둘러싸여 있었고 아름다운 방들을 받았지만, 행복하지 않았습니다. 또한 결혼해 달라는 야수의 바람을 거부했습니다. 그러던 어느 날 이 끔찍한 동물에게서 자유로워지고자 하는 바람이 너무도 강해서 그녀는 그가 죽기를 바랐습니다. 마음속에 이 소원을 지닌 채 정원으로 나갔다가 그녀는 충격적이게도 야수가 움직이지 않고 땅바닥에 누워 있는 것을 보았습니다. 이것을 보고 그녀는 자기의 바람에 부끄러움을, 그 불쌍하고 추한 동물에게 연민을 느꼈습니다. 그녀는 샘으로 가서 물을 가져와 그를 되살리려고 애썼습니다. 야수가 눈을 떴고 말했습니다.

"당신이 내가 죽기를 바라고, 나와 결혼하지 않을 것이니, 나는 죽기를 원합니다."

그러자 미녀는 연민으로 마음이 움직여 말했습니다.

"아닙니다, 죽지 마세요. 당신과 결혼하겠습니다."

이 순간 그 끔찍한 야수가 변했습니다. 잘생긴 젊은 왕자로 변한 겁니다. 그녀의 말이, 한 아름다운 소녀가 자유로운 의지로 그와 결혼하는 데 동의할 때까지 그를 추한 짐승으로 만들어 버렸던 마법사의 사악한 주문을 부숴 버린 것이었습니다.

이 이야기와 실제로는 왕자인 개구리나 곰이 그 우정을 기꺼이 받아들이는 한 소녀에 의해 마법에서 풀려난다는 다른 모든 이야기가 마니교에 뿌리를 두고 있습니다. 그것들은 잠재의식의 어두운 힘이 선한 힘으로 탈바꿈될 수 있다는 것을 우리에게 깨우치는 이야기들입니다. 동화 역시 의미를 지니고 있고 심리학을 다루는 현대 서적들에서 실제로 종종 인용되고 있습니다.

# 10

# 파르치팔, 아서 왕의 기사들과 합류하다

파르치팔은 어부 왕을 처음 보았던 호수와 숲으로 덮인 언덕 위의 몽 살바주 성을 찾아 나섰지만 허사였습니다. 그러나 그는 포기하려 하지 않았습니다. 자신에게 기대된 질문을 하지 않았기 때문에 사촌 지구네 가 자신을 '저주받은 자'라 불렀습니다. 그녀가 말한 것으로 보자면 이 질문이 병든 어부 왕의 건강을 회복시켰을 것이고, 또 그것이 파르치 팔 자신에게는 큰 명예를 가져다주었을 것이었습니다. 아내인 콘드비 라무르 여왕에게 돌아가고 싶었지만, 그는 이 빚을 갚을 때까지, 성배 와 그 수호 기사들을 찾아 그 질문을 할 때까지 돌아갈 수 없었습니다. 마음속으로는 벨르페르 시와 아름다운 여왕을 갈망했지만, 돌아가지 않고 찾기를 계속했습니다.

여러 주, 여러 달이 흘렀습니다. 계절이 바뀌어 겨울이 왔고, 눈으로 덮인 시골 풍경 속을 달리면서도 파르치팔은 여전히 성배의 성, 몽살바주를 찾고 있었습니다.

그는 알지 못했지만 아서 왕과 기사들의 야영지에 가까이 와 있었습니다. 그들은 모든 기사가 아주 좋아하는 매사냥 놀이를 즐기려고 숲 근처에 천막을 세워 놓고 있었습니다. 이 놀이를 위해 사냥꾼들은 자기의 갑옷용 장갑 위에 매를 앉히고는 말을 타고 나갔습니다. 매의 머리에는 덮개가 씌워 있었습니다. 기러기들이 날아가는 것을 보면, 사냥꾼들은 매한테서 덮개를 걷어 내고 공중으로 날려 보냈습니다. 매가 날아가서 기러기 몇 마리를 덮쳐서 가지고 내려왔습니다. 그러고는 먹고 남은 음식으로 매를 유인해 다시 잡아 두었습니다.

파르치팔이 이 길을 지나가기 바로 전날 이런 사냥을 하고 있었습니다. 그런데 아서의 매 가운데 한 마리가 돌아오지 않았습니다. 밤새 숲 속에 있었던 겁니다. 파르치팔이 말을 타고 그곳을 지나가던 바로 그때 기러기들이 찬 아침 공기 속을 날아가자, 그 매가 그것들을 뒤따라 날아가 한 마리를 발톱으로 쳤습니다. 그 기러기는 목에 상처를 입은 채 달아났고, 이 상처에서 세 방울의 피가 눈 위, 파르치팔 바로 앞에 떨어졌습니다.

시선이 하얀 눈에 있는 분홍색 부분에 쏠렸을 때 파르치팔은 말고삐를 당겼습니다. 신기하게도 앞에 있는 분홍과 흰 빛깔이 어떤 얼굴처럼, 바로 콘드비라무르의 얼굴처럼 보였습니다. 누구도 그것을 인간의 얼굴과 유사하게 보지 않았을 테지만, 자신의 외로운 탐색 과정에서 그녀를 생각하지 않을 수 없었던 파르치팔에게 그것은 마치 거장 화가의 손이 눈 위에 그녀의 살아 있는 화상畵像을 창조한 것 같았습니다.

그는 눈의 그 형상에서 눈을 뗄 수 없었습니다. 그는 장소와 시간에 관한 모든 감각을 잃어버렸고, 콘드비라무르 생각에 완전히 빠져 있었습니다.

견습기사 한 사람이 잃어버린 매를 찾기 위해 보내졌습니다. 그는 붉은 갑옷을 입고 말 위에서 눈을 뚫어지게 내려다보고 있는 기사를 보았고, 그 기사에게 훈련된 매를 보았느냐고 정중히 물었습니다. 그러나 붉은 기사는 그에게 조금도 주의를 기울이지 않았습니다. 견습기사는 이 무례함에 약이 올랐고, 아서 왕의 하인에게 아무런 존경심도 표하지 않은 이상한 기사에게 격렬히 불평하면서 야영지로 돌아왔습니다. 이것은 지나칠 수 없는 모욕이었습니다. 곧바로 아서 왕의 기사 중 한 사람이 그 이방인에게 더 나은 예의범절을 가르치기 위해 말을 몰아 숲으로 갔습니다. 그는 움직이지 않고 있는 그 말 탄 이에게 접근해서 도전하겠다고 외쳤습니다. 그러나 파르치팔은 온통 생각에 잠겨 있어서 누군가 자기에게 소리 지르는 것을 듣지도 못했습니다. 그는 조각상처럼 그렇게 가만히 있었습니다. 상대편 기사는 자신이 마치 아무것도 아닌 것처럼 대접받는 데 익숙하지 않았습니다. 그는 창을 낮추고 파르치팔을 향해 전속력으로 달렸습니다. 그런데 이 순간에 일종의 육감이 파르치팔에게 경고를 보내서 그를 일깨웠습니다. 그는 말을 돌리고, 창을 낮추어, 단번에 강력하게 찔러 공격자를 안장에서 내동댕이쳤습니다. 그러고는 다시 돌아서서 눈에 있는 분홍색 부분을 보며 생각에 잠겼고, 자기 주위의 다른 모든 것을 잊어버렸습니다.

말에서 떨어져 팔이 부러진 아서 왕의 기사는 기사의 방식으로 싸움을 계속할 수 없었습니다. 그는 절뚝거리면서 야영지로 돌아와서 자신이 이 무례한 이방인의 손에 얼마나 형편없이 당했는지를 알렸습니다.

이 깡패에게 궁중의 법도를 가르칠 특권을 놓고 기사들 사이에 날카로운 경쟁이 있었습니다. 결국, 아서 왕이 이 이방인을 다루는 데 임명한 사람은 케이 경이었습니다. 케이 경은 파르치팔이 궁궐에 들어왔을 때 그를 모욕했고, 또 웃음으로써 파르치팔이 모든 기사 중 최고임을 선언한 부인을 때린 기사였습니다.

케이 경이 말을 타고 숲으로 들어가서 마침내 자기 앞의 눈을 응시하고 있는 이방인을 보았습니다. 그는 가까이 다가가서 외쳤습니다.

"싸울 준비를 하라, 이 막돼먹은 녀석!"

그런데 그 이방인이 움직이지 않고 계속해서 그 눈을 빤히 바라보자, 케이 경은 창을 집어 들고 온 숲이 울릴 정도로 그 말 없는 사람의 투구를 강타했습니다.

이 순간 마술 같은 일이 벌어졌습니다. 케이 경이 대응할 수 없을 만큼 재빠르게 파르치팔이 정신을 차렸습니다. 바로 그다음 순간 케이 경은 방패에 파르치팔의 창 공격을 받고 공중으로 날아가 아주 심하게 쿵 하고 떨어져 오른쪽 팔과 왼쪽 다리가 부러졌습니다. 파르치팔은 돌아서서 눈을 보고 다시 백일몽에 빠졌지만, 케이 경은 겨우 말에 올라 비통한 사연을 지닌 채 야영지로 되돌아왔습니다.

이번에는 아서 왕의 가장 훌륭한 기사들 가운데 한 사람인 가웨인 경이 원탁의 명예를 구할 임무를 맡았습니다. 가웨인은 이방인의 이상한 행동에 관한 이야기를 듣고, 이것이 아서 왕과 그의 기사들을 고의로 모욕하고 있는 사람의 행동이 아니라고 생각했습니다. 이 사람은 싸움으로 못 쓰게 만들 만한 사람이 아니었습니다. 이 이방인의 수수께끼는 다른 방식으로 해결할 수 있었습니다.

놀랍게도 가웨인은 창이나 방패도 없이 무장하지 않은 채로 숲으로 들어갔습니다. 그는 앞선 이들과 마찬가지로 주변 일에는 관심이 없이 꼼짝 않고 자기 앞의 눈을 내려다보고 있는 그 이상한 기사를 보았습니다. 그 역시 이방인에게 말을 걸었습니다. 그는 이방인에게 애원했고, 예의 없음에 대해, 아서 왕을 모욕한 것에 대해 그를 책망했으며, 이제 평화롭게 왕에게로 온다면 용서받고 환영받을 것이라고 약속했습니다.

그러나 이 예절 바른 접근은 이전의 다른 이들의 도전만큼이나 별 효과를 보지 못했습니다. 이방인에게서 어떤 응답도, 어떤 반응도 얻지 못했습니다. 그는 계속해서 눈을 응시할 뿐이었습니다. 그때 가웨인은 그 이방인의 주의를 사로잡고 있는 그 눈 부분을 보았습니다. 눈과 피의 분홍색 속에서 한 여인의 얼굴 윤곽을 어렴풋이 알아볼 수 있을 것 같았습니다.

"그래!"

그는 혼잣말을 했습니다.

"사랑에 빠진 남자군! 이런 남자들이 하는 일은 설명할 수가 없지. 이 친구를 정신 들게 하는 데는 한 가지 방법밖에 없어."

가웨인은 말에서 내려, 매고 있던 스카프를 풀어서 눈의 분홍색 부분에 펼쳐 놓았습니다. 그러자 효과가 나타났습니다. 파르치팔이 고개를 들어 마치 꿈에서 깨어난 사람인 양 그를 돌아보았습니다. 그는 자기 주변의 눈이 수많은 말발굽에 짓밟혀 있는 것을 보고 놀랐습니다. 자신의 창끝이 부러진 것을 보고 놀랐습니다. 게다가 자기 앞의 이 무장하지 않은 기사는 누구란 말입니까?

시간이 꽤 지나고 나서야 가웨인이 들려주는 것을 이해할 수 있었습니다. 자신이 두 명의 기사와 싸웠고 그들을 다치게 했다는 것을 말이지요. 하지만 그 두 부상자 중 한 사람이 케이 경이었다는 말을 듣고 아주 기뻤습니다. 예전에 케이 경이 한 부인을 때린 데 대해 응징하겠다고 약속했는데 이제 이 오래된 이야기가 해결되었던 것입니다. 케이 경이 응징되었으니 그가 아서 왕의 궁궐을 멀리할 이유가 더는 없어서 가웨인의 초대를 기쁘게 받아들였습니다.

파르치팔이 아서 왕에게 왔고, 따뜻한 환영을 받았습니다. 예전에는 어릿광대 옷을 입고 말을 탄 채 연회장으로 들어온, 기사도에 관해 전혀 알지 못했던 사내애가 콘드비라무르 여왕을 구하고 왕관을 얻어 명성이 자자한 기사가 되어 왔던 것입니다.

그런데 이 기사의 행위가 그에게 모든 기독교인 기사들이 부러워하는 명예를 가져다주었습니다. 그가 아서 왕의 초청으로 원탁의 동지 모임에 합류하여 원탁의 기사가 된 것입니다. 이 행사를 축하하기 위해 연회가 베풀어졌습니다. 전 세계 기독교인들의 가장 용맹한 기사들의 동등한 동료로서 원탁의 자리에 앉는 것은 파르치팔의 생애에서 위대한 순간이었습니다. 이것은 그를 숲에서 불러내었던 그 위대한 꿈이 실현되는 순간이었습니다. 그러나 파르치팔에게 최상의 행복한 날이었던 이날은 운명의 잔인한 충격이 그의 행복을 파괴한 날이기도 했습니다.

그들 모두 연회장에 앉아 있었고, 즐겁고 행복한 기분이었을 때 한 방문객이 도착했는데, 그를 보자 모두 조용해졌습니다. 즐거운 웃음소리가 그쳤고, 공포와 두려움이 사람들 위로 구름처럼 내려앉았습니다. 이 이상한 방문객은 비단과 양단으로 화려하게 차려입은 여인이 었습니다. 보석들이 머리띠와 옷에서 반짝거리고 있었지만, 그 장신구의 화려함으로 이 여인의 모습이 더 좋아 보이지는 않았습니다. 그녀의 길고 뾰족한 코는 마치 매의 부리 같았고, 그녀의 피부는 누리끼리 했으며, 숱이 많은 눈썹 밑에서 꿰뚫어보는 듯한 검은 두 눈은 사람들을 무섭게 바라보고 있었습니다.

그녀가 침묵하고 있는 그들을 응시하고 있을 때, 파르치팔은 곁에 있는 기사들이 속삭이는 것을 들었습니다.

"저건 쿤드리야. 성배의 사자, 어부 왕의 종, 쿤드리. 그녀가 왔다는 건 누군가에게 악을 행할 조짐인 거야!"

파르치팔이 이 말을 들었을 때 엄청난 두려움이 그의 가슴을 사로잡았습니다. 으스스한 얼굴을 한 여인 쿤드리는 아서 왕에게 다가와 말했습니다.

"영국의 왕이시여, 당신께서는 자신에게, 또 당신을 섬기는 모든 사람에게 부끄러운 일을 하셨습니다. 당신께선 명예도 없는 사람, 저 주받은 사람이 당신들 사이에 자리를 잡도록 허락하셨습니다."

"그건 사실이 아니다!"

왕이 응답했습니다.

"원탁의 기사들은 모두가 높은 명예를 지닌 사람들이다. 네가 자격이 없다고 비난할 만한 사람이 누구냐?"

그러자 여인이 길고 뼈만 앙상한 손가락으로 파르치팔을 가리키면서 외쳤습니다.

"그가 있는 한, 당신들 사이에 명예는 없을 것이요!"

수많은 영주와 부인들의 숨이 막히는 듯했고, 모든 시선이 파르치팔에게 향했습니다. 이때 그 무시무시한 사자가 그에게 말했습니다.

"너는 내가 추하다고 생각하겠지만, 신이 네게 좋은 용모를 베풀었다 할지라도, 네가 나보다 백배는 더 역겨우니 네 마음과 영혼이 썩었기 때문이다. 너는 내가 섬기는 왕의 고통을 보았는데도 네 마음은 그를 병들게 한 것이 무엇인지 물으려 하지 않았다. 너는 성배의 기적을 보았지만, 네 무딘 마음은 어떤 의문도 품지 않았다. 너는 존귀한 기사가 될 자격이 없지만, 만일 네가 단 한 번이라도 물었다면 내 주인께서는 너를 축복하셨을 터이고, 네가 받은 보상은 네가 꿈꿀 수 있는 어떤 것보다도 높았을 것이다. 그러나 네가 침묵했기 때문에 성배의 하인들은 비탄에 빠져 있어야만 한다. 그러니 너, 앞을 못 보는 어릿광대여, 너는 저주받은 것이다!"

그러고는 파르치팔이 한마디 말도 하기 전에 쿤드리는 성큼성큼 걸어서 나가 버렸고, 아무도 그녀가 어디로 가는지 알지 못했습니다.

엄청난 충격을 받았지만, 파르치팔은 자신을 둘러싸고서 그들의 우정과 사랑과 동정심을 확인해 주는 수많은 기사와 부인들에게서 위안을 찾을 수 있었습니다. 그러나 그 모든 새로 얻은 충실한 친구들도 쿤드리가 그에게 비난의 외침을 던졌을 때 그가 한 결심을 흔들지 못했습니다. 그는 말했습니다.

"그 저주가 제게 있는 한 저는 이 존귀한 모임에 속할 수 없습니다. 그 저주가 제게 있는 한 저는 제가 사랑하는 여인에게 돌아갈 수 없습니다. 다시 몽살바주와 그 고통 받는 왕을 찾아내서 질문할 때까지는 삶에서 다시 기쁨을 찾을 수 없고, 쉴 수도 없습니다. 성배를 찾을 때까지는 쉴 수도 없고, 쉬지도 않을 것입니다!"

영주들과 부인들과 아서 왕은 쿤드리의 저주에도 그를 머물도록 설득했지만, 그는 말을 들으려 하지 않았습니다. 만일 자신에게 내려진 저주를 되돌릴 수 없다면, 만일 자신이 하지 못한 것을 만회하지 못한다면, 이 궁궐의 모든 영광스러운 것들이 쓴맛을 남기리라는 것을 알았습니다.

다음 날 파르치팔은 음산한 겨울 날씨 속으로 끝이 없을지도 모르는 탐색을 떠났는데, 성배가 부르는 사람들만이 그것을 찾을 수 있다는 것을 알고 있기 때문이었습니다. 그런데 이때 그를 부른 것은 성배가 아니라 자신의 욕망일 뿐이었습니다. 떠나는 그 앞에 놓인 미래는 그의 머리 위에 있는 겨울 하늘만큼이나 음산한 잿빛이었습니다.

파르치팔이 자신의 가장 좋아하는 꿈, 가장 높은 야망, 아서 왕의 기사가 되는 데 성공했을 때, 이 꿈의 충족은 동시에 공허하고 무의미해졌습니다. 그는 외로이 다른 무언가를 찾아야만 했는데, 그것을 찾게 될지조차 알 수 없었습니다.

인생에서는 종종 그렇지요. 사람이 야망을 갖고 목표에 도달하면 결국 그것이 종종 빈껍데기일 뿐이고, 전혀 다른 진정한 목표를 발견하기도 한다는 것입니다 .

# 11

## 질문의 탐색

파르치팔 이야기에서 자연스럽지 않으며 우리의 정의감에 반하는 것이 한 가지 있다면, 그것은 합당한 이유도 없이 그에게 내려진 저주, 처벌입니다. 그렇게 사소한 문제, 즉 질문하지 않았다는 것 때문에 그가 처벌받는다는 것이 우리의 정의감에 반합니다. 더욱 나쁜 것은 자신에게 질문하기를 기대하고 있었다는 것을 그가 알지도 못했다는 사실입니다. 그는 나이 많은 기사 구르네만츠에게서 배운 규칙에 따라 질문을 삼갔을 뿐입니다.

이것은 터무니없습니다. 이해가 되지 않습니다. 그런데 여러분은 이 이야기를 쓴 시인 볼프람이 그것을 의식하지 못했다고 생각하십니까? 그 시대 사람들에게 모든 계급적 불평등은 오늘날 우리가 느끼는 것보다 훨씬 더 속상한 것이었습니다. 그러니 볼프람이 사람들에게 이런 이야기를 내놓았다면 의도적으로 그랬던 것입니다.

그것은 마치 이렇게 말하려는 것 같습니다. "모든 것을 피상적으로 받아들인다면, 그것은 터무니없이 보일 것이다. 여러분은 내가 의도하는 것을 이해하려고 더 깊이 가야만 한다."

이제 파르치팔이 그랬다고 이야기되는 그 끔찍한 것을 봅시다. 그가 질문하지 않았다는 것이지요. 볼프람은 파르치팔의 모든 죄가 질문하지 않았다는 것에 있음을 강조하기 위해 비상한 노력을 합니다. 질문이 모두 그렇게 중요할까요? 글쎄요, 우리 시대에는, 현재의 시대에는 그렇습니다.

모든 과학이 질문으로 시작합니다. 왜? 어떻게? 어디서 이것이 비롯되는가? 과학은 끊임없는 질문의 과정입니다. 또한, 대답을 발견하자마자 그것은 새로운 질문들로 이어집니다. 실험실에서의 모든 실험은 질문이고, 우주로 보내지는 모든 로켓이 질문입니다. 우리 시대의 모든 기술적 진보는 질문에서 비롯되었습니다.

그런데 질문을 하느라 바쁜 사람은 과학자만이 아닙니다. 모든 사람이 과학자일 수는 없습니다. 하지만 탐정 소설을 읽고 즐기는 수백만의 사람들을 생각해 보세요. 탐정 소설의 즐거움은 '누가 한 거지?'라는 질문에 있습니다. 아니면 인기 있는 텔레비전의 퀴즈 프로, 묻고 답하는 게임을 생각해 보세요. 가로세로 퍼즐에 여러 시간을 쓰는 모든 사람을 생각해 보세요. 또는 질문을 담으려 한 모든 현대 미술은 실험이고, 퍼즐입니다. 사람들이 이 그림들을 사는 것은 이해할 수 없는 것을 좋아하기 때문입니다.

우리는 모든 것, 즉 부모와 아이 사이의 관계, 성, 종교, 정부, 행동의 기준들 사이의 관계를 묻습니다. 이 모든 것이 질문을 낳습니다.

질문하는 것은 우리 시대의 본질입니다. 우리는 어떤 것도 당연한 것으로 받아들이려 하지 않습니다. 우리는 묻고 또 묻습니다. 우리시대는 질문의 시대입니다.

하지만 과거에는 그렇지 않았습니다. 과거 시대에는 사람들이 그다지 호기심이 없었고, 그렇게 많은 질문을 하지 않았습니다. 교회도 질문을 권장하지 않았습니다. 질문을 시작한 소수가 '이단자'라 불렸고 화형을 당했습니다.

그러나 그 암흑시대에 이미 무언가 다른 것이 있었습니다……. 그것은 다가오는 시대, 미래를 위한 일종의 준비였습니다. 우리 시대의 끊임없는 구함과 찾기와 묻기에는 일종의 준비과정, 최초의 희미한 시작이 있었습니다. 그 시대의 기사는 자신의 성이나 왕의 궁궐에 항상 머물러 있지는 않았던 겁니다. 때때로 어렵고 위험한 과제를 찾아 여행을 떠났습니다. 그러한 위대하고 가치 있는 과제 찾기가 '탐색quest'이라고 불렸습니다. 그 시대의 모든 이야기책, 트루바두르가 들려준 모든 이야기는 기사들의 탐색, 랜슬롯이나 귀네비어의 탐색을 찬양했습니다.

'탐색'이라는 말은 '질문question'이라는 말과 같은 뜻입니다. 그것은 구하는 것, 찾는 것을 의미합니다.

기사들은 마음속으로 구하고 찾으려는 준비가 아직 되어 있지 않았습니다. 그들은 질문하지 않았습니다. 탐색하며 구하고 찾는 것을 물리적으로 해야 했습니다. 그들의 탐색은 시작이었고, 우리가 요즘 살고 있는 질문의 시대를 위한 준비였습니다.

볼프람 시대에 다른 시인들이 그러한 '탐색'에 관한 이야기들을 썼지만 볼프람은 달랐습니다. 그 자신이 '이단자'로 교회가 금한 질문들을 감히 했습니다. 또한 그의 주인공은 미래의 주인공, 모든 사람이 볼프람이 했던 것처럼 질문할 시대의 주인공이 될 것이었습니다.

그것이 바로 파르치팔이 처음부터 질문으로 가득 차 있었던 이유입니다. 그는 질문의 주인공, 호기심으로 가득 찬 주인공이 될 것이었습니다.

그런데 시인 볼프람은 세상으로 들어오고 있던 이 새로운 질문의 힘을 원치 않는 적들이 있다는 것을 보여 주기 또한 원했습니다. 로마 교회가 있었던 겁니다. 그렇지만 말이죠, 어떤 새로운 것, 어떤 호기심에 저항하는 사람 다수가 없었다면 로마 교회는 그런 힘을 가지지 않았을 겁니다. 그들은 모두 똑같은 방식으로 만사가 영원히 진행되기를 바랐던 것이지요. 그들은 교회를 지지하고 그 권력을 쥐고 있는 사람들이었습니다.

볼프람은 파르치팔의 교사가 되는 구르네만츠 노인을 통해 그런 사람을 묘사했습니다. 구르네만츠는 악한 사람이 아니며 좋은 의도를 지니고 있었지만, 너무 늙었고 낡은 관습과 규범에 사로잡혀 있어서 파르치팔 안에 있는 새로운 것을 이해할 수 없었습니다. 그것이 바로 구르네만츠 노인이 파르치팔의 이어지는 질문들을 막는 이유입니다.

"질문하는 것은 나쁜 태도다, 나쁜 것이다."

이 노인과 젊은이의 만남을 통해 시인은 과거와 미래 사이의 만남을 묘사했습니다. 나이와 경험을 지닌 과거가 젊은이에게 여러 세기 동안 지켜져 온 죽은 관습과 규범들을 부과합니다. 무지한 젊은이 파르치팔은 이 규범들을 받아들이는 것 말고는 아무것도 할 수가 없고, 자연스러운 모든 호기심, 모든 질문이 억눌립니다. 그것들은 그가 노인한테서 배우는 관습들 밑에 묻힙니다.

나중에 파르치팔은 어부 왕의 성에서 자기 자신의 진정한 본성에 따라 행동하지 않고, 자기 자신에게 진실하지 않으며, 실제로는 자신에게 낯선 규범을 따릅니다. 그는 어떤 질문도 하지 않습니다.

딱한 노릇이지만, 여러분이 그것에 대해 파르치팔을 비난할 수 있는 것은 아닙니다. 그것은 죄악이 아닙니다. 그러나 만일 다른 일이 벌어지지 않는다면, 파르치팔은 자신의 진정한 본성에 따라서가 아니라, 자신에게 낯설고 자연스럽지 않은 관습에 따라서 생의 마지막까지 살 것입니다. 자유롭다는 것은 자기 자신이 내적 존재로서 행동하는 것이므로, 그는 자유로운 인간이 되지 못할 터이며 관습의 노예가 될 것입니다. 그렇게 사는 것이 저주입니다. 그것이 바로 이 이야기가 파르치팔에게 내려지는 '저주'를 통해 의미하는 바입니다. 자유롭지 않다는 것, 관습의 노예가 된다는 것, 그것은 저주입니다.

파르치팔은 이 운명, 즉 관습적으로 좋은 기사가 되는 것에서 구출되어야 합니다. 구출되어 자신의 진정한 본성, 질문에 대한 갈망이 자기 안에서 다시 일깨워져야만 합니다. 관습 아래에 묻혀 있는 자기 안의 것을 발견하기 위해서 그는 힘든 흔들림이 필요합니다. 그것이 바로 그에게 일어난 일입니다.

파르치팔에게 일어나는 일이 극도로 부당한 처벌로 보이지만, 그것은 실제로는 그의 진정한 본성을 끌어내기 위한 일종의 고통스러운 교육이자 재교육이지요. 파르치팔은 자신의 진정한 자아를 잃었습니다. 그는 자기 자신을 다시 찾아야만 합니다. 지금 가해지는 모든 불행은 자신을 실제의 자신, 즉 미래의 인간, 질문하는 인간으로 만들려는 것입니다.

학교에서 별로 진전이 없는 학생들을 더 낮은 학급으로 배치하는 일이 있을 수 있습니다. 이것은 그 학생들을 벌주려고 행해지는 것이 아니라, 더 나은 기회를 주기 위해 행해지는 것입니다. 자, 파르치팔은 그의 기이한 양육과 본성 때문에 오래된 계급에 속해 있으면서도, 미래에, 질문의 시대에 속해 있었습니다. 하지만 파르치팔의 이러한 진정한 본성이 억압당해서 그는 낮은 계급으로 들어가야만 했고, 미래를 준비하는 무언가로 되돌아가야 했으며, 탐색을 계속해야 했습니다. 역사를 통해, 인류는 탐색을 계속하고 나서야 질문의 시대에 도달할 수 있었습니다. 그래서 파르치팔은 질문의 힘이 그 안에서 다시 자라날 때까지 탐색을 계속해야 합니다.

이것이 바로 그가 성배 탐색에 내보내지는 이유입니다. 그는 성배를 찾아 나섭니다. 이것이 그의 탐색이지만, 그것은 처벌이 아니며, 구출이자 도움이고 교육입니다. 그는 질문하지 않았습니다. 그래서 탐색을, 성배의 탐색을 계속해야만 합니다.

시인 볼프람은 자신이 뜻하는 바를 공개적으로 말할 수는 없었습니다. 그가 살았던 시대에는 그렇게 할 수 없었습니다. 조심스럽게 묘사할 수밖에 없어서 파르치팔 벌주기 이야기를 그렇게 터무니없이 지어서 실제로는 이런 표지판을 세운 겁니다. "부디 이것을 피상적으로 받아들이지 마시오. 그 뒤에 더 깊은 의미가 있단 말이요."

더욱이 이 부분은 우리 자신의 시대를 위한 아주 현실적인 의미가 있습니다. 과학이 지금의 모습으로, 현대 생활의 가장 위대한 힘으로 된 것은 오직 질문하기를 통해서였습니다. 그런데 과학이 성장하고 발전함에 따라 권위자들로 간주되는 사람들이 나타났습니다. 불운하게도 이 '과학의 권위자들'이 중세 교회만큼이나 편협하고 교조적으로 되었고, 지금도 그렇습니다. 그들은 새로운 질문을 억압하고 '이단자들'을 박해합니다.

그리 오래되지 않은 과거에 한 생물학자가 자신이 성취한 놀랄 만한 발견의 보고서를 영국의학협회에 제출했는데, 그것은 수없이 많은 생명을 살리고 수많은 질병을 줄일 수 있는 발견이었습니다. 그러나 영국의학협회의 지혜로운 사람들은 고개를 가로저었습니다. 그것은 전혀 불가능한 것이었습니다. 명성 있는 어떤 의사도 이 발견을 이용하지 않을 것이었습니다. 그런데도 그 생물학자가 이 최고 과학자들의 판단에 맞서 자신의 연구를 계속했습니다. 그는 그 분야 전체로부터 기피당하고, 멸시당하고, 비난당했습니다. 그가 이 편견과 관습의 벽을 깨뜨리는 데에는 15년이 걸렸습니다. 그제야 그의 발견이 의학 분야의 가장 위대한 진전 가운데 하나로 일컬어졌습니다. 이 발견이 바로 페니실린이었고, 그것을 발견한 과학자는 알렉산더 플레밍이었습니다. 플레밍은 특허권을 내지 않았습니다. 자기를 위한 이익을 전혀 내지 않은 채 그것을 세상에 내놓았습니다. 이 사람은 바로 '권위자들'이 경멸하고 바보 취급한 사람이었습니다.

이 권위자들은 늙은 구르네만츠와 아주 비슷했습니다. 플레밍 이전에는 아무도 묻지 않았습니다.

"곰팡이가 박테리아를 죽일 수 있을까?"

이 질문을 하자, 그는 그런 질문을 하는 것은 잘못이라는 말을 들었습니다.

그것은 위험한 일입니다. 과학자들 자신이 질문이야말로 과학의 생명의 피라는 것, 그리고 이 질문은 허용된다, 저 질문은 허용되지 않는다고 말할 권리를 아무도 갖고 있지 않다는 것을 잊는 일 말입니다. 한 번은 제가 어떤 아주 똑똑한 과학자에게 이런 의문을 말한 일이 있습니다.

"사후의 삶이 있을까요?"

그러자 그는 아주 권위적인 태도로 말했습니다.

"그건 과학에 관련된 의문이 아닙니다. 그건 과학적인 의문이 아니에요. 그걸 믿든지, 안 믿든지 하세요, 하지만 과학은 그 질문에서 빼주세요!"

저는 이렇게 대꾸할 수 있을 뿐이었습니다.

"그렇게 말하는 당신의 권위는 무엇입니까? 아마 당신 자신의 과학 분야는 이 의문에 관해 할 말이 없나 보군요. 그런데 무슨 권리로 당신은 과학 전체에 한계를 두는 겁니까? 당신은 어떻게 과학이 이런 의문을 품는 것이 가능하지 않다는 것을 알 수 있죠? 당신은 마치 중세 교회처럼, 아니면 파르치팔 이야기의 구르네만츠 노인처럼 말하는군요."

여러분은 세상으로 나아가면 세상의 구르네만츠들로 하여금, 자신이 아무리 영리하다 할지라도 어떤 질문이 과학적이라거나 허용되는 것이라고 말하도록 내버려 두지 마세요. 아무도 여러분이 묻고 싶은 질문들을 억누를 권리를 가지고 있지 않습니다. 낡은 관습들을 받아들여 자기 자신을 잃어버릴 뻔한 파르치팔을 기억하세요.

# 12

## 성배

파르치팔은 성배의 성을 찾을 때까지, 성배의 탐색을 마칠 때까지는 아내에게 돌아가지 않을 것이고 원탁의 기사들 사이에 있는 자기 자리로도 되돌아가지 않을 것이라고 스스로 맹세했습니다. 그러나 그가 이 약속을 할 때에는 자신에게 어떤 종류의 과제를 부여할 것인지 생각이 별로 없었습니다.

그는 수많은 지역을 지나며 여행했고, 그의 목숨은 끊임없는 위험 속에 있었습니다. 무장한 기사들이 길을 막고 그에게 도전했습니다. 강도와 산적들이 재물을 얻으려고 그를 불러 세웠습니다. 또는 박해자들에 맞서 약자와 억압받는 사람들을 구출하러 가야 했습니다. 그러나 그의 목숨은 마치 마법으로 보호되는 것 같았습니다. 그 모든 맞닥

뜨림 속에서 상대편을 모두 이기거나 쫓아 보냈기 때문입니다. 마법으로 보호되는 삶, 하지만 성배의 성을 찾을 수 없다면 파르치팔에게 그것은 공허하고 무의미한 삶이었습니다. 그는 위험 속에서 어떤 흥분도 찾지 못했고, 승리 속에서 어떤 만족감도 얻지 못했습니다.

어떤 마을이나 성에서도 멀리 떨어져 있거나, 완전히 혼자가 되어 헐벗은 땅을 지날 때가 있었습니다. 그런 외로운 밤에, 때때로 하늘의 초승달을 보았는데, 머리 위에서 빛나는 그 반짝거림이 어부 왕의 홀에서 보았던 그 반짝이는 그릇을 생각나게 했습니다. 그것은 성배를 떠오르게 했고, 그의 마음을 설명할 수 없는 갈망으로 온통 채웠습니다.

그러나 하늘의 은빛 초승달은 어둠 속에 잠겨 있을 뿐이었습니다. 그 양 끝의 뾰족한 부분들 사이에는 어둠만이 있었는데, 그것은 마치 자기 자신을 그린 것 같았습니다. 자신이 그런 텅 빈 그릇, 그런 텅 빈 껍데기라고 느꼈고, 그 안의 공허함은 그의 탐색의 목표를 찾아내야만 채워질 수 있었습니다.

때로는 잠들어 있는 것과 깨어 있는 것 사이에 있는 느낌, 그를 두려움에 가득 차게 하는 꿈같은 환영을 경험했습니다. 그는 그런 환영 속에서 길가에 있는 작은 예배당을 보았습니다. 예배당으로 들어가서 제단 위에 누워 있는 한 죽은 기사를 보았습니다. 그 죽은 사람 앞에서 초 하나가 흔들림 없는 불꽃으로 타고 있었습니다. 그런데 이 기이한 광경을 응시하고 있을 때, 거대한 검은 팔이 나타나 검은 손이 초에 이르더니 꺼 버렸습니다……. 그러고는 사방이 암흑이었습니다.

외부의 위험들에 괴롭힘을 당하고, 자기 안의 이 공허감에 시달리고, 그러한 환영들에 방해받으면서 파르치팔은 여전히 탐색을 계속했습니다. 그러나 시간이 지나면서 마음이 비통함과 분함으로 가득 찼습니다. 내가 이런 운명에 처할 만한 일을 저지른 게 무엇일까? 행복하고 만족스러운 생활을 즐기는 사람들이 친절하고 사랑스러운 신을 믿기는 쉽습니다. 그러나 파르치팔에게는 친절하고 사랑스러운 신이 아니었습니다. 그는 그런 신에게 감사할 이유를 느끼지 못했습니다. 그래서 일요일이나 축일에 교회에 가는 사람들을 경멸스럽게 보기 시작했습니다. 그들이 자기네 기도가 무언가를 의미한다고 믿든 간에 그 자신은 이런 종류의 일과 아무 상관도 없었습니다!

그러나 그는 비통함과 가혹함, 낙심을 느끼면서도 자신의 탐색을 계속했습니다. 과제를 포기하지 않겠다는 완강함으로, 단호한 결심으로 자신을 굳건히 세웠습니다.

이미 탐색을 시작한 지 다섯 해가 되었습니다. 5년 동안 그는 멀리 널리 여행했지만, 찾는 일은 허사였습니다. 이제 다시 이른 봄이었지만, 파르치팔은 나무의 새싹, 들판의 신록에 관심이 없었습니다. 길에서 만난 몇 명의 기사들이 갑옷도 입지 않고 무기도 없으며 흰옷을 입고 있다는 것도 알아채지 못했습니다. 그들이 이상한 모습을 하고 있다는 것도 알아채지 못했고, 그들 중 한 사람이 그의 뒤에 대고 "오늘이 무슨 요일인지 모르시오?"라고 외치는 소리도 듣지 못했습니다.

자기 스스로 불행하다 생각하며 주변의 세상을 의식하지 못한 채 계속해서 말을 타고 길을 따라가다 보니 어떤 숲으로 들어가게 되었습니다. 그 숲 깊은 곳에서 파르치팔은 한 오두막집을, 어떤 은자의 오두막집을 우연히 발견했습니다.

은자란 세상의 삶에서 물러나 숲이나 산의 외딴곳으로 들어와 살면서, 기도와 명상의 생활에 완전히 전념하는 사람이었습니다.

파르치팔은 그때 기분대로 그것을 염두에 두지 않은 채 그 은자의 오두막집을 지나치려 했습니다. 그러나 그 은자가 밖으로 나와서 그를 불렀습니다.

"기사 나리."

은자가 말했습니다.

"무슨 일로 하필이면 오늘 같은 날 갑옷을 입고, 창과 검을 지닌 채 말을 타고 나오셨습니까?"

파르치팔이 은자를 바라보았습니다. 나이가 많아서 머리칼과 수염이 하얀 사람이었습니다. 나이 많은 사람에게 공손하게 대하는 것이 마땅했으므로 대답했습니다.

"저는 언제라도 싸울 준비가 되어 있도록 배웠습니다. 오늘이라고 위험에 대비하지 않을 이유가 어디 있습니까?"

은자가 고개를 저으며 말했습니다.

"아마도 당신은 기독교인이 아닌가 보군요. 아마 당신은 모슬렘인 듯한데, 그렇다면 물론, 당신은 오늘이 무슨 날인지 모르겠지요. 기독교인들 사이에서 오늘은 싸움하지 않고, 마상 시합도 열지 않는 날이며, 어떤 검도 뽑아서는 안 되고, 어떤 기사도 갑옷을 입거나, 무기를 지녀서는 안 되는 날입니다. 오늘은요, 기사 나리, 성 금요일, 즉 그리스도가 십자가에서 돌아가신 날입니다. 오늘은 자신의 생명을 바치면서도 베드로에게 검을 가지고 자신을 방어하도록 허용하지 않으신 그분Him을 기려서, 어떤 기독교인도 싸움을 하거나 다른 사람을 해치지 않습니다. 기독교인이 아니신가요?"

파르치팔이 대답했습니다.

"이제 그 규칙이 기억납니다. 그 여럿 중의 하나를 예전에 배웠는데, 그것이 제게 행복을 가져다주지 못했습니다. 그런데 제가 아직 기독교인인지는 저도 모르겠습니다. 저는 여러 해 동안 교회에 들어가 본 적도 없고 신께 기도를 드린 적도 없습니다. 그러니 제가 그랬다면 저는 거짓말쟁이일 겁니다. 저는 신을 생각하고 싶지도 않습니다. 왜냐하면 그가 제게 준 것은 결실 없는 찾기와 비탄과 슬픔이니까요. 그분은 저를 잊었습니다. 그리고 저도 그분을 잊어버렸습니다."

은자가 한숨을 짓더니 말했습니다.

"그건 어리석은 말입니다, 기사 나리. 아마 지금 당신이 불평하는 바로 그것을 신께 감사드릴 날이 올 것입니다. 자, 말에서 내려서 갑옷을 벗고 이 축일을 나와 함께 즐깁시다. 그럼 아마도 당신이 신과 이 세상에 화가 난 이유를 내게 말해 줄 수 있을 겁니다."

파르치팔은 망설였습니다. 이 노인에게 내 문제를 말해서 무슨 소용이란 말인가? 그런데 그때 동정심을 갖고 들어주는 이에게 속마음을 털어놓는 것이 위안이 될 것이라는 생각이 들었습니다. 그리고 곧바로 갑옷과 무기를 벗고는 은자에게 이제까지 여러 해 동안 결실 없는 탐색, 성배 찾기 탐색을 했다는 이야기를 들려주었습니다.

"성배 찾기 탐색이라,"

은자가 말했습니다.

"성배가 불러 주지 않으면 그 누구도 성배를 찾을 수 없다는 것을 알지 못하나요? 나는 그것을 압니다. 은자가 되기 전에 나 자신이 성배의 기사였으니까요."

"성배의 기사이셨다고요?"

파르치팔이 놀라 소리쳤습니다.

"그래요."

은자가 대답했습니다.

"당신이 성배를 찾는 사람이니 그 이야기를 들려 드리지요. 그리스도의 시대에 유대인 가운데 한 독실한 그리스도 추종자가 있었습니다. 그의 이름은 아리마테아의 요셉이었습니다. 그런데 예수 그리스도가 그의 제자들과 최후의 만찬을 연 장소가 바로 이 요셉이라는 사람의 집이었습니다. 예수와 그 제자들이 최후의 만찬에서 포도주를 마실 때 쓴 잔이 이후에도 계속 요셉에게 있었고, 그는 그것을 성스러운 유물로 지켰습니다. 그것은 다른 그릇에는 없는 힘을 지니고 있기 때문입니다. 그리고 요셉에게 보관된 또 다른 성스러운 물건도 있었습니다. 그것은 십자가에 못 박힐 때 그리스도의 옆구리를 찌른 창이었습니다.

비밀스럽게 그 잔과 창이 여러 세대를 거쳐 전해졌고, 그 수호자들만이 그것들이 있는 곳을 알고 있었습니다. 이윽고 그 잔과 창을 어떤 고결한 기사, 잘못도 없고 악함도 없는 한 사람이 보관하게 되었습니다. 그는 꿈속 환영을 통해 잔과 창을 보관할 성을 지으라는 것과 가장 훌륭한 기사들이 그 성스러운 물건들을 섬기고 수호하도록 부름 받을 것이라는 말을 들었습니다.

그 잔이 '성배'라 불리고, 해마다 성 금요일에 흰 비둘기 한 마리가 나타나서 그 성배에 제병 하나를 놓습니다. 이것이 성배에 힘을 부여하는데, 성배를 보는 사람은 다른 아무런 영양분도 필요하지 않습니다. 그것을 보면서 영양을 얻는 것이지요. 또한 병든 사람도 다른 치료가 필요하지 않습니다. 성배를 봄으로써 치유되는 것이지요.

그렇지만 병들고 고통받고 있으면서 성배를 지켜야 하는 사람이 하나 있는데, 보는 것이 그를 치료하지 못하고, 그에게 도움을 주지도 못하며, 그 사람은 어떤 이상하고 암울한 예언이 실현될 때까지 그 고통을 견뎌야만 합니다."

"그 사람이 누굽니까? 왜 그 사람은 고통받아야만 하지요? 그 예언이 무엇입니까?"

이 모든 것이 자신과 깊이 관계되어 있다는 것을 깨달은 파르치팔이 소리쳤습니다. 그러자 은자가 대답했습니다.

"그 사람은 성배의 왕입니다. 사람들은 그를 어부 왕이라고 부르기도 하지요. 그의 이름은 안포르타스입니다. 성배를 보관하는 몽살바주 성을 지었고, 최초의 성배의 기사들의 왕이자 지도자였던 사람이 바로 그의 아버지였습니다. 그 아버지가 늙고 병약해지자 성배에 '안포르타스'라는 글자가 반짝였는데, 그것은 안포르타스가 성배를 지키는 군주가 되어야 한다는 것을 뜻했습니다. 안포르타스는 용맹한 기사였고, 위대한 행동으로 성배를 섬겼습니다. 그러나 어떤 성배의 종도 자기 자신을 위한 영광과 명예를 얻기 위해 모험과 싸움을 하려 해서는 안 됩니다. 성배의 기사들에게는 오직 사심 없는 행위만이 허용됩니다. 그런데 안포르타스는 이 규칙에 반하는 죄를 지었는데, 한 여인을 위해, 그녀의 눈에 드는 영광과 호감을 얻기 위해 전쟁에 나섰던 것입니다. 그가 상처를 입은 것이 이 싸움에서였습니다. 이 세상의 어떤 약초나 연고도 그것을 치유할 수가 없고, 성배도 그것을 치유하지 못합니다. 그것은 성배의 왕으로서, 허영과 이기심에서 벗어나지 못한 데 대한 처벌입니다.

그가 성으로 돌아오자 성배에 글이 나타났습니다. 이렇게 씌어 있었습니다.

'오 왕이시여, 무엇 때문에 아프신 겁니까?'라고

묻는 이가 오는 날까지 기다리라.

그리고 그가 물을 때, 상처가 치유되리라.

그러나 아무도 그에게

물어야만 한다는 것을 밝혀서는 안 된다.

자신의 연민으로 물어야 한다, 혼자 힘으로.

그때 이후로 안포르타스는 끝나지 않는 고통 속에서 구원자가 오는 날을 희망하며 살고 있습니다. 나는 신께서 그를 구원할 날을 앞당기도록 기도하기 위해 성배를 섬기는 일에서 떠났습니다. 왜냐하면 말이지요, 나는 그의 동생 트레프리첸트입니다. 나는 내 희생이 신에게 받아들여져 형의 극심한 고통을 덜어주기 위해 성배를 보는 특권과 그 수호자가 되는 명예를 버렸습니다. 그 이후 나는 한 기사가 왔다는 말을 들었습니다만, 아뿔싸, 그 멍청이가 묻지 않았어요……. 그는 아무것도 묻지 않았고, 그래서 명예가 아니라 수치심을 얻었습니다."

은자는 침묵에 빠졌고, 파르치팔 역시 말없이 앉아 있었습니다. 그가 은자 트레프리첸트에게 자신이 누구라고 말해야 할까요? 하지만 그는 용기를 내어 노인에게 말했습니다.

"제가 그 기사였습니다. 제가 그 성배를 보고, 그 고통 받는 왕을 보고 침묵했습니다. 저는 헤르첼로이데의 아들 파르치팔입니다. 저는 숲에서 키워졌고 숲을 떠나서 예법을 배웠는데 너무나 어리석게도 그 예법 때문에 질문을 하지 않게 되었습니다."

이 말을 듣고 트레프리첸트는 젊은이의 손을 잡더니 말했습니다.

"네가 무슨 일을 했든 너를 보니 반갑구나, 파르치팔, 너는 내 누이의 아들이란다. 헤르첼로이데 여왕은 내 누이였고, 가엾은 안포르타스 왕의 누이였지. 성배 왕들의 피가 네 안에 있다, 파르치팔, 그리고 그것이 바로 네가 성배의 성을 발견한 이유란다!"

"네."

파르치팔이 비통하게 말했습니다.

"그런데 혈통으로 제게 주어진 그 특권을 제가 잃어버려서 성배를 찾지 못한 채 성과 없는 탐색에 여러 해를 보냈습니다."

"아니다."

은자가 말했습니다.

"나는 네가 성 금요일에 이곳에 온 것이 우연이 아니라는 것을 느낀다. 너를 이곳으로 데리고 오신 신의 섭리가 너를 알맞은 때에 성배로, 그리고 성배의 군주인 네 삼촌을 구제하는 데로 안내할 것이다. 그리고 그때가 오면 너는 그 긴 탐색과 네가 겪은 것이 헛되지 않았음을 이해하게 될 것이다."

여러 해 만에 처음으로 파르치팔의 마음속에 다시 희망과 인간의 운명 속에는 더 높은 지혜가 있다는 느낌이 생겼습니다. 부활절 후인 며칠 뒤 트레프리첸트를 떠나 성배의 탐색을 다시 나설 때 그는 다른 사람이었습니다.

# 13

## 어둠과 자유의 신

볼프람은 자신의 이야기에서 성과 없는 탐색에 원통해하는 파르치팔이 어떻게 신에게 등을 돌리는지를 묘사합니다. 중세시대 문학 전체에서 이것은 최초로 누군가가 이렇게 말한 것입니다. "나는 신 없이 지낼 수 있어. 난 종교 없이 살 수 있어."

중세시대는 '신앙의 시대'였습니다. 자신의 종교를 위해 싸우고 죽기 위해 인간이 자기 집과 가족을 떠나 십자군에 나선 시대였습니다. '이단자들'이 있었지만, 그 이단자들 또한 자신의 믿음을 위해 기꺼이 죽고 고통 받았습니다. 유대인과 모슬렘들은 똑같이 자기네 종교를 열렬히 믿었습니다. 하지만 이렇게 말하고자 하는 사람들은 없었습니다. "나는 신을 믿을 필요가 없어. 난 어떤 종교도 전혀 필요 없어."

그러니 파르치팔이 비통함 속에서 공개적으로 모든 종교에 반항한다면, 어떤 기도나 예배에도 참여하기를 거부한다면, 종교 없이 살수 있다는 것을 보여 준다면, 그는 중세시대 사람으로 말하는 것이 아니라 현대인의 목소리로 말하는 것입니다.

일종의 직관과 예언자적 예지력으로 시인 볼프람은 미래의 주인공인 파르치팔이 신을 거부하고, 신을 부정하고, 또 종교 없이 사는 지점까지 와야만 한다는 것을 깨달았습니다. 자신의 예언자적 전망을 통해 볼프람은 미래에 사람들은 종교로부터 돌아서는 지점에 도달할 것이며, 자신의 주인공 파르치팔이 그와 똑같은 지점까지 와서 기사도시대, 신앙 시대의 어떤 사람도 말하지 않는 방식으로 말해야 한다는 것을 깨달았습니다.

파르치팔은 중세 기사의 의복과 갑옷을 입고 있었지만, 신과 종교를 거부하는 면에서는 현대인이었습니다.

시인 볼프람에게는 먼 미래였던 시대, 그 시대가 이제 도래했습니다. 바로 우리의 현재 시대입니다. 단 한 사람의 파르치팔만이 이렇게 말하고 있지는 않습니다. "나는 종교 없이, 신 없이 살 수 있어."라고 말하는 수많은 사람이 있습니다. 중세시대가 신앙의 시대, 믿음의 시대였다면, 우리 시대는 신앙 없는 시대, 무신론의 시대입니다.

오늘날에는 수많은 사람이 이렇게 말합니다. "나는 내가 보거나 만질 수 있는 무언가만을 믿을 수 있어. 그러니까 난 보이지도 만져지지도 않는 '신'이나 '정신' 같은 걸 믿지 않을 거야." 여러분은 이것이 과학 진보의 결과라고 생각할 수 있습니다. 과학이 우리에게 우리의 감각만을 신뢰하라고 가르쳤다고 생각할지 모릅니다. 그러나 그것은 전혀 그렇지 않습니다.

과학이 우리에게 보여 준 것은 우리가 우리의 감각을 신뢰할 수 없다는 것입니다. 햇빛의 적외선과 자외선은 우리의 눈으로 전혀 볼 수 없습니다만, 그럼에도 그것들은 존재하며 실재합니다. 자력이라는 것이 있는데, 자석 쇳조각은 보통 쇳조각과 똑같이 보이고 느껴집니다. 우리에게는 자석의 힘을 느낄 수 있는 감각 기관이 없지만, 그럼에도 자력은 존재하며 실재합니다. 우주 공간에서 쏟아져 들어오는 전자기파와 방사선이 있는데, 우리는 이제 막 이것을 연구하기 시작하고 있습니다. 수십 년 전에는 상상조차 할 수 없었던 힘들이 존재하는데, 우리의 감각은 그것들에 관해 우리에게 아무것도 말해 줄 수 없습니다.

과학의 가르침은, 우리의 감각이, 우리의 눈과 귀가 존재하는 것과 존재하지 않는 것, 실재하는 것과 실재하지 않는 것을 판단하는 데 적합하지 않다는 것입니다.

최면에서 이용되는 힘은 무엇인가요? 최면을 유도하는 힘들을 측정할 도구도 없을뿐더러 그것이 어떤 모습인지를 우리에게 보여 줄 수 있는 감각 기관도 없지만, 그럼에도 그것들은 작용하고 있고 실재합니다.

따라서 사람들이 "나는 신을 믿지 않고, 난 정신세계를 믿지 않아, 내가 그것들을 볼 수 없기 때문이지."라고 말하는 것은 과학 때문이 아니라 아주 다른 이유 때문입니다. 사람들이 무신론자, 유물론자가 되는 이유는 우리 주변 세계에 있지 않고, 이 세계를 탐구한 과학에 있는 것이 아니라, 인간의 영혼 속에, 인간의 마음속에 있습니다.

가장 흔하고도 어리석은 편견들 가운데 하나는 인간이 항상 똑같은 마음 상태를 유지한다는 추정입니다. 우리는 아마도 석기시대 혈거인이나 중세시대 기사가 우리만큼 영리하지 않았지만, 즉 우리가 오늘날 알고 있는 것만큼 많이 알지 못했지만, 그 외에는 인간의 마음이 항상 똑같았고, 똑같은 방식으로 작용했다고 추정합니다. 그런데 이 아주 흔하면서도 아주 어리석은 추정은 사실에서 나온 것이 전혀 아닙니다. 실상에 도달하려면 과거의 사고방식을 연구하는 인류학자들과 역사학자들의 저작을 읽어야만 합니다. 그런데 그 실상은 여러 세기에 걸친 엄청난 변화를 보여 줍니다.

　　중세시대, 신앙의 시대를 봅시다. 11, 12, 13세기에 쓰인 어떤 책을 읽거나 공부하더라도 여러분은 그 시절에는 어떤 말들이 오늘날과 다른 의미, 심지어 다른 효과를 지니고 있었음을 알게 될 것입니다.

　　중세시대 사람이 '신'이나 '예수' 같은 말을 쓰거나 듣는다면 이 말들은 그 영혼을 따뜻하고 살아 있는 불빛으로, 내면의 빛으로 채웠습니다. 우리에게 '죽음'이라는 말이 자동으로 어떤 두려움을 불러일으키거나, 또는 아주 구체적인 예를 들자면, '레몬주스'라는 말이 우리에게 레몬주스의 맛을 가져다주는 것처럼, 중세시대 사람에게 '신'이나 '그리스도' 같은 말들에는 어떤 효과가, 따뜻한 내면의 불빛 즉 위안과 안도의 느낌이 있었습니다.

　　어린아이들은 과거 사람들과 약간 비슷해서, 신의 이름을 듣거나 말할 때 이런 따뜻함과 위안의 느낌을 아직도 종종 느낍니다.

　　중세시대에는 이런 느낌이 공통적이었고 자연스러웠는데, 이것이 바로 중세시대가 '신앙의 시대'인 이유입니다. '신'이나 '그리스도'라는 말들이 이러한 효과, 일종의 따뜻함과 위안을 주었기 때문입니다.

그런데 그 후 몇 세기 뒤로 가서 책을 읽어 보면, 독실하고 경건한 사람들이 쓴 종교 서적에서조차, 이건 아주 분명한데, 그 말들이 이제는 똑같은 효과가 있지 않음을 알 수 있습니다. 따뜻함, 불빛이 점점 줄어들었습니다.

그리고 우리 시대에는 그 불빛이 사라졌습니다. '신'이나 '정신'이라는 말은 빈껍데기 같은 것이 되었습니다. 적은 수의 사람들에게는 아직도 이 말 속에 작은 불빛이 있습니다. 그들은 오늘날에도 아직 존재하는 소수의 신실한 종교인들입니다.

하지만 오늘날 대다수 사람에게는 이 말들이 더는 어떤 효과나, 어떤 의미도 없습니다. 어떤 사람들은 이 사실을 받아들이기 두려워하는데, 그들은 이 말들 속에 무언가가 있는 척합니다. 그들은 풍습으로, 습관으로, 어떤 종교적 관습에 매달리지만, 그것은 하나의 가식입니다.

아주 많은 사람은 가식적으로 행동하는 것에서 어떤 의미도 볼 수 없습니다. 그들은 가식으로 보여 주는 것에서 어떤 의미도 볼 수 없으며, 종교 없이, 신 없이 사는 것에 만족합니다.

이것이 가능한 세 가지 경우입니다. '신'이라는 말에서 여전히 무언가를 느끼며 자기 종교에서 만족을 찾을 수 있는 소수, 아무것도 느낄 수 없지만 그럴 수 있는 척하는 사람들, 그리고 '신', '그리스도', '정신'이라는 말들이 아무 의미가 없다고 말하면서 종교 없이 사는 사람들.

그런데 아직 또 하나의 대안이 있습니다. '신'이라는 말에는 이제 어떤 의미도 없는 사람들이 있습니다. 그것은 마치 불빛이 있던 영혼 속의 텅 빈 곳, 비어 있는 자리가 있는 것과 같습니다. 그런데 이 사람들은 '신', '그리스도', '정신'이라는 말의 새로운 의미를 찾으려 합니다.

낡은 의미, 낡은 빛과 불빛은 이 말들에서 사라지고 공허함과 어둠만이 남았습니다. 어떻게든, 어디에서든, 아마도 새로운 의미를 발견할 것입니다.

그 새로운 의미를 발견하는 것은 긴 탐색이 될 것입니다. 성과 없는 탐색일 수도 있고, 잘못된 곳에서의 탐색일 수 있으며, 발견될 수 없는 무언가를 찾는 것일 수도 있습니다. 그러나 이 새로운 의미를 찾는 사람들이 있는데, 이것이 바로 현대의 성배 찾기입니다.

오늘날 개인으로서 여러분은 실제로는 네 가지 선택을 할 수 있습니다. 여러분은 여전히 신의 이름 속에서 어떤 실체를 느끼고, 그래서 신실하게 기도하고 예배드릴 수 있습니다. 아니면 어떤 것도 느끼지 않지만, 종교를 과시하는 것에서 이점을 찾을 수 있습니다. 또는 가식적인 행동을 하지 않고 종교 없이 살 수 있습니다.

또는 찾는 사람, 그 말들의 새로운 의미를 찾는 사람, 성배를 찾는 현대의 파르치팔이 될 수 있습니다.

이것들이 여러분 앞에 있는 네 갈래 길이며, 우리 시대의 모든 사람은 이 네 가지 길 가운데 하나를 취해야 합니다. 하지만 여러분이 어떤 길을 택할 것인지, 그것은 여러분 자신의 선택 사항입니다.

다른 누구도 여러분을 위해 판단을 해줄 수 없습니다. 누구도 하나의 길 또는 다른 길을 가게 할 권한을 가지고 있지 않습니다. 그것은 여러분 개인 스스로 결정할 문제입니다.

그런데 과거에는 그렇지 않았습니다. '신'이나 '그리스도'라는 이름이 마법의 힘을 지니고 있었다고 할 수 있었던 과거에는, 이것이 누구에게도 개인적인 선택 사항이 아니었습니다. 그것은 일종의 본능이었습니다. 여러분은 이동하는 새들이 있다는 것을 알고 있지요. 그 새들은 가을이 되면 좀 더 따뜻한 기후가 있는 곳으로, 남쪽으로, 아프리카로 날아갑니다. 그것들은 선택해서 날아가지 않으며, 한 마리 한 마리가 겨울이 오면 이곳이 지내기에 가장 좋다고 판단을 해서 남쪽으로 날아가는 것이 아닙니다. 제비는 그것을 생각하거나 판단할 필요가 없습니다. 본능의 힘이 제비에게 남쪽으로 날아가게 하고, 본능의 힘이 그것을 아프리카로 인도합니다.

종교에 관한 한, 중세시대 사람은 제비가 그런 것처럼 자기 자신의 주인이 아니었습니다. 제비가 그것을 남쪽으로 모는 본능을 물려받듯이, 중세시대 사람은 신의 이름 속에서 따뜻함과 위안을 느끼게 하는 본능을 물려받았습니다. 그것은 핏속에 있었고, 조상에게서 물려받은 어떤 것이었습니다.

이 사람들이 '내 조상의 신'을 말하는 것은 자연스럽고 정확한 표현이었습니다. 신에 대한 느낌은 본능이었고, 조상에게서 물려받은 핏속의 어떤 것이었습니다.

이 본능이, 인간이 가지고 있었던 다른 많은 본능과 마찬가지로 역사의 과정에서 죽었습니다. 물려받은 본능, 그것은 핏속에 있었는데 그 본능이 죽었고, 그것이 바로 불빛이 사라지고 신앙의 시대가 사라진 이유입니다.

여러분은 아마도 사람들이 14, 15세기 이후로 과학을 연구한 것이 그들이 갑자기 똑똑해졌기 때문이었다고 생각할 것입니다. 그 사람들이 그보다 수 세기 전에 살았던 사람들보다 갑자기 더 영리해졌다는 것이지요.

아닙니다. 그들이 과학에 매달리기 시작한 것은 제비를 인도하고 지시한 것처럼 사람들을 인도하고 지시한 본능, 이 본능이 죽어 버렸기 때문입니다.

만일 제비가 자기 본능을 잃는다면, 아프리카로 가는 길을 찾기 위해서 지도를 만들고 컴퍼스를 사용해야만 할 것입니다. 탐험하고 발견을 해야 할 것이지요. 그런 일이 제비에게는 일어나지 않는데, 인간에게는 일어났습니다. 인간의 본능이 죽었고, 그래서 낯선 세상에서 어리둥절했으며, 탐험을 시작했습니다.

중세시대 사람들은 개인의 선택이 아닌 본능에 의해 신에게서 확신과 위안을 찾았습니다.

그러나 오늘날 우리 안의 그 본능이 죽었습니다. 그래서 어떤 길을 취할 것인지, 제가 언급한 네 길 가운데 어느 것을 택할 것인지, 그것이 개인의 선택 사항입니다. 자유로운 선택이지요.

우리는 본능의 안내를 빼앗겼고, 어둠 속에 있지만, 무언가를 얻었습니다. 우리는 자유를, 원하는 여행길을 선택할 자유를 얻은 것입니다.

사람들이 예전에 말했던 것처럼 '우리 조상의 신'을 말할 수 없습니다. 우리는 '자유의 신', 우리가 자유롭게 그분Him을 찾거나 그분을 잊을 수 있도록 내버려 두는 신을 말해야 할 것입니다.

그럼 이제 파르치팔이 결실 없는 탐색을 하고 있었고, 그의 영혼이 종교에서 등을 돌리던 때 본 꿈의 장면을 생각해 봅시다.

이 꿈에서 그는 예배당을 보았는데, 그것은 종교적인 건물입니다. 예배당 안에 한 기사의 시신이 있었습니다. 죽은 기사는 사람들을 인도했던 그 죽은 본능을 상징하는 묘사입니다.

그리고 외롭게 타고 있는 초 하나는 최후로 반짝이던 그 내면의 빛이며, 사람들이 경험했던 내면의 불빛입니다. 이때 한 검은 손이 촛불을 꺼 버려서 모든 것이 어둠 속에 있습니다. 이 어둠은 본능의 인도와 따뜻한 위안을 주는 믿음의 불빛이 사라진 때의 영혼을 묘사합니다.

이 꿈은 실제로 파르치팔 자신의 영혼을 묘사합니다. 이 꿈은 한 장면에서 실제로 일어나는 일, 즉 그가 종교로부터 등을 돌리는 것을 묘사합니다. 어둠이 파르치팔에게 왔듯이, 그것이 우리에게 왔습니다.

그런데 파르치팔에게 남아 있는 유일한 것이 우리에게 남아 있습니다. 어둠 속에서, 자기 자신의 선택으로, 자유를 통해 우리가 신의 새로운 의미를 찾는다는 것, 성배를 찾는다는 것이 그것입니다.

우리에게 선택하는 자유를 주고, 성배를 찾거나 찾지 않는 자유를 부여하는 어둠 속에서, 그 어둠 속에서 어떤 일이 일어나는데, 외로워지고 보기에는 희망이 없는 탐색 도중에 파르치팔에게 어떤 일이 일어난 것입니다.

여러분은 파르치팔이 성배를 찾는 이 성과 없는 탐색을 즐기고 있다는 인상을 받습니까? 아닙니다, 그는 고통스럽습니다. 그는 슬프고, 불행하며, 비탄에 짓눌려 있는 사람입니다. 그리고 그는 고통을 좋아하지 않습니다. 어떤 사람도 고통을 좋아하지 않습니다. 하지만 여러분은 고통을 전혀 겪지 않은 사람이 만약 그런 사람이 있다면, 다른 사람에게 동정심이나 연민을 느낄 수 있다고 생각하시나요? 우리는 자신이 고통을 겪었기 때문에 다른 누군가의 고통을 동정할 수도 있고 느낄 수도 있는 것입니다.

물론 우리는 스스로 적어도 약간의 고통을 알아 왔기 때문에 병들어 있거나 고통 속에 있는 이에게 조금 미안함을 항상 느낄 수 있습니다. 그러나 진정하고 깊은 동정심, 진정한 연민(이것은 문자 그대로 다른 사람들의 고통을 나눈다는 것을 뜻합니다), 진정한 연민이란 우리 자신의 깊고 진실한 고통으로부터만 가질 수 있습니다. 어떤 고통도 느낄 수 없는 둔감한 사람은 다른 사람들의 고통을 잘 알아채지 못할 것입니다.

파르치팔은 자기 어머니가 고통스러워하는 것을 눈치채지도 못한 채 어머니를 떠날 정도로 둔감했습니다. 붉은 기사를 죽이고 그의 갑옷을 차지하는 것 이외의 다른 어떤 생각도 하지 못할 정도로 둔감했습니다. 파르치팔에게는 연민이 거의 없었습니다. 어부 왕에게 와서 묻는 순간을 상상해 보세요. "무슨 일 있으세요?" 그는 연민에서가 아니라 호기심에서 물었을 것입니다.

그가 배울 필요가 있었던 것은 연민이었고 그것을 배우는 유일한 길은 스스로 고통을 겪는 것이었습니다. 그는 고통을 겪어야만 했습니다. 내면의 어둠, 종교를 빼앗기는 것, 신에 대한 어떤 느낌도 없이 사는 것, 그것이 고통의 일부였습니다.

사람들이 그 본능을 아직 가지고 있었고 신이라는 이름에서 따뜻함과 위안을 느끼던 중세시대를 생각해 봅시다. 그때는 동정심과 연민이 많던 시대가 아니었습니다. 아씨시의 프란체스코 같은 성인은 연민을 느낄 수 있었습니다. 그는 다른 사람들이 삶의 목적으로 여기는 모든 것들, 즉 부와 명예와 좋은 음식을 거부함으로써 자신에게 고통을 부과한 사람이었습니다. 그 시대 다른 사람들은 믿음이 대단하고 종교에 열렬하였어도 잔인하다 할 정도로 인정사정없었습니다. 하지만 프란체스코는 예외였습니다.

그런데 우리 시대는 신도 종교도 없는데 훨씬 더 많은 연민이 있습니다. 다른 사람들의 어려움과 고통을 훨씬 더 크게 느낍니다. 오래된 본능이 죽어서 사라진 이래로 우리는 자유뿐만 아니라 연민 또한 얻었습니다.

동정심이나 연민 같은 느낌은 이 세상에서 정신적인 것입니다. 만일 유물론자들, 무신론자들이 옳다면, 만일 신이 없다면, 만일 인간에게 영혼이나 정신이 없다면, 그렇다면 우리는 기계, 복잡한 기계 이상이 아닐 것입니다. 어떤 기계가 또 다른 기계를 느낄 수 있나요? 기계는 느끼지 못하지만, 우리는 느낍니다. 그리고 동정심과 자비심과 연민에서 나오는 모든 행위는 인간의 정신적 본성의, 그리고 순수한 연민이자 사랑인 신의 증거입니다.

저는 투철한 무신론자들, 유물론자들을 알아 왔습니다만, 그들은 진정한 친절함과 실천하는 연민의 빛나는 본보기였습니다. 그들이 아무리 신을 부정하더라도 느낌 속에서, 행동 속에서 그들은 인간 안에 있는 정신과 신의 정신을 증명하고 주장했습니다.

오래된 본능이 죽어 있는 자리인 어둠 속에서 선택의 자유가 성장합니다. 거기서 연민이 신을 새로운 의미로 이끌 새로운 본능이 자라납니다. 그것은 조상의 신이 아니라 자유의 신이며, 자비와 연민의 신이며, 사랑의 신입니다.

파르치팔은 어둠을 겪어 내고, 자유 속에서 신을 찾아야 했습니다. 그는 고통을 겪고, 연민을 배워야 했습니다. 그러던 어느 날 그리스도가 십자가에서 고통을 받은 날인 성 금요일에, 자신의 고통이 필요한 것이었고 결국은 성배로 이끌 것이라는 새로운 희망과 이해를 줄 수 있었던 그 은자를 만납니다.

# 14

## 탐색의 결론

시인 볼프람은 이야기의 이 단계에서 우스꽝스럽거나 터무니없어 보일 수도 있는 새로운 인물을 소개합니다. 하지만 저는, 볼프람이 자신의 상상으로 하여금 이유도 없이 정처 없이 돌아다니게 내버려 두는 시인이 아니며, 그의 상상의 이야기 속에는 어떤 상징적 의미가 있음을 우리가 알고 있다고 생각합니다. 이제 이 이야기 속으로 들어오는 새로운 인물은 정말로 아주 상상적인 존재입니다. 그것은 까치처럼 검고도 흰 사람입니다.

　게다가 이야기에서 그런 검고도 흰 사람이 필요하다고 결심한 뒤 볼프람은 이 검고 흰 사람을 파르치팔의 형제(아니면 적어도 배다른 형제)로 만들어 주고 싶었습니다.

이제 여러분은 이 이야기가 아무리 이상하거나 터무니없이 들리더라도 시인이 무언가를 전달하고자 한다는 것, 그것에 어떤 의미가, 심리학적 의미가 있다는 것을 잊지 마세요.

여러분은 파르치팔이, 그를 숲 속에서 기른 헤르첼로이데와 그가 어린아이였을 때 전투에서 죽은 가무렛 왕의 아들이었음을 기억하고 있습니다.

자, 파르치팔의 아버지 가무렛은 젊은 시절에 모험을 찾아 탐색을 한 기사였습니다. 젊은 시절에 가무렛은 실제로 아주 멀리 돌아다녔는데, 유럽에서 멀리 떨어진 지역으로 여행하다 사람들의 피부가 검은 땅에 왔습니다. '무어인'이라 불린 이 사람들은 기독교도가 아니라 이교도들이었습니다. 이 이교도들을 여왕이 다스렸습니다. 그녀 역시 검은 피부의 이교도였지만, 아주 아름다웠기 때문에 젊은 가무렛은 그녀와 사랑에 빠졌습니다. 그는 그녀를 위해 적들에 맞서 싸웠고, 마침내 그녀와 결혼해 파이레피즈라는 아들이 태어났습니다. 그래서 볼프람의 이야기에서 흰 아버지와 검은 어머니의 아들인 이 파이레피즈라는 아이는 검고도 희었습니다.

이 검고도 흰 아들이 태어난 지 한 해가 못 되어 어머니인 여왕이 죽었습니다. 아버지 가무렛은 아이와 그 왕국 전체를 여왕의 오라비에게 맡기고 다시 머나먼 모험에 나섰습니다. 그는 기독교도들의 땅인 유럽으로 돌아와서 헤르첼로이데를 만나 재혼했습니다. 그리고 우리가 알고 있는 대로 나중에 전투에서 죽었습니다.

파르치팔이 숲 속에서 자라는 동안 머나먼 땅에서는 그의 이복형제 파이레피즈가 성장했습니다.

삼촌이 이교도로 기른 파이레피즈는 때가 되자 이 무어인들의 땅의 왕이 되었습니다. 하지만 파이레피즈 안에는 아버지의 피가 강해서 그 역시 모험과 기사의 싸움을 좋아했고, 자신의 왕국을 떠나 위험과 싸움을 찾아 탐색에 나섰습니다.

하루는 어떤 숲을 지나고 있는데 화려한 붉은 갑옷을 입은 한 기사가 반대편 쪽에서 오고 있는 것을 보았습니다. 이 붉은 기사는 물론 파르치팔이었습니다.

파이레피즈에게 그러한 만남에는 하나의 목적 즉 싸움이 있을 뿐이어서 곧바로 도전을 청했습니다. 파르치팔 역시 그 도전을 받아들이는 게 당연했습니다.

둘은 창을 내리깔고 서로에 맞서 돌진했습니다. 그러나 창들이 서로의 방패에 충돌해도 두 사람 모두 상대방을 떨어뜨릴 수 없었습니다.

두 사람은 창으로 하는 싸움에서는 우열을 가릴 수 없다는 것을 알았습니다. 그들은 창을 내던져 놓고 검을 뽑았습니다. 파르치팔은 어부 왕에게서 받은 검을 썼는데, 이것은 한 가지 위험, 즉 검을 만든 사람만이 알고 있는 위험을 제외하고는 절대로 부러지지 않는 검이었습니다.

두 기사는 검으로 상대방의 방패를 거칠게 쳐 대며 투구와 갑옷에서 불꽃이 튈 정도의 힘으로 서로 공격했지만, 아무리 센 공격으로도 결판이 나지 않았습니다. 그들은 이미 한 시간 내내 싸우고 있었고, 그들의 무기가 부딪치는 소리는 숲을 울리고 있었습니다. 두 사람 모두 대단한 힘들이 바닥나 갈 때 파르치팔이 자기에게 남아 있는 모든 힘을 짜내서 상대편의 투구를 힘껏 내리쳤는데, 그만 그의 검이 부러졌습니다!

어부 왕의 검이 부러지니 파르치팔은 상대편의 처분을 기다리게 되었습니다. 그런데 상대편 기사는 그를 내려치지 않고 외쳤습니다.

"상대편이 다시 싸울 수 없을 때 이기는 것은 명예롭지 않다! 휴전하고 쉬자."

그들은 말에서 내려 숲의 부드러운 이끼 위에 지친 사지를 뻗었습니다. 투구를 벗자, 파르치팔은 상대편 기사의 검고도 흰 얼굴을 보고 놀랐습니다. 그 모습을 보니 어머니가 예전에 들려주신 아버지의 첫 번째 결혼과 그 결혼으로 태어난 그 신기한 검고도 흰 아이에 관한 기억이 떠올랐습니다. 그가 물었습니다.

"당신의 이름이 무엇이오?"

상대편이 대답했습니다.

"나는 가무렛의 아들, 파이레피즈다."

"나 또한 가무렛의 아들이요."

파르치팔이 대답했습니다.

"이제 내 칼이 말을 듣지 않고 부러진 이유를 알겠소. 내 형제에게 맞서서는 내게 도움이 되지 않소."

방금 전까지도 서로 험악하게 싸웠던 두 기사가 이젠 서로 부둥켜안은 채 형제를 찾았다는 사실에 깊이 감동했습니다. 그리고 검고도 흰 파이레피즈는 파르치팔의 성배 탐색에 관해 듣자 새로 찾은 동생을 떠나지 않고, 그것이 얼마나 오래 걸리든 그 탐색에 함께하겠다고 맹세했습니다. 파르치팔은 이제 탐색에서 혼자가 아니었습니다. 그는 이

제 친구이자 형인 파이레피즈를 얻었습니다. 두 사람이 함께하는 여행으로 또 하나의 만남이 주어지자, 파르치팔은 자신의 탐색이 예전에 생각했던 만큼 희망 없는 것이 아님을 느꼈습니다.

숲을 지나 말을 타고 가던 그들은 어떤 오두막집과 마주쳤습니다. 파르치팔이 내려서 오두막집 안으로 들어가자, 안에는 사촌 지구네가 죽은 신랑의 관과 함께 있었습니다. 이번에는 지구네가 마지막 만났을 때처럼 그를 내쫓으면서 "저주받은 녀석"이라 부르지 않았습니다. 그녀는 나이 들고 초췌해 보였지만 부드러운 목소리로 말했습니다.

"오랜 탐색이었구나, 파르치팔. 죽음이 내 남편이 되려던 남자를 데려간 이후로 내가 겪은 것처럼 너도 고생했구나. 여기 지상에서는 그의 아내가 될 수 없었지만, 나는 내 사랑으로 그에게 묶여 있음을 느낀단다. 죽음이 그것을 끝장낼 수는 없지. 지금 나는 이 비탄이 오래가지 않으리라는 것을 안다. 곧 내 생명이 끝날 것이고, 나는 지상에서 헤어진 그와 하나가 될 것이다. 내 고통이 곧 끝나게 될 것처럼 네 고통 역시 그럴 것이다, 파르치팔. 안심하고 가거라. 우리 둘 다 구하는 것을 발견하게 될 거란다!"

지구네의 목소리에는 절망이 아니라 희망과 기쁨이 있었고, 파르치팔은 그녀를 떠날 때 깊은 확신이 마음을 채우는 것을 느끼면서 형과 함께 여행을 계속했습니다.

여행의 다음 단계는 그들을 아서 왕과 기사들에게 인도합니다. 그들은 중기병과 기사들이 있는 커다란 야영지와 마주쳤는데, 아서 왕이 강력한 적에 맞선 큰 전쟁을 막 마친 때였습니다. 파르치팔의 충직한 친구이자 이 전쟁의 영웅이 된 가웨인이 파르치팔과 파이레피즈를 환영해 주고 그들을 아서 왕에게 소개했습니다.

파르치팔은 아직 성배를 찾지 못했지만, 영국 왕이 베푸는 하루 동안의 환대를 받으면서 아서 왕의 기사들과 함께 탁자 앞에 앉게 되었습니다. 그들 모두 희고도 검은 파르치팔의 형을 신기한 듯이 바라보았습니다.

그때 손님이 또 한 사람 왔는데, 그들 모두가 화려한 의복과 머리띠와 드레스에 달린 보석으로 손님을 알아보았습니다. 바로 성배의 사자, 쿤드리였습니다. 다시 한 번 그녀의 방문에 침묵이 엄습했고, 모든 이의 마음속에서 그녀가 온 것이 무슨 불운, 무슨 저주의 전조인지 의심이 생겼습니다. 그런데 이때 그녀가 성배의 문장 즉 흰 비둘기의 기호가 있는 덧옷을 입고 있음을 알아보았습니다.

쿤드리가 아서 왕에게 정중하게 인사하더니 파르치팔에게 다가갔습니다……. 그러고는 그 앞에 무릎을 꿇었습니다. 그리고 그녀의 날카롭고 추한 이목구비가 큰 기쁨의 표정으로 바뀌어 있었습니다. 그녀가 말했습니다.

"파르치팔, 당신의 탐색은 끝났습니다. 성배의 비밀은 별들 속에 씌어 있습니다. 행성들이 정해진 길로 움직이고 변하면서, 하늘의 책 속에서 이 지상의 인간 운명을 분명히 보여 줍니다. 하늘에 이제 당신의 운명의 시간이 왔다고 씌어 있습니다. 당신은 성배로 부름을 받았고, 성배가 줄 수 있는 가장 높은 명예를 받았는데, 당신의 이름이 성배에 나타났기 때문입니다. 파르치팔, 우리는 당신의 이름이 새로운 성배의 왕의 이름으로 씌어 있는 것을 보았습니다.

당신 삼촌 안포르타스 어부 왕이 지금 자신의 고통을 끝내줄 질문을 기다리고 있고, 그때 기쁘고 충실하게 당신을 군주로 섬길 것입니다. 또한, 성배에 씌어 있는 명에 따라 당신의 아내 콘드비라무르는 왕비로서 당신 곁에 있기 위해 성배의 성 몽살바주에 와 있습니다. 그녀역시 당신을 기다리고 있습니다. 우리는 또한 당신이 혼자 와서는 안된다고 씌어 있는 것을 보았습니다. 검고도 흰 얼굴을 가진 당신의 형파이레피즈가 당신과 함께 몽살바주로 갈 것입니다. 그리고 예전에 당신께 나쁜 소식과 슬픔을 가져다 드린 제가, 부름을 받지 않으면 아무도 찾을 수 없는 그 장소로 당신을 인도하여 함께 갈 것입니다.

이렇게 하늘에 씌어 있는 것이 말합니다. 이렇게 별들이 말합니다. 이렇게 성배가 말합니다!"

파르치팔이 이 전갈을 듣고 느낀 것은 자부심도 기쁨도 아닌, 깊은 겸손이었습니다. 야심과 열망에 차 있던 어린 사내애는 자부심과 오만함을 느낄 수 있었지만, 고통을 겪고 탐색의 끝에 도달한 사람은 그렇지 않았습니다.

파르치팔은 다시 아서 왕과 그의 기사들을 떠나야 했습니다. 그는 그들 가운데 한 사람이 되지 않을 것이었습니다. 하지만 이 떠남은 예전의 다른 떠남들과 같지 않았습니다. 이번에는 가장 높은 명예, 즉 성배의 왕이 되는 명예를 받기 위해 떠나는 것이었습니다. 웃음으로써 그의 가장 높은 명예를 예언했던 그 부인이 옳았던 것이었습니다.

그렇게 해서 파르치팔은 자기 삼촌인지도 모른 채 어부 왕과 우연히 만났던 그 호수를 다시 보게 되었습니다. 구불구불한 오르막길을 다시 보았는데 이번에는 한 무리의 기사들이 그와 그의 일행을 맞이하고, 또 선택된 한 사람, 성배의 수호자를 위한 의장대가 되기 위해 왔습니다.

그들이 몽살바주 성안으로 들어가자 환영하는 사람들의 어떤 얼굴에도 이제는 슬픔이 없었습니다. 기쁨과 행복이 있었습니다. 파르치팔과 파이레피즈는 갑옷을 벗고, 흰 망토를 차려입고는, 여러 해의 탐색 동안 파르치팔의 마음속에 자주 나타났던 그 커다란 홀로 들어갔습니다. 그리고 거기에, 긴 의자에 반쯤 앉고, 반쯤 누운 채로 고통받는 자, 어부 왕 안포르타스가 있었습니다. 파르치팔이 그를 포옹하면서 말했습니다.

"삼촌, 제가 이곳에 처음 왔을 때 삼촌을 슬프고 실망하게 해서 마땅히 그쳐야 했던 고통의 기간을 더 오래가게 만들었습니다. 이제 삼촌께 안도와 건강을 가져다 드릴 수 있는 것이 제가 왕이 되는 것보다 더 큰 의미입니다. 안포르타스여, 무엇이 당신을 아프게 합니까?"

그러자 이 말에 상처가 아물어 치유되었고, 힘과 원기가 돌아왔으며, 안포르타스의 창백한 병색이 빛이 나는 건강한 혈색으로 바뀌었습니다. 그가 의자에서 일어나더니 파르치팔 앞에 무릎을 꿇고는 말했습니다.

"내 누이 헤르첼로이데의 아들이시여, 제가 마땅히 선택된 성배의 왕 당신께 충성을 바쳐 섬기겠다고 맹세하는 첫 번째 사람이 되도록 허락하소서!"

그때 한 부인이 앞으로 나왔는데, 파르치팔에게는 그녀가 자신의 마음속에서 여러 해 동안 간직해 온 모습보다도 훨씬 더 아름답고, 그가 예전에 피와 눈으로 만들어진 것에서 보았던 모습보다도 더 아름다운 것처럼 보였습니다. 사람들이 콘드비라무르와 파르치팔에 관해 거의 아무 말도 하지 않았습니다. 자신들이 느끼는 것을 말로 옮길 수 없었기 때문입니다.

그러고 나자 모두가 그 커다란 홀 안에 앉아 성배의 경이를 보기위해 기다렸습니다. 다시 한 번 창이 홀 안으로 날라져 왔고, 그 빛이 영양이 되는 빛나는 성배를 나르는 처녀가 들어왔습니다. 그것이 모두 끝나자 검고도 흰 파이레피즈가 말했습니다.

"내가 본 것은 한 아름다운 처녀가 마치 무언가를 들고 있는 것처럼 팔 모양을 한 것이었는데, 그 손안에는 아무것도 없었어. 그 처녀가 왜 그런 식으로 행동한 거지?"

그러자 그는 이교도이기 때문에 성배를 볼 수 없다는 말을 들었습니다. 하지만 파이레피즈는 성배를 보고 싶었고, 그 처녀, 성배를 나르도록 허용된 유일한 사람인 르팡스 드 즈와Repanse de Joie[11]에게 마음을 빼앗겼습니다. 검고도 흰 기사 파이레피즈는 세례를 받아 기독교도가 되었고, 성배를 나르는 여인의 남편이 되었습니다. 그것은 왕 다음으로, 성배를 섬기는 이들 사이에서 가장 높은 명예였습니다.

파르치팔이 성배의 왕이 된 다음 날 사자 쿤드리가, 지구네가 오두막집의 신랑 관 곁에서 죽었다는 소식을 가지고 왔습니다. 그러자 파르치팔의 명에 따라 지구네와 그녀의 신랑이 하나의 무덤에 묻혔습니다.

파르치팔은 성배의 왕이자 수호자로 남아 있었습니다. 그와 콘드비라무르에게 두 아들이 태어났습니다. 그들 모두가 위대한 기사가 되었는데, 큰아들인 로헨그린(백조의 기사)의 모험은 트루바두르가 쓴 또 다른 이야기들 가운데 하나로 만들어졌습니다.

파르치팔의 아들이 성배의 왕들 가운데 마지막 사람이 되었다고 들 합니다. 파르치팔의 아들 로헨그린 이후로는 창과 성배가 프레스터 존[12](사도 요한)이라 불리는 사람에게 주어졌고, 이 사람이 그것을 비밀히 지켜서, 공개적으로는 말할 수 없는 방법으로 찾을 수 있을 뿐입니다.

어릿광대로 시작해서 고통을 통해 연민을 배운 사람의 이야기인 파르치팔 이야기는, 그가 성배를 찾아 수호자가 되는 것으로 끝납니다. 그러나 훗날 수 세기 동안, 트루바두르 이후의 여러 세기 동안 전체 파르치팔 이야기 속에서는 많은 일이 벌어집니다. 파르치팔 이야기를 정교하게 희화한 일종의 패러디 책도 나왔는데, 공교롭게도 이 패러디 또한 위대한 문학 작품들 가운데 하나입니다. 우리는 볼프람의 이야기 가운데 몇몇 의문들을 우선 토론하고 나서, 나중에 나온 패러디로 넘어갈 겁니다.

# 15

## 파이레피즈 : 믿음과 지성

볼프람의 『파르치팔』 마지막 부분은 수많은 의문을 불러일으킵니다. 예를 들자면, 왜 이 단계에서 이 이상한 검고도 흰 사람 파이레피즈를 등장시키는가 하는 점입니다.

그런데 단순히 여러분에게 그가 상징적으로 이것 또는 저것을 의미하는 것이라고 말씀드리기보다는, 저는 여러분이 혼자 힘으로 이 의미를 찾아내기를 바랍니다. 제가 해야 할 것은 여러분에게 우선 자료를 드리는 것입니다.

자, 첫 번째 자료는 연민입니다. 현대인에 비유되는 것과 똑같은 일이 어떻게 중세인에게 나타났을까 하는 것입니다.

예컨대 중세시대 교사는 학생들에게 이렇게 말합니다. "석탄 조각은 어둡고 검은 덩어리입니다. 불을 붙이면, 빛과 온기를 줍니다. 빛과 온기가 석탄 속에 숨어 있어서 불을 붙이면 그 숨어 있는 빛과 온기가 밖으로 나옵니다."

"그런데," 교사가 계속해서 말합니다. "여러분도 이와 같습니다, 학생 여러분. 여러분은 여러분 안에 온갖 종류의 능력을 지니고 있지만, 여러분은 그것을 알 수조차 없습니다. 그것은 아직 숨어 있습니다. 교사로서의 제 임무는 숨어 있는 능력을 끄집어내는 것, 깨어나기 위해 기다리고 있는 그 숨어 있는 불꽃을 끄집어내는 것입니다." 이러한 시적 묘사가 중세시대에는 자연스러웠습니다.

현대인은 석탄을 이런 식으로 말하지 않습니다. 현대인은 이렇게 말합니다. "모든 식물은 '엽록소'라 불리는 화학 물질을 포함하고 있습니다. 이 엽록소는 햇빛에서 에너지를 흡수할 수 있는 특성이 있고 이 에너지가 식물에 이용됩니다. 식물은 공기에서 이산화탄소를 취해서, 이 태양 에너지를 이용하여 그것을 탄소와 산소로 분해합니다. 탄소는 식물과 함께 남고 산소는 공기로 되돌아갑니다. 식물은 탄소로 몸을 만듭니다. 그리고 나무나 석탄을 태우면, 탄소와 산소가 다시 합쳐집니다. 탄소가 산화되는 것입니다."

자, 석탄 조각을 바라보는 이 두 가지 방식을 비교해 봅시다. 중세인은 엽록소나 태양 에너지를 전혀 몰랐습니다. 그들은 일종의 시적인 묘사로 석탄을 설명했습니다. 여러분은 이 시적 묘사가 학생들의 느낌에 말을 걸었다는 것을 알 수 있습니다. 학생들은 그것에서 어떤 과학도 배우지 않았지만, 그것은 학생들의 느낌에 강력하게 호소했습니다.

현대의 과학적 설명은 느낌은 전혀 건드리지 않고 다른 무언가,

지성이라 불리는 무언가를 만족하게 합니다. 우리는 시적인 묘사에 만족하려 하지 않습니다. 우리를 둘러싼 세계에서 일어나고 있는 것을 지적으로 만족하게 하는 설명을 원합니다.

볼프람의 시대, 13세기에는 사람들 사이에 지성이 거의 없었습니다. 그것은 제가 여러분에게 말씀드린 바와 같이 신앙의 시대, 종교적 본능이 사람들에게 필요한 모든 설명을 제공한 시대였습니다. 그들은 지적인 설명이 필요하지 않았습니다. 만일 여러분이 엽록소나 태양 에너지를 주제로 들려준다면 그들은 이해하지 못했을 겁니다. 지성을 위한 시대는 아직 도래하지 않았던 것이지요.

하지만 그 시대에도 이미 지성이 있었습니다. 거대한 규모의 지적인 작업이 있었지만, 그것은 유럽에서가 아니었고 기독교인들 사이에서가 아니었습니다. 그것은 모슬렘들 사이에서, 아랍인들 사이에서였습니다.

7세기에 무함마드가 아라비아의 베두인족을 이끌고 사막의 땅에서 나와서, 그들에게 불과 검으로 믿지 않는 사람들을 이슬람교로 개종시키라고 명했습니다. 그들의 깃발 즉 초승달이 그려져 있는 초록 깃발 아래에서 아랍인들은 그들에게 맞선 모든 군대를 패배시켰고, 마침내 스페인에서 북아프리카를 넘어 흑해까지 정복해 지리적으로 볼 때 유럽의 남부를 둘러싼 반달 또는 초승달 모양을 만들었습니다.

아랍인들은 어떤 것을 보면 그 장점이 무엇인지 알아보았고, 자신들이 지배하는 나라로부터 배웠을 뿐만 아니라, 동방과 인도와 중국의 거대한 제국들에서도 배웠습니다. 정돈된 사고방식을 가지고 있던 아랍인들은 수많은 출처의 이 모든 지식을 한데 모으고 분류한 최초의 사람들이었습니다. 그래서 다양한 '학부' 또는 학과로 나뉜 최초의 대학들이 나타났습니다.

유럽 전체가 아마도 천 권의 책을 보유하고 있었을 시절에 코르도바에 있는 한 아랍 대학에서만 십만 권의 책을 가지고 있었습니다. 유럽에서는 교회의 높은 지위의 성직자들만이 읽거나 쓸 수 있었을 당시에 아랍 대학들에는 물리학, 화학, 천문학, 의학을 배우는 수천 명의 학생이 있었습니다.

또한, 유럽의 기독교인들이 15×12 같은 어려운 계산을 하려면 줄에 구슬을 꿴 주판으로 작업해야만 하던 시절에 아랍인들은 인도에서 이른바 아라비아 숫자를 들여와서, 우리가 지금 사용하는 모든 대수의 규칙들을 만들어 냈습니다. 그들은 이 규칙들을 더 발전시켜서 대수학을 하기 시작했습니다. 이것은 '깨어진 부분들의 재결합'을 뜻하는 아랍 말입니다. 순수하게 지적인 한 가지가 있다면 그것은 대수학입니다. 과학과 수학을 지니고 있던 아랍 문명은 지성의 문명이었고, 몇몇 선진적인 사람들을 제외하고는 아직 느낌과 본능 속에 살고 있었던 기독교인의 유럽을 수 세기에 앞서 있었습니다.

이것이 볼프람이 『파르치팔』을 쓰던 당시의 상태였습니다. 하지만 제가 언급했던 바대로 알비주아파, 프로방스의 마니교 이교도들은 피레네 산맥 건너 스페인에 있는 아랍 이웃들과 아주 좋은 관계였습니다. 그들은 아랍인들의 지적 성취를 존경했습니다.

비밀 마니교도인 볼프람 역시 그랬습니다. 그는 행성의 움직임을 다룬 이야기에서 그것들을 '츠발', '알무스트리', '알무렛'이라 부르는데, 이것은 토성Zuhal, 목성Al Mushtori, 화성Al Ahmar의 아랍 이름들입니다. 볼프람은 아랍인들의 과학적이고도 지적인 문명을 꽤 알고 있었습니다.

하지만 볼프람은 그 이상으로 더 멀리 볼 수 있었습니다. 우리는 그가 자기 시대의 본능적 종교적인 느낌이 죽어서 사라질 시대를 예견했다는 것을 이미 알고 있습니다. 이 본능이 점점 없어지게 되자, 다른 무언가가 더욱더 자라났습니다. 바로 지성입니다. 그 두 가지 일은 동시에 벌어지는데, 마치 달이 변하는 모습과도 같습니다. 어두운 부분이 작아지면서 은빛 초승달이 점점 더 커집니다. 본능적 종교적 느낌이 물러나기 시작하자 유럽에서도 지성이 성장하게 되었습니다.

기독교 신앙을 사랑했지만 이러한 두 측면을 모두 알고 있었던 이교도 볼프람은, 유럽에서 성장하는 지성이 무어인들의 지성의 지식에 손을 뻗어 환영할 시대를 내다볼 수 있었습니다.

볼프람 시대에는 아직 그런 사람들이 많지는 않았습니다. 그들 가운데 한 스코틀랜드 사람이 있었습니다. 그는 애보츠포드와 드라이버그 수도원을 둘러싸고 있는 경계 지방 출신이었습니다. 이름은 마이클 스콧이었습니다. 마이클 스콧은 스페인의 코르도바까지 가서 그곳의 큰 아랍 대학에서 공부했습니다. 그리고 여러 해 동안 이탈리아와 독일에서 여행한 뒤 고향 스코틀랜드로 돌아왔을 때 사람들은 지성의 지식을 배운 그 사람에게서 무언가 묘한 악마 같은 것을 느꼈습니다. 사람들은 그를 너무나 두려워해서 화형에 처할 수조차 없었지만, 그를 악마에게 영혼을 판 마법사라고 불렀습니다.

마법사 마이클 스콧은 스코틀랜드의 전설이 되었습니다. 하지만 그는 코르도바와 톨레도에서의 연구로 스코틀랜드 사람이 자신을 매우 수상쩍어하게 만든 실제의 역사적 인물이었습니다. 이곳에도 열린 사고방식을 가지고 비밀에, '이단'의 생각에 기꺼이 접근했던 누군가가 있었던 겁니다.

볼프람 시대에는 대부분 사람이 아직 무어인들이 지닌 지성이라는 차가운 빛 속에는 무언가 이상하고 악마 같은 것이 있다고 느꼈습니다. 자신의 본능적, 종교적 느낌을 태양의 빛과 같은 따뜻함으로, 아랍인들의 지성의 지식은 달빛과 같이 어떤 온기도 주지 않는 빛으로 느꼈습니다. 그래서 그것을 조금도 원치 않았습니다.

게다가 볼프람 시대에는 아직도 십자군이 있었습니다. 기독교인들과 모슬렘들이 서로 험악하게 싸웠습니다. 십자군들은 모슬렘들을 정복할 수 있다고 생각했고, 모슬렘들은 언젠가 자신들이 유럽을 정복할 것으로 생각했습니다.

그러나 볼프람은 자신의 직관을 통해 따뜻하고 본능적인 힘이 종말을 맞이하고, 유럽 스스로 지성을 맞이하며, 아랍인들의 지성의 지식을 환영할 시대를 내다보았습니다.

자 그럼, 이런 상황을 생각해 봅시다. 십자군과 무어인들이 오리엔트에서 서로 싸우고 있지만, 볼프람은 이 싸움에서 승자가 없을 것이며, 미래에는 유럽이 무어인들에게서 무언가를, 그들이 유럽에 앞서 성취한 무언가 즉 지성의 지식을 가져와야 한다는 것을 깨닫고 있습니다. 이제 여러분은 파르치팔의 이복형이자 무어인들의 왕인 파이레피즈의 수수께끼에 대한 답을 얻을 수 있습니다.

파이레피즈는 지성이며, 유럽으로 오기 전에 무어인들 사이에서 태어난 지성의 지식입니다. 파르치팔은 종교적 본능을 잃고, 그 시대의 종교가 이제는 그에게 아무런 의미도 갖지 못할 때에 비로소 지성의 지식인 파이레피즈를 만날 수 있습니다.

종교적 본능을 잃어버린 파르치팔에게 이제부터는 무어인들에게서 온 것이 그의 동료이자 형제, 즉 자신의 일부가 될 것이었습니다.

미래의 주인공 파르치팔은 종교적인 느낌에 의존할 수 없습니다. 우리가 모두 지금 그래야만 하는 것처럼 그는 지성을 가지고 길을 찾아가야 합니다. 이것이 바로 파이레피즈와의 만남의 의미입니다.

그런데 왜 파이레피즈는 검고도 흰 걸까요? 볼프람은 지성의 지식에 관한 무언가 아주 중요한 것을 지적하고자 했습니다. 볼프람 같은 마니교도에게는 어둠과 빛, 검정과 하양은 그저 빛이 아니었습니다. 마니교도에게는 검정은 악을 상징하고 하양은 선을 상징합니다.

자, 지성이 아주 뛰어난 사람을 봅시다. 그는 총명한 지성을 지니고 있습니다. 이것이 이 사람을 선하게도 하나요? 아닙니다. 자신의 지성을 선을 위해서 또는 악을 위해서 이용할 수 있는데, 아주 많은 사람이 그것을 때로는 선을 위해, 또 때로는 악을 위해 이용합니다. 지성은 그 자체로는 선도 악도 아니거나 선과 악 모두입니다. 두 가지 가능성이 모두 있기 때문에 그것은 검고도 흽니다.

볼프람은 바로 거기까지 볼 수 있었습니다. 그러나 우리는 오늘날 볼프람이 보았던 것보다도 지성의 '검고도 흰 것'에 관해 훨씬 더 많이 알고 있습니다.

지성의 과학이 이룬 몇몇 가지만을 놓고 봅시다. 과학은 인간의 수명을 연장시켰고 유아 사망을 줄였습니다. 그것은 순전히 흰 것입니다. 하지만 그것은 동시에 과잉 인구라는 문제를 만들어 냈습니다. 이

164

세상에는 인도와 중국에서 굶주리는 수백만의 사람들을 먹여 살릴 충분한 식량이 없습니다. 그리고 앞으로 오십 년 안에 상황은 더 나빠질 것입니다. 그 사람들이 굶어 죽어야 할까요? 아니면 다른 사람들을 희생시켜가면서 삶의 공간을 확장하기 위해 전쟁터로 나가야 할까요? 이것은 어쨌든 검은 면입니다.

지성은 놀라운 이동 수단, 자동차를 만들어 냈습니다. 하지만 우리 행성에 만들어 놓는 혼잡과 오염을 생각해 보세요.

축복이자 저주이고, 선이자 악이며, 동시에 하양이자 검정인 지성이 만들어 놓는 것들의 긴 목록을 만드는 일은 어렵지 않을 것입니다.

따라서 볼프람이 검고도 흰 사람을 지성의 화신으로 선택할 때 그것은 매우 적절한 묘사였고, 그가 알았던 것보다도 더 적절한 것이었습니다.

그렇지만 우리가 좋아하건 그렇지 않건 간에 우리는 지성 없이 살아갈 수는 없습니다. 파이레피즈가 파르치팔의 동료가 되었던 것처럼 그것은 항상 우리 동료가 되었습니다. 그래서 파르치팔이 성배의 기사로 부름을 받을 때 검고도 흰 사람과 함께 와야 한다는 말을 듣는 것입니다.

성배 찾기는 신을 찾는 것이며 이 세상에서 성스러운 정신을 찾는 것입니다. 과거에는 성배가 신이 존재하고 감각의 세계 이외에 정신세계가 존재한다는 믿음을 인간에게 주었던 느낌이었고 본능이었습니다.

이 본능은 이제 활동하지 않거나 소수의 사람 안에서만 작용합니다. 오늘날 옛말들에서 새로운 의미를 찾고자 하는 사람은 누구라도 지성을 가지고 찾아야만 하지 지성을 놓아두고는 그 의미를 찾을 수 없습니다.

만일 성배 탐색의 어떤 답이 존재한다면, 이 대답은 느낌과 정서 속에서뿐만 아니라 지성 또한 만족하게 해야만 합니다. 이렇게 말할 수 있을 것입니다. 우리 시대에는 성배로 가는 길이 종교만으로는 충분치 않으며 그것은 지적인, 과학적인 길이어야만 합니다.

그것이 바로 우리 시대의 영웅 파르치팔이 오로지 검고도 흰 동료와 함께 와야 하는 이유입니다.

그런데 우리는 파이레피즈가 몽살바주로 올 때 그가 세례를 받아서 기독교인이 되고 나서야 성배를 볼 수 있다는 이야기를 듣습니다.

그것은 늘 일어나는 일입니다. 이 세상에서 신의 지혜가 경이롭게 나타나는 것 앞에 서 있으면서도 그것을 있는 그대로 알아보지 못하는 일이 특히 오늘날의 가장 지적인 사람들, 즉 과학자들 사이에서 일어납니다.

그러나 그 위대한 과학자들 가운데 한 사람은 자신이 보는 것을 알아보고, 이 경험이 무엇인지 전달하려고 애씁니다. 그런 위대한 현대 과학자가 아인슈타인이었습니다.

아인슈타인의 '상대성 이론'은 인간이 상상해 낸 가장 지적인 구조물에 관한 것이고, 원자 과학만큼이나 천문학에도 중요합니다. 그런데 이 위대한 지성, 이 위대한 과학자가 다음과 같은 말을 했습니다. "우리가 경험할 수 있는 가장 아름다운 것은 신비로운 것입니다. 그것은 모든 진정한 예술과 과학의 원천입니다. 이 경험에 무지한 사람, 경이로움으로 멈춰 서서 외경심에 몰입할 수 없는 사람은 죽은 것이나 마찬가지입니다. 그의 눈은 닫혀 있는 것입니다."

다시 말해서, 아인슈타인은 이렇게 말하는 겁니다. 이 세상에는 말로 표현할 수 없는 것이 있습니다. 나는 그것을 신비로운 것이라 부릅니다. 나는 그것을 경험할 수 있는데, 그렇지 못한 사람들은 죽거나 눈이 먼 것과 마찬가지입니다.

아인슈타인은 일종의 파이레피즈, 즉 그 작은 과학자들이 보지 않는 것을 본 지식인입니다.

파이레피즈라는 인물이 파르치팔 이야기에서 유일한 수수께끼인 것은 아닙니다. '죽은 신랑과 함께 있는 여인, 지구네가 의미하는 것은 무엇인가?', 또는 '쿤드리, 안포르타스의 의미는 무엇인가'라는 의문이 있습니다.

그렇지만 『파르치팔』 같은 예술 작품에서 그 모든 의문의 답을 얻을 필요는 없습니다. 의문을 품고 그것과 함께 지내는 것이 좋은 것입니다.

다음 장에서는 볼프람이 지은 『파르치팔』의 일종의 패러디인 위대한 문학 작품으로 나아갈 것입니다.

# 16

## 돈키호테

약 1200년 전에 쓰인 파르치팔 이야기는 기사들의 '탐색'을 찬양하고 기사도의 미덕을 칭송하는 수많은 '로맨스' 가운데 하나일 뿐입니다. 트루바두르들이 이런 종류의 이야기를 시작해서 인기를 얻었습니다. 그 백 년, 이백 년, 삼백 년 뒤에는 기사들의 모험 이야기가 훨씬 더 인기가 높았습니다만, 이 이야기들을 만든 작가들은 더는 '트루바두르'가 아니었고, 상상적 묘사의 형식을 통해 어떤 큰 의미를 전달하고자 하는 사람들이 아니었습니다. 그 훗날의 몇몇 작가들은 스펜서처럼 자신의 주인공들을 살아 있는 존재로, 살과 피를 가진 인간으로 만드는 수고를 하지 않았습니다. 스펜서의 『요정 여왕Faerie Queen』에 등장하는 기사들은 이러저러한 미덕의 화신들이지만, 여러분이 파르치팔에게서 느낄 수 있는 것을 그들에게서 또는 그들을 위해서 전혀 느낄 수가 없습니다. 그들은 살과 피가 아니라 알레고리들입니다.

다른 작가들은 아주 다른 방식을 취했습니다. 그들은 사람들이 읽고 싶어 하는 것이 위험과 모험이 주는 긴장감, 그리고 공상의 나래를 펴는 것임을 알았습니다. 그들은 믿을 수 없을 정도로 잘생겼고, 믿을 수 없을 정도로 도덕적이며, 믿을 수 없을 정도로 용감한 기사들을 절대로 (파르치팔이 그랬던 것과 같은)실수를 하지 않는 주인공들로 만들어 냈습니다. 또 이 작가들은 믿을 수 없을 정도로 아름다우며, 괴물이나 악마나 거인이나 용이나 마법사들에게 공격받거나 위협당하거나 노예가 되는 처녀들을 만들어 내기도 했는데, 물론 용감한 기사가 언제나 변함없이 그 괴물을 죽여 없애고 고통 받는 미인을 구출했습니다.

이 이야기들에서 사랑의 장면은 순전히 가식적이고 시시한 내용이었고, 전투 장면들은 훨씬 거칠게 과장되어 있었고, 문제의 장본인들(마법사, 거인)은 훨씬 더 있을 수 없는 존재들이었으며, 압운도 합리적인 근거도 없었습니다. *이 모든 이야기 속에는 이제 깊은 의미가 담겨 있지 않았습니다.*

하지만 훗날의 이 로맨스들은 여전히 날개 돋친 듯 팔렸습니다. 인쇄술의 발명으로 더 많은 사람이 읽고 쓸 수 있게 되자 사람들은 작품을 사서 그것에 빠져들고, 선뜻 받아들였습니다. 이것은 매우 놀라운 일이었는데, 그때는 기사와 기사도의 시대가 이미 지나가 버렸기 때문입니다. 화약이 발명되고 갑옷이 전혀 쓸모없게 되었습니다. 아메리카가 발견되었고, 과학이 시작되고 있었으며, 종교개혁이 모든 전통적인 믿음들을 뒤흔들고 있는 새로운 세상에서 갑옷 입은 기사가 무슨 소용이었겠습니까?

하지만 사람들이 어떤 면에서는 밝아 오고 있는 이 새로운 세상을 두려워하고 있었고, 적어도 책을 읽고 있는 동안에는 과거로, 용감한 기사와 마법사와 마술의 시대로 도망치고 싶어 했던 것 같습니다. 실제 기사가 오래된 유물이 되고 기사도와 기사 제도가 영원히 끝나 버린 바로 그 순간, 바로 그 역사의 순간에 전 유럽 사람들이 전혀 실재하지 않는 기사들에 관한, 그리고 완전히 무의미하고 극도로 공상적인 탐색에 관한 이야기들을 열렬히 읽었습니다. 사람들은 자신들이 사는 현실의 세상에서 벗어나려고 이 이야기들을 읽었습니다.

이렇게 우리는 1600년 무렵으로 옵니다. 스페인은 이미 아메리카에 넓은 식민지들을 가지고 있었고, 영국은 신교 국가가 되었습니다. 스페인은 영국에 맞서 위대한 무적함대를 보냈으나 패퇴했습니다.

그런데 볼프람과 그의 파르치팔이 사라진 사백 년 뒤인 이 당시에도 사람들은 아직도 잘생긴 기사와 귀족 아가씨와 무시무시한 괴물들의 이야기를 읽고 있었습니다.

이때 한 스페인 사람이 이 모든 것에 종지부를 찍는 책을 한 권 썼습니다. 이 책은 위대한 예술 작품으로 세계 문학의 몇몇 재미나는 책들 가운데 하나이기도 합니다.

이 책을 쓴 미겔 데 세르반테스는 군인이자 모험가였습니다(그는 터키인들과의 해전에서 왼손을 잃었고, 터키에 붙잡혀 5년 동안 노예생활을 했습니다). 세르반테스는 자신의 경험으로 자기 시대의 실제 모험들을 알고 있었고, 이 시대의 낭만적 이야기들에 담긴 허구로 지어낸 모험들이 얼마나 우스꽝스러운지를 알았습니다. 그래서 그는 자신의 책『돈키호테』[13]에서 그는 자기 시대에 아주 인기가 있던 다른 모든 이야기의 어리석음을 폭로했습니다.

『돈키호테』는 최초의 진짜 소설이기도 합니다. 실제 사람들과 그들이 사는 실제 세계를 담은 소설 말입니다. 유감스럽게도 우리는 이 긴 이야기에 시간을 조금밖에 할애할 수밖에 없는데, 이 작품이 대작이기 때문입니다.

이 이야기의 주인공은 나이 많은 신사로, 그 이름은 케사다이며 움푹 꺼진 볼과 약간 뾰족한 턱수염에 아주 야위고 초췌한 사람입니다. 나이 오십을 많이 넘긴 이 사람은 스페인의 한 마을에 땅이 꽤 있고, 자신을 위해 일하는 농장 일꾼들이 몇 명 있어서 책을 읽을 시간이 많습니다. 그는 책 읽는 것을 좋아하지만, 오직 한 가지 종류의 책, 기사와 탐색과 영웅적인 모험을 그린 책들만을 좋아합니다.

그는 읽고 또 읽어서, 이윽고 허구의 주인공들이 자기 주변의 세계보다도 더 실제적인 것이 됩니다. 이 야성적인 이야기 때문에 완전히 정신을 잃게 되어, 자신이 읽은 이 모든 기사가 실제 사람들이라 믿게 되고, 마법사와 용과 거인들이 이 세상 어딘가에 실제로 존재한다고 믿게 됩니다.

마침내 그는 이 광기에 사로잡혀서 스스로 영광스러운 기사가 되기로 합니다. 평범한 스페인 이름인 '케사다'는 탐색에 나서는 기사에게 썩 어울리지 않아 자신을 '돈키호테'라 부릅니다.

기사에게는 명예를 위해 위대한 행위를 실행하고 일대일 싸움에서 이긴 모든 적을 데려다가 바칠 부인lady이 있어야만 합니다. 나이 들어 쭈글쭈글한 독신남인 우리의 가엾은 돈키호테에게는 부인이 없었습니다. 그는 가슴이 풍만한 마을 처녀를 보고는(그녀는 이웃집에서 젖소의 젖을 짭니다) 그녀가 바로 자신의 포로들을 데려다 바칠 부인이 되어야 한다고 결정합니다. 그녀의 이름 역시 평범하여서 마음속으로 '돈나 둘시네아'라는 이름으로 그녀를 부릅니다.

그런데 갑옷은 어떡하지요? 돈키호테는 다락방에서 증조부시절부터 내려온 녹슨 갑옷 쪼가리들을 찾아서 끈과 철사 조각으로 그것들을 꿰맞춥니다. 투구에는 문제가 좀 있는데, 눈을 가려 주는 부분인 챙이 없어져서 판지로 챙을 손수 만들어 끈으로 투구에 묶습니다. 창 하나와 아주 오래된 녹슨 검 하나, 그리고 심하게 찌그러진 방패가 있지만, 돈키호테에게 그것들은 세상의 모든 괴물에 저항할 수 있는 멋지고 빛나는 무기들입니다.

마지막으로 마구간에 비참하게 보이는 늙은 말이 있었습니다. 뼈들이 온통 툭툭 튀어나왔지만, 돈키호테에게는 이 말이 아름다운 암말이어서 '로시난테'라는 이름을 붙여 줍니다.

가정부와 그를 돌보는 젊은 조카딸이 있는데, 돈키호테는 이 착하고 일 잘하는 여인들이 기사도와 자신 앞에 예정된 위대한 운명을 전혀 이해하지 못한다는 것을 잘 알고 있습니다. 그래서 두 사람이 나가고 없는 어느 날, 그는 자신이 하고자 하는 일을 말하지 않은 채 아주 훌륭한 갑옷을 입고, 고귀한 말 로시난테를 타고는, 값을 매길 수 없는 무기들로 무장하고 탐색에 나섭니다.

첫 번째 모험들은 예상대로 그에게 좋지 않은 것입니다. 사람들이 우스꽝스러운 복장을 한 그를 비웃는가 하면, 그 우스꽝스러움에 맞장구를 쳐주면서 속으로는 그를 미쳤다고 생각합니다.

그때 돈키호테가 길에서 노새를 몰고 가는 사람들 몇을 만납니다. 노새 모는 사람들을 막아서고는 자신의 부인 '돈나 둘시네아'보다 더 아름다운 여인은 이 세상에 없다고 인정하라고 그들에게 요구합니다. 노새 몰이꾼들이 성가시게 굴지 말고 길을 비키라고 하자 돈키호테는 창을 아래로 향하고는 말에 박차를 가합니다. 가엾은 로시난테는 질주해 보려고 애쓰지만, 발을 헛디뎌 넘어져서 돈키호테를 몇 야드 저쪽으로 내동댕이칩니다. 갑옷이 너무나 무거워서 그는 일어나지 못하고, 그의 무례한 태도에 화가 난 노새 몰이꾼들은 그에게 흠씬 몽둥이질해 줍니다.

이 작은 사고 뒤에 돈키호테는 다리를 절며 집으로 왔고, 가정부와 조카딸이 돌봤지만 치료되지 않습니다.

곧 그는 다시 나서는데 이번에는 단순하고 현실적인 농부인 산초 판사라는 '종자'와 함께합니다. 이 사람은 마법사 몇을 죽이고 나면 굉장한 보물들을 줄 것이라는 약속에 기대를 걸고 설득됩니다.

이렇게 해서 우리는 돈키호테의 모험에서 가장 유명한 대목에 이릅니다.


출발한 지 얼마 지나지 않아 이 기사와 종자는 벌판에 서 있는 삼십에서 사십 개의 풍차를 보게 되었는데, 돈키호테는 그것을 보자마자 말했다.

"우리가 바라던 것보다도 더 좋은 행운이 우리를 인도하고 있구나. 저 너머에 있는 삼십 개, 아니 그보다 많은 엄청난 거인들이 보이느냐,

내 친구 산초 판사여? 내가 싸워서 놈들을 죽일 작정이다!"

"무슨 거인들이요?"

산초 판사가 놀라 말했다.

"저 너머에 저 거인들이 보이잖느냐." 그의 주인이 대답했다.

"긴 팔에, 놈들 중 몇은 길이가 거의 2리그[14]나 되고."

"정신 차리세요, 주인님."

산초가 말했다.

"저것들은 거인이 아니라, 풍차들이고요, 주인님께 거인의 팔로 보이는 것들은 풍차 날개입니다요, 바람으로 빙빙 돌면서 맷돌을 돌리는 것 말이에요!"

돈키호테가 대답했다.

"네가 모험을 해본 경험이 없는 게 분명하구나. 저건 거인들이야. 무섭거든 비켜서서 내가 저놈들과 맹렬히 싸우는 동안 기도나 드리거라!"

거인이 아니라 풍차를 공격하러 가는 것이라고 일러 주는 종자 산초가 외치는 소리에는 아랑곳하지 않고 그는 로시난테에 박차를 가했다. 그러나 그는 그것들이 거인이라고 너무도 확신했기 때문에 종자의 말을 듣지도 않았고, 그것들에 가까이 갔을 때조차 그것들이 무엇인지 똑똑히 보지도 않았다. 오히려 큰 목소리로 외치면서 돌진했다.

"달아나지 마라, 이 겁쟁이야, 기사 한 사람이 혼자서 너를 공격한다!"

그 순간 가벼운 산들바람이 불었고, 그 큰 날개들이 움직이기 시작했다. 돈키호테는 다시 외쳤다.

"비록 네가 천 개의 팔을 흔들어 댄다 할지라도, 네 오만의 대가를 치를 것이다!"

이렇게 말하며 그는 방패로 자신을 가리고, 창을 아래로 겨누고는 로시난테가 최고 속력으로 돌진해서 자기 앞에 서 있는 첫 번째 풍차를 들이받았다.

그러나 바람이 날개를 아주 세게 돌렸기 때문에 날개가 펄럭이면서 창을 조각내 버렸고, 그와 말은 그 뒤에서 질질 끌려가면서 땅바닥 위에서 여러 번 굴러 심한 상처를 입었다.

산초 판사가 그를 돕기 위해 자기 당나귀를 타고 전속력으로 달려왔는데, 그 기사에게 당도하자 그는 그 가련한 사람이 움직일 수가 없고, 떨어질 때 로시난테가 그에게 준 충격이 대단했다는 것을 알았다.

"맙소사!"[15]

산초가 말했다.

"제가 말씀드렸잖아요, 주인님, 무슨 일을 하시는 건지 생각 좀 하시라고요. 이건 풍차일 뿐이라니까요! 머릿속에 풍차가 들어앉아 있지 않은 이상, 아무도 이걸 못 알아보지는 않는다고요."

"잠자코 있어라, 사랑하는 산초!"

돈키호테가 대답했다.

"기사들이 탐색하는 동안에는 사물들이 아주 이상하게 변할 수 있다. 어떤 마법사가 내게서 승리의 영광을 앗아가기 위해 저 거인들을 풍차로 변하게 한 것이라고 나는 확신한다……. 그러나 결국 그 사악한 재주는 내 선한 검 앞에서 소용없어질 것이다."

"그 문제는 신에게 맡겨 두자고요!"

산초가 소리치면서, 주인이 일어나 다시 로시난테에 올라타는 것을 도왔는데, 로시난테는 떨어지면서 발목을 삔 것 같았다.

　기사와 종자가 여전히 방금 전 모험을 주제로 토론하고 있을 때 크고 짙은 먼지 구름이 그들을 향해 굴러 왔다. 돈키호테가 산초를 돌아보면서 말했다.

　"오늘은 내가 내 팔의 힘을 보여 주고, 다가올 시대에 명예로운 책에 기록될 행동을 할 날이다. 저 먼지 구름이 보이느냐? 저건 강력한 군대의 행렬이 이쪽으로 오면서 휘젓는 것이다."

　"만약 그렇다면, 두 개의 군대가 있어야겠네요."

　산초가 말했다.

　"여기 이쪽에도 그만큼 큰 먼지 구름이 있으니까요!"

　돈키호테가 반대편으로 돌아 그것을 보고는 기뻐했다. 정말로 두 군대가 서로 싸우기 위해 다가오고 있다고 믿기 때문이었다. 사실 그 먼지 구름은 두 개의 큰 양 떼들, 숫양과 암양들이 피워 올리는 것이었고, 같은 길의 반대 방향에서 몰려오고 있는 것으로, 먼지 때문에 가까이 올 때까지 볼 수가 없었던 것이다.

　소리는 들을 수 있어서 돈키호테는 말했다.

　"가까이 다가오는 말소리, 요란하게 울리는 나팔과 북 두드리는 소리가 들리느냐?"

　"아무것도 안 들리는데요."

　산초가 대답했다.

　"양 떼들이 음매에 하고 우는 소리밖에는."

　"겁쟁이 녀석!"

　돈키호테가 화를 내면서 말했다.

"네 안의 그 두려움이 정확히 보지고 듣지도 못하게 하는 것이다, 두려움이 감각을 방해하는 것이니까. 네가 그다지도 두렵다면, 비켜서서 내가 싸우도록 내버려 둬라, 내가 같은 편으로 삼을 군대에 승리를 가져다주는 데에는 나 혼자서도 충분하니까!"

이렇게 말하며 그는 로시난테에게 박차를 가하고 창을 아래로 겨누고는 벼락처럼 비탈길을 달려 내려갔다. 산초가 그에게 소리쳤다.

"돌아오세요, 주인님, 하늘에 맹세컨대 주인님이 공격하려고 하는 것은 양 떼일 뿐이에요! 기사나 방패는 없다고요! 무슨 짓을 하는 거예요?"

그러나 돈키호테는 계속 돌진하면서, 자신을 따르는 한쪽 먼지 구름에 다른 쪽 것에 맞서서 자신을 따르라고 소리쳤다. 그러더니 그 양 떼 한가운데로 달려들어 가 마치 불구대천의 원수들과 싸우는 것처럼 엄청난 분노를 지닌 채 양 몇 마리를 찔렀다.

양 떼와 함께 온 양치기들이 그에게 멈추라고 소리쳤지만, 그 말이 전혀 소용없음을 알고는 그에게 주먹만큼 큰 돌들을 던지기 시작했다. 돈키호테는 그 돌들에 신경 쓰지 않고, 이리저리 질주하면서, 적들의 왕에게 앞으로 나와서 자기와 일대일로 싸우자고 소리쳤다. 그때 돌멩이 하나가 그의 갈비뼈를 때렸고, 두 번째 것은 그의 입을 때려서 이 몇 개를 부러뜨렸으며, 세 번째 것은 손가락 두 개를 박살 냈다. 그리고 또 다른 돌이 엄청난 힘으로 그의 투구 위로 떨어지자, 돈키호테는 말에서 떨어져 땅바닥에 나뒹굴고는 의식을 잃은 채 누워 있었다. 양치기들은 자신들이 그를 죽였다고 생각하고는 죽어 있는 양 여섯 마리를 재빨리 수습하고 별다른 확인 없이 서둘러 양 떼를 몰고 가 버렸다.

이 동안 내내 산초는 작은 언덕 위에 서서 주인의 무모한 행위를 보면서, 자기 수염을 잡아 뜯으며, 신음하고 또 저주하고 있었다. 그러나 돈키호테가 땅바닥에 누워 있는 것을 보고 양치기들이 보이지 않자 언덕을 내려와 주인을 도왔는데, 그는 이제 막 다시 정신을 차리고 있었다.

산초가 말했다.

"저건 적들이 아니라 양 떼라고 말했잖아요?"

이 말에 돈키호테는 대답했다.

"저 저주받은 마법사가 다시 음흉한 재주를 부려서 사람들을 양 떼로 둔갑시킨 것이다! 그렇지만 만일 네가 저것들을 따라가 보면, 내 손이 닿지 않게 되자마자, 저것들이 다시 행진하는 군대로 되는 것을 보게 될 것이다!"


여러분에게 돈키호테의 수백 가지 모험들, 즉 어떻게 한 시골 여관을 마법의 성으로 보았는지, 또는 어떻게 그가 궁지에 몰려서 밤새도록 어떤 폭포를 붙들고 있었는지, 기타 등등을 모두 들려 드릴 수는 없습니다. 저는 어떻게 그가 마법의 투구를 얻었는지 이야기하면서 끝맺으려 합니다.


두 마을이 있었는데 그 중 한 곳에만 이발사가 있었다. 이 이발사가 수염이 자라는 것을 원치 않는 사람들에게 면도를 해주려고 다른 마을을 한 주일에 두세 번 오곤 했다. 이때마다 그는 고객들을 위해 비누거품을 만들어 주는 대야를 한 개 가지고 갔다. 어느 날 노새를 타고 이 나들이를 하던 중에 가벼운 보슬비가 내리기 시작했다. 이발사는 비로

얼룩지게 하고 싶지 않아 새 모자를 벗고 머리에 대야를 올려놓았다. 머리칼을 젖게 하고 싶지 않기 때문이었다. 불운하게도 그는 가는 도중에 돈키호테와 산초 판사를 마주쳤다.

돈키호테는 이발사를 황금 투구를 쓴 기사로 보았다. 그는 그 가엾은 친구가 가까이 다가오는 것을 보자, 큰소리로 도전을 청했고, 창을 아래로 겨누며 그에게 돌진했다.

전혀 예기치 않게도 자신에게 돌진해 오는 거친 유령을 보고 이발사는 노새에서 떨어지지 않고는 그 창을 피할 길이 없었다. 그런데 땅에 발을 디디자마자, 그는 사슴보다도 더 날렵하게 튀어 일어나, 달아나면서 대야를 땅바닥에 내버렸다.

적을 쫓아 보내고 나자 돈키호테는 만족스러워하면서, 산초에게 그 '투구'를 집어 들라고 말했다. 산초는 그것을 집어 들더니 말했다.

"이건 괜찮은 대야네요, 2실링 주면 어디서나 살 수 있는!"

그러나 돈키호테는 그것을 빼앗아 머리 위에 썼는데 아래쪽 절반, 즉 챙이 없어진 것을 보고 놀랄 따름이었다. 그가 말했다.

"이 마법의 투구는 그것이 얼마나 놀라운 것인지 모르는 누군가의 수중에 들어갔던 것이 분명하다. 그자가 그 절반은 순금으로 녹여내고, 다른 절반을 이발사의 대야처럼 보이도록 바꿔 놓은 것이야. 그렇지만 나는 맹세코 이것을 그대로 쓸 거야. 나는 그 진정한 가치와 마법을 알기 때문이지!"


이 이야기를 끝으로 우리는 이 용감한 기사 돈키호테, 실제로 진정한 기사의 자질들인 용기, 싸움을 좋아하는 것, 악과 싸우고자 하는 것 등이 일부 있었지만, 오호통재라, 상식을 결여한 채 공상과 환상의 세계에서 살고 있었던 사람에게서 떠납니다. 그리고 우리는 상식은 있지만 귀족의 이상과 원리를 전혀 이해할 수 없었던 산초 판사 또한 떠납니다.

이것은 긴 이야기입니다. 이 이야기는 돈키호테의 무모한 행위를 들려줄 뿐만 아니라, 동시에 당시 스페인의 가장 현실적인 삶의 모습을 보여 주기도 합니다. 이것이 바로 이 이야기가 현대적 의미에서 최초의 소설인 이유, 즉 실제 사람들과 그들이 사는 실제 세계에 관한 소설인 이유입니다.

결국, 돈키호테는 고향인 라만차로 돌아오고 병이 듭니다. 죽음이 다가오자 기사의 꿈에서 깨어나 맑은 정신으로 죽지만, 산초 판사는 어리석으면서도 선한 사람이었고 선을 위해 분투한 사람이었던 주인을 잃게 된 것을 서러워하며 울부짖습니다.

# 17

# 산초 판사의 상식

우리는 모두 우스우면서도 측은한 인물에 익숙합니다. 나이 들기를 원하지 않고, 사십 대나 오십 대에도 여전히 스무 살 처녀처럼 옷 입고 행동하는 사람 말이지요. 필사적으로 젊은이 노릇을 하고 싶어 하는 나이 든 사람에게는 무언가 측은하고 기괴한 것이 있습니다. 그런 사람을 표현하는 좀 잔인하지만 적절한 말이 있는데, 사람들은 어깨를 으쓱하면서 이렇게 말하지요. "양처럼 차려입은 양고기.[16]"

그런 딱한 사람이 돈키호테입니다. 젊은 파르치팔이 영광과 명성과 기사 작위의 명예를 열망하는 것은 아주 당연하지만, 오십 대에 완전히 접어든 남자가 그와 똑같은 것에 열심인 것은 분명히 바보 같습니다.

돈키호테 이야기의 저자 세르반테스는 파르치팔과 똑같은 야망을 그에게 부여함으로써, 주인공을 출발에서부터 파르치팔의 패러디로 만듭니다. 하지만 철이 들었어야 하는 오십 대의 남자이지요.

그런데 돈키호테는 그보다도 훨씬 더 나쁘게 행동합니다. 인류는 트루바두르의 시대 이후로 더 나이가 들어 기사도의 시대는 갔습니다. 돈키호테는 예전의 젊었던 시기를 갈망해 자신의 시대에 마치 기사와 기사도가 여전히 존재하는 것처럼 살려고 애씁니다.

돈키호테는 나이 많은 사람이 젊은이처럼 행동하고 있을 뿐만 아니라, 마치 12세기에 사는 것처럼 행동하고 있는 17세기 사람입니다. 시대착오적인 사람이지요.

'시대착오적'이란 그 시대에 맞지 않는 사람 또는 사물을 의미합니다. 이미 대포와 소총을 가지고 있는 시대에 녹슨 갑옷을 입고 말을 타고 질주하는 돈키호테는 명백히 시대착오적인 사람입니다. 오늘날에는 다른, 덜 분명한 시대착오적인 것들이 있는데, 이것들은 고귀한 말로시난테 위에 올라타고 있는 돈키호테만큼이나 우스꽝스럽습니다.

이렇게 돈키호테는 시대착오적인 사람, 자신의 시대에 걸맞지 않은 사람입니다. 그런데 파르치팔은 달랐습니다. 여러분은 제가 여러 번 반복해서 지적했던 것, 즉 중세의 과시적인 요소들을 지니고 있음에도 파르치팔은 자기 시대의 이방인이었다는 것을 기억하고 있는데, 돈키호테 역시 그렇습니다.

무엇이 다를까요? 파르치팔은 앞을 내다보고 미래를 투시합니다. 그는 자신의 시대 속에서 미래를 상징합니다. 돈키호테는 뒤를 돌아다보고 과거를 갈망합니다. 그는 과거의 영웅입니다. 돈키호테는 모든 면에서 파르치팔과 상반되는 대응 관계에 있는 인물이라는 것이지요.

파르치팔은 숲 속에서 길러짐으로써 자기 시대로부터 고립됩니다. 광대한 살탄 숲은 그를 자기 시대의 문명으로부터 차단해서 '국외자'로 만드는 벽이었습니다.

돈키호테를 고립시키는 것, 그를 국외자로 만드는 것은 무엇일까요? 바로 책, 기사들의 낭만적인 이야기들을 담은 장서들이지요. 주변에 정신적인 장벽을 쳐서 그를 자기 시대의 국외자, 이방인으로 만드는 것은 바로 독서, 그의 책들입니다.

책의 종이가 목재 펄프로 만들어지고, 숲의 나무에서 생산된다는 것, 따라서 돈키호테의 장서들을 실제로 하나의 작은 숲이라고 생각한다면, 여러분은 돈키호테를 책의 희생물로 만든 세르반테스의 미묘한 아이러니를 보게 됩니다.

파르치팔은 어릿광대의 복장 때문에 비웃음을 당하며, 그의 큰 야망은 기사의 갑옷을 얻는 것입니다. 그가 붉은 기사의 갑옷을 입자, 그는 더는 조롱의 대상이 아닙니다.

하지만 돈키호테는 바로 기사의 갑옷을 입고 있기 때문에 비웃음을 당하는데, 이 갑옷은 이제 어리석은 어릿광대의 복장 같은 것이 되었습니다.

파르치팔은 나중에 자신의 탐색에서 파이레피즈라는 길동무를 알게 되는데, 우리가 알고 있는 대로 이 사람은 지성을 상징합니다. 돈키호테 역시 한 동반자와 함께하는데 종자이자 튼튼하고 작은 농부인 산초 판사입니다.

돈키호테가 파르치팔의 패러디이자 희화인 것처럼 산초 판사 역시 교육받지 못하고 상스러운 농부로서 파이레피즈의 희화입니다.

그렇지만 돈키호테와 산초 판사의 동료애는 세르반테스의 작품 속에서 단순한 패러디 이상이 되었고, 사실은 혼자 힘으로 살아가는 현대인의 이야기였습니다. 이것은 우스꽝스럽고 과장되었지만, 현대의 삶을 진실하게 묘사한 것입니다.

귀족의 이상과 훌륭하고 위대한 생각으로 가득 차 있지만, 어떤 현실성 있는 상식도 지니지 못한 돈키호테가 있습니다. 그는 풍차를 있는 그대로 알아볼 수가 없고, 양 떼를 있는 그대로 알아보지 못합니다. 그의 모든 숭고한 열망은 재앙으로 끝나고 완전한 실패로 끝이 납니다.

그리고 사고와 이상을 중국말만큼이나 이해할 수 없는 튼튼한 농부 산초 판사가 있습니다. 하지만 그는 지성이라 불리는 한 면을 가지고 있는데, 현실적이며, 풍차와 양 떼를 있는 그대로 봅니다. 또 주인이 무모한 행위에 착수할 때마다, 비록 허사이긴 하나, 그를 막으려고 애를 씁니다.

이렇게 돈키호테와 산초 판사는 이상주의자, 몽상가와 실제적이고 현실적인 사람의 완벽한 묘사입니다.

그런데 이 두 인물이 바로 현재 순간까지도 세상에 출몰하고 있습니다.

지구 상 모든 국가의 거대한 조직체인 국제연합 즉 유엔을 놓고 봅시다.

유엔은 미래의 전쟁들을 방지하려는 전쟁 이후 위대한 생각, 위대한 이상으로서 설립되었습니다. 세계 국가 간의 어떤 의견 차이도 토론을 통해 해결해야 합니다. 그리고 다투고 있는 두 나라가 합의에 이를 수 없다면, 전체 회의에서 누가 옳거나 그른지를 투표로써 결정해야 합니다.

매우 아름다운 생각이지만, 이미 그 시작에서부터 이것이 제대로 작동하지 않을 것이라고 말한 산초 판사들이 있었습니다. 그리고 그들이 옳았습니다. 설립 후 수십 년이 지난 지금 유엔은 치아도 가지지 못한 채 효력도 없고 요식적인 말만 무성하게 하는 곳으로 될 위기와 마주하고 있습니다.

그렇지만 그 산초 판사들은 틀리기도 했습니다. 지난 오십 년 동안 유엔은 의료, 교육, 난민 보호 활동뿐만 아니라, 세계의 몇몇 분쟁 장소에 평화유지군을 파견하기도 했습니다.

여러분, 만일 우리가 산초 판사의 말만 듣고 아무런 이타적인 행동, 도덕적인 행위를 하지 않는다면, 잔혹한 사리사욕만이 있게 될 것이고……악마가 가장 약한 사람들을 잡아먹게 내버려 두는 꼴이 될 것입니다.

하지만 만일 우리가 돈키호테의 말만 듣는다면 모든 인류의 혜택을 위한 아름다운 생각은 영원히 꿈만 꾸게 될 것이고, 이 아름다운 생각들은 현실과 접촉하자마자 카드로 만든 집처럼 무너지게 될 겁니다.

사실 우리 모두 안에는 돈키호테와 산초 판사가 있습니다. 거의 모든 사람이 어떻게 하면 세상이 올바르게 될 수 있는가에 대한 어떤 생각들을 하고 있습니다. 그 생각이 현실적인지 아닌지는 개의치 않고 말이죠. 또 대부분 사람에게는 이렇게 말하는 현실적인 구석이 있습니다. 너 자신을 돌보고, 너 자신을 위해서 네가 할 수 있는 만큼 많이 얻어내란 말이야, 다른 사람들 걱정은 하지 말고. 어떤 사람들 안에서는 산초 판사가 좀 더 강하고, 어떤 사람들 안에서는 돈키호테가 그렇습니다.

여러분은 온갖 계층의 사람들 안에서 돈키호테들과 산초 판사들을 발견할 수 있습니다. 자기 자신의 천재성을 믿으며, 쉽게 팔릴 수 있는 무언가를 그리기보다는 굶어 죽기를 택하는 화가가 있습니다. 오직 생계를 위해 일하고, 자기가 만드는 것이 위대한 예술 작품인지 아닌지는 조금도 관심이 없는 예술가가 있습니다. 잘 팔리든 안 팔리든 중요한 메시지를 담고 있는 책만 쓰는 작가가 있습니다. 또한 사람들에게 불리는 대로 '삼류작가'라는, 쉽고 빨리 팔리는 건 뭐라도 쓰는 사람이 있습니다. 여러분은 의사와 변호사 사이에서, 국회의원 중에서, 그리고 정부 안에서 돈키호테들과 산초 판사들을 발견할 수 있습니다.

그렇지만 둘 사이에서 올바른 균형을 유지하는 사람들 또한 있습니다. 이들은 높은 이상에 영감을 받아 그것을 현실적이고 실행 가능한 것으로 만들 수 있는 사람들입니다.

저는 앞에서 이미 적십자의 창립자인 앙리 뒤낭을 언급했습니다. 솔페리노 전투 뒤에 그에게 떠오른 생각, 즉 모든 나라가 부상당한 적군을 자기네 병사를 대하듯 하는 데 동의해야 한다는 생각, 그 생각은 당시에 순진한 돈키호테 같은 실현 불가능한 공상이었습니다. 그러나 그는 현실적인 사람이자 실업가이기도 해서 자신의 생각을 실천 가능한 현실로 만들었습니다.

또는 만일에 플레밍이 산초 판사이기만 했다면, 그는 '전문가들'이 비난하자마자 페니실린 연구를 중단했을 것입니다. 그러나 그는 '바보' 소리를 들었음에도 자기 안에 그것을 계속할 만한 돈키호테가 충분히 있었습니다. 그래서 결국 성공했습니다.

바나도 박사[17]가 돈키호테와 산초 판사의 올바른 혼합체인 또 하나의 인물이었습니다.

이 세상에서 위대하고 선한 것 가운데에 처음에는 기이하고 공상적이며, 현혹당한 마음의 결과물이라고 단언되지 않은 것이 거의 없었습니다. 그러니 만일 관계한 사람들이 몽상가들, 돈키호테들이었을 뿐이라면 그랬을지 모릅니다. 하지만 그들은 자신들의 꿈에 산초 판사의 소박한 상식을 이용해서 현실적이고 실제적인 것으로 만들었습니다.

그렇다면 이제 여러분은 파르치팔 이야기의 볼프람과 돈키호테 이야기의 세르반테스가 모두 똑같은 점을 말하고자 한다는 것을 알 수 있습니다.

파르치팔은 검고도 흰 파이레피즈 없이 성배로 올 수가 없고, 돈키호테는 산초 판사를 곁에 두어야만 합니다. 달리 말하자면 높은 희망과 포부는 훌륭한 것이지만, 여러분 곁에서 종종걸음을 해주는 상식이 있어야만 합니다.

그런데 이제 모든 것을 파이레피즈 쪽에서, 또는 산초 판사 쪽에서 바라봅시다.

파이레피즈가 파르치팔 없이 성배에 당도했을까요? 파이레피즈를 성배로 오게 하는 것은 파르치팔을 통해서입니다. 자기 혼자 힘으로는 절대로 성배에 도달할 수 없습니다.

그럼 산초 판사는 어떤가요? 돈키호테가 없다면 산초 판사는 평생을 곁에 있는 소시지와 양파 접시 이상은 볼 수 없는 짐승 같은 멍청이, 상스러운 시골뜨기로 살았을 겁니다.

그렇지만 주인의 온갖 어리석고 무모한 행동들을 통해 산초 판사는 돈키호테를 움직이는 고귀한 동기와 높은 이상들을 깨닫게 됩니다. 그리고 이 모든 숭고한 이상들이 대개 돈키호테에게 상처를 내는 것으로 끝남에도, 산초 판사는 이 이상들을 존중하는 것을 배우고, 위대한 이상들이란 그것이 형편없는 실패로 이어진다 하더라도 존중받아야 할 어떤 것임을 알게 됩니다.

그래서 돈키호테가 세상을 떠나자 산초 판사는 자기 주인에 대해 깊은 애정과 큰 존경심을 가지고 말합니다. 돈키호테는 비록 기인이자 바보[18]였지만, 산초 판사를 우둔한 존재에서 이상을 깨달은 사람으로 끌어올려 주어 더 나은 사람이 되게 한 것입니다.

저는 앞에서 우리 안에 돈키호테적인 것과 산초 판사적인 것이 있다고 말했습니다. 그렇다면 이렇게 생각하고 싶은 마음이 강하게 듭니다. '나는 산초 판사가 제 갈 길을 가게 내버려 둘 거야, 나는 산초 판사를 따를 거고 저 어리석은 몽상가, 돈키호테는 잊어버릴 거야'. 그런데 그렇게 되면 그 때문에 산초 판사는 더 가엾어질 터이어서, 더욱더 거칠고 멍청해질 뿐이고, 여러분 역시 그렇게 될 것입니다.

그래서 세르반테스는 돈키호테를 만들어 냈고, 풍차와 맞서 싸우는 이 가엾은 미치광이 친구의 거친 우스꽝스러움을 창조한 작가 스스로 돈키호테를 좋아할 수밖에 없었던 것이죠. 그는 돈키호테와 일종의 동류의식을 느끼지 않을 수 없었습니다. 여러분도 그 이유를 쉽게 알 수 있습니다.

　유명한 풍차와의 싸움을 봅시다. 돈키호테는 풍차 속에서 다른 누구도 보지 못하는 무언가, 즉 거인과 악마와 괴물들을 봅니다. 자, 자문해 봅시다. 시인이란 무엇인가요? 시인은 여러분과 제가 보는 똑같은 것을 보지만, 더 많은 것을 보고 우리가 알아보지 못하는 무언가를 봅니다.

　예술가나 시인이나 화가가 되기 위해서는 우리가 풍차만을 보는 곳에서 괴물을 볼 수 있는 돈키호테의 상상력이 꽤 많이 있어야만 합니다.

　저는 시를 쓰면서 풍차를, 아니면 어떤 커다란 기계를 거인이나 괴물과 비교하는 시인을 충분히 상상해 볼 수 있습니다. 그리고 만일 여러분이 굴뚝에서 펑펑 뿜어져 나오는 매연으로 컴컴해진 어떤 공장 도시들을 생각해 본다면, 연기를 뿜어내는 용을 떠올릴 사람이 한 명 이상은 있을 겁니다.

　시인은 돈키호테가 가지고 있는 그 상상력이 필요합니다. 물론, 돈키호테와 상상력을 지배하고 예술 작품을 창조하는 시인 사이에는 상상력으로 전달되는 것에 차이가 있습니다.

　그렇지만 시인에게는 반드시 생생한 상상력이 있고, 그것이 바로 예술가, 시인, 화가가 언제나 돈키호테를 무척 좋아하는 이유입니다. 자신이 그의 먼 친척이라고 느끼는 것이지요.

　그래서 돈키호테를 오직 비웃기만 하는 이 세상의 산초 판사들은 모든 예술 즉 시, 그림, 음악이 아무 의미 없는 사람들이기도 합니다.

　제가 앞에서 이렇게 말한 적이 있지요. "······좋은 책은 이야기를 들려줄 뿐만 아니라 여러분에게 여러분 자신에 관한 무언가를 들려주기도 합니다." 볼프람의 『파르치팔』이 그런 '좋은 책'이고, 또 『돈키호테』가 그렇습니다.

# 18

## 짐플리치시무스

일종의 파르치팔 패러디이자 거꾸로 된 파르치팔인 돈키호테 이야기
가 쓰인 시기는 스페인의 무적함대가 영국해협에서 패퇴한 조금 뒤인
1600년 무렵입니다. 『돈키호테』는 '로맨스', 즉 기사와 멋진 탐색에 관
한 경이로운 이야기들의 종말을 보여 줍니다. 높은 이상을 지녔던 기
사가 1600년에 우스꽝스러운 인물, 즉 이제는 새로운 시대에 어울리지
않는 존재로 되었습니다.

　실제로 이때 유럽을 뒤덮은 것은 기사도의 규범과는 상관없이 벌
어진 전쟁들이었습니다. 바로 종교전쟁, 즉 가톨릭교도와 신교도 사
이의 전쟁입니다. 이 종교전쟁들 가운데 최악의 것이 독일에서 있었
습니다. 그것은 벌어진 긴 기간을 따서 삼십 년 전쟁(1618-1648)이라

불립니다.

여기서 그 세세한 정치적인 사항들, 전투들, 삼십 년 전쟁의 시작과 끝 등은 우리의 관심사가 아닙니다. 비인간적인 야만적 행위로 가득 찬 전쟁이었고, 양쪽 병사 모두 자기가 어느 편에 속하는지 큰 관심 없이 민간인들을 도둑질하고, 약탈하고 살해한 전쟁이었습니다.

마을이나 농가를 덮치는 모든 병사가 농민들을 합법적 먹잇감으로 생각해서 자기들 하고 싶은 대로 집과 농작물을 태우고 양과 소를 빼앗았습니다.

삼십 년 넘게 이어진 이 공포의 시대에 독일 작가 그리멜스하우젠이 역시 세계 문학 고전 중 하나가 되는 책을 썼습니다. 그것은 이 전쟁의 참상 속에 갑자기 고아가 된, 한 어린 소년의 이야기입니다. 이야기의 많은 부분은 잔혹 행위들에 아주 익숙해져 있는 지금 시대의 우리조차도 머리카락이 쭈뼛해지게 만듭니다. 그런데 교육받지 못하고 무지한 이 소년 또한 준비 없이 세상으로 들어가는 일종의 파르치팔입니다. 그러나 속세로 더 많이 내려온 파르치팔이라 할 수 있는 그는 왕과 우아한 부인의 아들도 아니고, 돈키호테처럼 많은 토지를 소유한 양반도 아닌 평범한 농민의 아들입니다.

소년은 기사의 명예를 향한 욕망의 충동으로 세상으로 나아간 것이 아니라, 병사들이 집을 불태워 버리고 부모들을 죽일 때 집에서 내몰립니다.

우리는 이 책과 함께 더는 숭고한 원리와 고귀한 목표와 약자와 빈자들을 보호하겠다고 맹세한 기사들의 세계 속에 있지 않습니다. 우리는 거칠고 야만스런 현실의 세계 속에 있습니다.

그렇지만 이 소년 안에는 아직도 파르치팔과 카스파 하우저 안에 있었던 무언가 천진한 것, 순수한 무언가가 있습니다.

소년은 파르치팔처럼 자기 이름을 알지 못합니다. 결국 첫 번째 만나는 사람이 그에게 '짐플리치시무스'라는 라틴어 이름을 하나 주는데, 이것은 '가장 순진한 사람'이라는 뜻입니다. 그리고 그것이 이 책의 이름 『짐플리치시무스』이기도 합니다.

여러분은 이 이야기의 몇몇 부분들을 들으면서 오늘날에도 이런 상황에 처한 아이들이 살고 있다는 사실을 기억해 두세요. 자신이 이해할 수 없는 전쟁의 고아들, 어떤 정치적 우여곡절 때문에 집에서 쫓겨나 먹을 것도 지낼 곳도 없는 아이들 말입니다. 오늘날 캄보디아에, 보스니아와 아프리카 르완다 등 세계 여러 지역에 이런 아이들이 있습니다. 우리 시대 이런 아이들의 이야기들은 삼백 년 전, 삼십 년 전쟁의 이 소년의 이야기와 그렇게 다르지 않을지도 모릅니다.

주인공 짐플리치시무스는 성인이 되어 어린 시절 폭풍우 같았던 사건들을 기억하며 이야기를 들려줍니다.

병사들이 농가를 불태울 때 소년은 달아나지만, 어디로 가서 무얼 해야 할지 모릅니다. 그는 어느 숲으로 들어와 그곳에서 한 은자를 만나 다음과 같은 대화를 나누게 됩니다. 파르치팔과 비슷한 점들을 특히 주목하면서 차이점 또한 찾아보세요.

은자 : 이름이 무엇이냐?

짐플리치시무스 : '아들'이요.

은자 : 네가 딸이 아니라는 건 잘 알겠다. 그런데 네 아버지와 어머니는

너를 어떻게 부르느냐?

짐플리치시무스 : 아버지, 어머니가 뭐예요?

은자 : 그럼, 입고 있는 셔츠는 누가 주었느냐?

짐플리치시무스 : 그건, 엄마지요.

은자 : 그럼 네 엄마는 널 뭐라고 불렀느냐?

짐플리치시무스 : 이렇게요. '아들아' 아니면 어쩔 땐 '장난꾸러기', 아니
면 '얼간이 녀석', 아니면 '아무짝에도 쓸모없는 놈'.

은자 : 네 엄마의 남편은 누구였느냐?

짐플리치시무스 : 그런 거 없었는데요.

은자 : 분명히 네 엄마와 함께 사는 남자가 있었을 텐데.

짐플리치시무스 : 네, 그건 아빠였죠.

은자 : 그 사람 이름은 뭐였느냐?

짐플리치시무스 : '아빠'였죠.

은자 : 네 엄마가 그 사람을 '아빠'라고 불렀느냐, 아니면 때때로 다른 이
름을 썼느냐?

짐플리치시무스 : 네, 어쩔 땐 '술 취한 돼지'나 '게으른 짐승'이라고 불렀
어요.

은자 : 너는 무지한 놈이로구나. 네 이름도 모르고, 네 엄마와 아빠의 이
름도 모르니!

짐플리치시무스 : 당신도 마찬가지예요, 똑똑한 양반.

은자 : 네 엄마와 아빠는 네게 하나님의 분부bidding를 가르치지 않았느냐?

짐플리치시무스 : 아니요, 우리 잠자리bedding를 돌봐 주는 여자애가 하
나 있었어요.

은자 : 너는 주기도문을 배우지 않았느냐?

짐플리치시무스 : 그건 가르쳐 줬어요. 하늘에 계신 우리 아버지, 거룩한 이름이, 아버지의 왕국으로 오시며, 아버지의 뜻이 하늘에서 말하시듯이 땅으로 내려오시며, 우리가 우리에게 빚진 자들에게 빚을 주듯이 우리에게 빚을 주시고, 우리를 유혹에 빠지지 않게 하시고, 아버지 왕국에서 구하소서, 권력과 영광이 영원할 겁니다.[19] 아멘.

은자 : 주여 굽어살피소서. 주님에 관해 아무것도 모르느냐?

짐플리치시무스 : 오 알아요, 엄마가 교회에서 그 사람을 집으로 가져와서 밥 먹는 방 벽에 붙였어요.

은자 : 가엾은 아이야. 네 부모 있는 곳을 알기만 하면, 너를 집으로 데려다 줄 텐데.

짐플리치시무스 : 별로 소용없을 거예요, 집이 불타 버렸으니까요.

은자 : 집을 불태운 사람들이 누구였느냐?

짐플리치시무스 : 아주 힘이 센 사람들 몇 명이 황소처럼 큰 몸집으로 물건들 위에 앉아 있었는데, 뿔은 없었어요. 그런데 그 사람들이 우리 돼지와 양과 소를 죽였고, 그래서 나는 달아났어요. 그러고 나서 집이 불탔어요.

은자 : 네 아빠는 그때 어디 있었니?

짐플리치시무스 : 오, 힘센 사람들이 아빨 데려가서 묶어 놓고 맨발바닥에 소금을 뿌려 놓고는 우리 늙은 염소한테 그 발바닥을 핥게 했어요. 그러니까 아빠가 웃고 또 웃고, 결국은 아빠가 힘센 사람에게 단지 숨긴 데를 말해 줬고, 그러니까 그 사람들이 그걸 파냈는데 그게 번쩍거리는 둥근 것들로 가득 차 있었어요.

은자 : 또 그때 무슨 일이 벌어졌느냐?

짐플리치시무스 : 몰라요. 엄마는 달아났었고, 여자애는 소리 질렀고, 나
　도 달아났고, 집은 불탔어요. 그런데 지금은 어디로 가야 할지 모르겠
　어요.

은자 : 나와 함께 있어도 좋다, 얘야, 내가 힘껏 도와 너를 선한 기독교도
　로 교육해 줄 것이다.


다음 부분은 짐플리치시무스가 성인이 되어 회상한 이야기입니
다. 은자와의 처음 몇 주일간을 들려주는 내용입니다.


　　내가 처음으로 은자가 성경을 읽고 있는 것을 보았을 때 그가 누구
와 그렇게 비밀스럽게 말을 하는 것인지 상상할 수 없었다. 그의 입술이
움직이는 것은 보았지만, 아무도 그에게 말을 걸지는 않았기 때문이다.
그렇지만 나는 그의 눈을 보고 그것이 모두 뭔가 그 책과 관련되어 있다
는 것을 알아챘다.

　　그래서 그가 그것을 보관해 두는 곳과 그것을 갖다 놓는 때를 알아
두었지만, 그곳으로 기어가서 처음으로 그것을 펼쳐 보자 그 장 시작하
는 곳에 야곱 이야기와 그림이 있었다. 나는 그림 속에 있는 사람들을 보
면서 그들에게 온갖 종류의 질문들을 했다. 그들은 내게 아무 대답도 해
주지 않았고 나는 그들에게 아주 짜증이 났다.

　　"이 형편없는 얼간이들아!"

　　내가 말했다.

　　"너희가 그 늙은이하고 아주 말을 많이 한다는 걸 알고 있어. 그런

데 왜 나한테는 말이 없는 척하는 거야? 나는 너희가 좋지 않은 놈들이라는 걸 알아, 왜냐하면 그 불쌍한 녀석의 집은 불길 속에 있고, 아무도 그걸 어떻게 해보려고 하지 않으니까. 하지만 기다려, 내가 물을 좀 가져와서 불을 끌 테니."

내가 물을 가져오려고 일어날 때 은자가 들어와서 물었다.

"어디 가느냐?"

"이봐요."

내가 말했다.

"나는 저 책 속에서 무슨 일이 벌어지고 있는지 알아요. 집이 불타고 있으니, 곧 아주 힘센 사람들이 더 많이 와서 우리 집에 그랬던 것처럼 양들을 죽일 거예요!"

"가만있거라."

은자가 말했다.

"이 그림들은 산 사람들이 아니라는 것을 모르겠느냐?"

이 말을 듣고 나는 대답했다.

"당신이야말로 저놈들이 무슨 일을 꾸미고 있는지 알 수 없어요. 하지만 난 알아요, 난 예전에 벌어진 걸 모두 보았어요. 내가 물을 가져오는 동안 양들을 잘 지키세요."

"아이야."

은자가 말했다.

"저들은 산 사람들이 아니다. 저들은 오래전에 지나간 것들을 네 눈앞에 불러내기 위해 만들어졌을 뿐이란다."

"어떻게 그럴 수가 있죠?"

내가 말했다.

"당신은 저놈들하고 오랫동안 얘기하면서."

그러자 은자는 웃지 않을 수 없었다.

"저들은 말을 할 수가 없단다. 그렇지만 저들이 하는 일, 그리고 저들의 존재를, 나는 이 검은 선들에서 알 수 있단다."

나는 대답했다.

"내 눈이 당신 눈보다 좋아요, 내 눈에는 검고 구불구불한 선들밖에는 아무것도 안 보여요. 그러니 어떻게 당신이 나보다 더 많이 볼 수 있다는 거죠?"

그러자 그가 대답했다.

"네게 '읽기'라는 기술을 가르쳐 주마, 그럼 그때는 내가 이 선들에서 보는 것을 네가 보게 될 것이다."


소년은 순진함 때문에 은자에게 '짐플리치시무스'라 불렸습니다. 그는 노인과 함께 외로운 숲 속에서 2년을 보내면서 성경 읽기와 기독교 신앙에 관해 배웠지만, 세상에 관해서는 아무것도 배우지 않았습니다.

2년 뒤 은자가 죽자 짐플리치시무스는 숲을 떠났습니다. 이때 그는 누더기 옷을 입고, 머리카락은 어깨까지 자라 아주 이상하게 보이는 사람이었습니다. 그는 소름 끼치는 모험들을 몇 번 겪는데 농민들을 고문하는 병사들과 마주치기도 하고, 그 병사들에게 복수하는 농민들과 마주치기도 합니다. 그런데 결국 자신이 어디서 왔는지 말하지도 못하고, 어디로 가고 있는지도 알지 못하는 이 비쩍 마른 아이를 불쌍히 여기는 어떤 도시의 통치자를 우연히 만났습니다. 이 통치자가 소년을 깨끗이 씻기고 시동侍童으로 삼았습니다.

하지만 짐플리치시무스는 세상 살아가는 방식을 전혀 몰랐습니다. 그는 끔찍한 실수들을 저질렀고, 집안일을 돌보는 다른 하인들이 그의 어리숙함을 이용해서 일을 더 나쁘게 만들었습니다. 그가 난생처음으로 춤을 보았을 때 그런 일이 일어났습니다. 다시 그가 이야기를 들려줍니다.

나는 그 방안에서 신사와 숙녀들이 아주 빠르게 몸을 돌려서 빙빙 도는 것을 보았고, 그 발소리와 시끄러운 소리 때문에 그 사람들 모두가 미쳐 버렸다고 생각했다. 나는 그들이 이렇게 엄청나게 화를 내서 뭘 하려는 건지 상상할 수 없었다. 바로 이 장면이 너무나 끔찍해서 내 머리카락이 쭈뼛하게 섰다.

나는 그들이 정오까지만 해도 온전한 정신이었던 내 어르신네의 손님들이라는 것을 알았고, 그래서 무엇이 갑자기 저들을 저토록 미치게 하였는지 의아스러웠다.

나는 이 미친 행동이 과연 무엇을 의미하는지 알고 싶어서 방안에 있는 다른 하인에게 무슨 영문인지 물었다. 그런데 그는 아주 진지한 얼굴로, 여기 있는 모든 사람이 방바닥에 발을 구르기로 했다고, 바닥을 부수고 싶어 한다고 내게 말해 주었다.

"맙소사!"

내가 말했다.

"우리가 한 바닥 위에 서 있는데, 만약 바닥이 부서지면, 우리 모두

저 밑으로 떨어져서 다리와 목이 부러질 거야!"

"그래, 정말로."

그 친구가 말했다.

"그런데 저 사람들은 취해서, 취한 상태에서는 무슨 일이 벌어지든 상관 안 해! 더군다나,"

그가 말했다.

"자기네가 떨어질 위험에 있다고 느끼면 남자들은 부인을 움켜잡을 텐데, 왜냐하면 쌍으로 떨어질 때 서로 상대방을 붙잡으면 어느 한 쪽도 크게 다치지 않는다는 거야."

나는 이 얘기를 모두 믿었고, 그래서 마루가 폭삭하면 내 대가리에 금이 가거나 내 뼈가 부러질 거라는 두려움이 덮쳐서 어디에 서 있어야 할지 몰랐다. 그런데 바로 그때 잠시 멈추었던 연주자들이 다시 연주하기 시작했고 마치 나팔이 경보를 울릴 때의 병사들처럼 모든 남자가 부인에게 달려가는 것을 보았다. 나는 이제 바닥이 내 밑에서 무너져 산산조각이 날 거라고 생각했고, 벌써 나 자신이 아래로 추락하는 것을 느꼈다. 이때 이 미친놈들이 발을 구르기 시작했고, 그래서 나는 정말로 바닥이 흔들리고 있는 것을 느꼈다. 나는 '이제 네놈들의 목숨이 위태롭구나!' 하고 생각했고, 극도의 두려움 속에서 같이 떨어질 짝을 찾았다.

한구석에서 내 어르신네와 이야기를 나누고 있는 아주 지체 높은 부인을 보았다. 나는 마치 곰처럼 눈치채지 못하게 재빨리 그 부인의 팔을 잡고 매달리자 부인은 날 떼어 놓으려고 발버둥쳤다. 나는 정말로 절망했고, 그들이 나를 죽이려 드는 것처럼 비명을 지르기 시작했다.

음악이 갑자기 그쳐 춤추던 사람들과 그 짝들이 뜀뛰기를 멈췄고,

그 지체 높은 부인이 아직도 필사적으로 자기 팔에 매달리고 있는 망나니 녀석(나를 가리킨다)에 대해서 큰 소리로 항의했다.

　내 어르신네는 엄청나게 짜증이 나서, 나를 호되게 매질하고 나서 어딘가 가둬 두라고 명했다. 그렇지만 나를 동정했던 하인들이 때리지 않고 계단 밑에 있는 거위 우리에 가뒀다.


하지만 이렇게 바보같이 행동하는 이 짐플리치시무스는 자기 스스로 발견하는 세상을 어린아이 같은 마음으로 바라보고, 정상적인 '똑똑한' 사람들이 절대로 알아보지 못하는 것들을 봅니다. 그는 이렇게 말합니다.


　늙은 은자와 함께 있었을 때 나는 언제나 왜 하나님은 우상을 숭배하지 말아야 한다는 율법을 만들었는지 의아스러웠다. 왜 그 누군가가 하나님 이외의 다른 어떤 것을 숭배할 정도로 어리석다는 것인가? 하지만 큰 세상에 들어오자마자 나는 거의 모든 사람이 자기 자신만이 특별히 숭배하는 우상을 가지고 있다는 것을 분명히 알았다. 어떤 사람들은 돈주머니 속에다 하나님을 두고는 이 하나님을 완전히 믿었다. 다른 사람들은 인기를 자기의 하나님으로 삼아서, 이 하나님이 그들 자신을 반＃ 하나님이 되도록 끌어올려 줄 거라고 믿었다. 그리고 자기 자신의 아름다움을 우상으로 삼은 여인들이 있었다. 날마다 하나님께 바치는 제물들 대신에 그들은 그리고, 찍어 바르고, 뿌려대는 그 신을 경배했고, 그 우상을 모시는 데 여러 시간을 들였다.
　이들만큼이나 많은, 아주 많은 다른 우상들을 숭배했기 때문에 진짜 하나님은 업신여겨졌다. 나는 형제들뿐만 아니라 적들조차 사랑해야 한다는 그리스도의 명령을 읽은 적이 있다. 하지만 자신을 기독교인이라 부르는 사람들 사이에는 적들의 증오뿐만 아니라, 마치 그 명령을 한 번도 들어본 적이 없는 사람들처럼 형제들 사이에, 그리고 형제와 자매들 사이에, 또한 부모와 자식들 사이에, 아주 많은 질시와 악의와 다툼이 있었다.

같은 직업들 사이의 경쟁에 관해 말하자면, 나는 자신이 이익을 더 많이 가지려고 다른 사람이 망하는 것을 바라는 게 있을 수 있다고 생각하지 않았다!

그런데 나는 카드나 주사위 놀이를 하면서 앉아 있는 사람들을 볼 때 훨씬 더 놀란다. 놀이를 하고 있는 사람 중에 오직 한 사람만 이길 수 있고, 그 사람들 모두가 이길 것을 기대하는데, 이건 완전히 바보 같은 것이다. 하지만 이걸 하는 사람들은 날 숙맥이라고 부른다.

이 세상에서는 정직하고 하나님을 두려워하고 다른 사람들을 배려하는 것이 멍청한 것이라니 놀라운 일이다. 하지만 똑똑하다고 불리는 그런 종류의 사람이 되기보다는 바보 같은 종류의 사람이 되는 게 낫다!

파르치팔의 삼백 년 후 화신, 이 짐플리치시무스는 보시다시피, 우리 시대와 훨씬 더 가까이 있어서 이 어리석은 친구가 말한 매우 많은 것을 오늘날에도 똑같이 말할 수 있습니다.

# 19

## 순수한 바보

파르치팔과 돈키호테, 가엾게 비쩍 마른 아이 짐플리치시무스는 모두
세 가지의 공통점을 지니고 있습니다. 그리고 이 '공분모'는 이미 파르
치팔이라는 이름에 나타나 있습니다.

파르치팔을 주제로 많은 책이 쓰였고 이 모든 책에서 여러 방식으
로 파르치팔의 이름을 해석하고자 한다는 것을 제가 여러분에게 모두
말할 필요는 없을 겁니다. 볼프람의 이야기에서 모든 것이 어떤 의미
가 있는 것처럼 주인공 이름에 틀림없이 특별한 의미가 있다는 것을,
이야기를 듣는 모든 학생은 분명히 압니다. 그렇지만 이 의미가 무엇
인가, 그것은 견해들이 폭넓게 갈리는 사항입니다.

프랑스 트루바두르인 크레티엥 드 트르와가 처음으로 파르치팔

이란 이름을 사용했기 때문에 그것이 프랑스어(중세 프랑스어)로 만들어진 말이라고 추정하는 것은 꽤 합당합니다. 그럼 그 당시 언어인 오크 말[20]에 따르자면, 그 이름은 '숲을 통해서'를 뜻하는데, '산봉우리에 도달하기 위해 숲을 통과하는' 또는 '어둠을 거쳐 빛으로 들어가는' 영웅을 의미합니다. 이것이 하나의 해석입니다.

하지만 그 옛날의 프랑스어인 오크 말에는 일정불변의 철자 규칙이 없었고, 약간 다른 철자를 쓰면 그 이름이 '베일을 꿰뚫다'를 뜻하는데, 가려져 있던 자신의 삶과 운명을 보는 영웅을 뜻하는 것으로, 이 영웅이 무슨 일을 하기로 되어 있는지 모르지만, 결국은 그가 베일을 꿰뚫는다, 베일이 꿰뚫린다는 뜻입니다. 이것이 둘째 해석입니다.

그런데 제3의 해석도 있습니다. 독일 음악가 바그너는 전문적인 어원학자가 아니었습니다. 말의 기원을 다루는 학문을 '어원학'이라 합니다. 그의 직업은 오페라를 쓰는 것이었고, 베토벤이 교향곡의 세계에 있다면 그는 오페라의 세계에 있습니다.

바그너는 오페라 〈파르치팔〉을 쓰고 싶었고, 실제로 그것을 완성했습니다. 저는 여러분이 그것을 들으러 갈 수 있기를 바랄 따름입니다. 이 오페라는 종종 부활절에 공연되는데, 내용 중 가장 감동적인 부분이 바로 파르치팔이 성 금요일에 은자를 만나는 장면이기 때문입니다.

그런데 바그너가 이 오페라 〈파르치팔〉을 쓸 때 다른 어떤 작곡가들, 예컨대 베르디나 모차르트처럼 하지 않았습니다. 이들은 자기가 좋아하는 이야기와 플롯이 있으면, 이야기에 맞는 음악을 얻는 데에만 관심을 두었습니다. 그 이야기의 기원은 마음을 쓰지 않았던 거지요.

하지만 독일 사람인 바그너는 게르만 민족 특유의 철저한 구석이 있어서, 다음과 같은 세세한 부분들을 모두 파고들어야 했습니다. 이야기가 어디서 온 것이고, 볼프람은 무엇을 의미하며, '파르치팔'이라는 이름의 뜻은 무엇인가?

결국 그는 다른 답을 내놓을 수 있는 질문을 하게 됩니다. '파르치팔'이 페르시아어로는 무엇을 뜻하는가? 그 생각을 누구도 떠올리지 않았습니다만. 여러분이 크레티엥 드 트르와와 볼프람 모두 페르시아에서 유래한 마니교 이단의 지지자들이었음을 생각해 본다면, 그것은 언뜻 보기와는 달리 그렇게 억지가 아닙니다. 그들의 생각을 전적으로 따라가 보면 페르시아어에서 '파르치팔'이라는 말의 뜻은 그 주인공의 성격에 관한 중요하고도 의미심장한 무언가를 전달합니다.

페르시아어에서 '파르치-팔Parsi-fal'은 '순수한 바보the pure fool'를 뜻합니다.

그런데 여러분이 기억하듯이 크레티엥과 볼프람 모두 이야기의 시작에서 파르치팔을 '순수한 바보'로 묘사하기 위해 많은 애를 씁니다. 숲 속에서 기사들에게 갑옷을 입고 태어났느냐라고 질문하는 것이나 말을 타고 아서 왕의 연회장으로 들어가는 것을 생각해 보면 그는 아주 바보 같습니다. 그렇지만 동시에 어린아이 같은 천진함, 어리석음 이상의 어린아이 같은 순수함이 있습니다.

카스파 하우저 이야기를 생각해 보면 여러분은 카스파 하우저에게서 그와 똑같은 무지와 바보스러움을, 그렇지만 동시에 싱싱함과 천진함을 찾아볼 수 있는데, 이것이 바로 '순수함'이라는 말이 뜻하는 바입니다.

저는 우리에게 훨씬 더 가까이 있는 이 '순수함과 바보스러움'의 예를 보여 드릴 수 있습니다. 유치원에 가서 어린아이들이 그린 그림들을 좀 보세요. 이 유치원 그림들은 거칠고, 원시적이고, 바보스러워 보입니다. 어떤 집도 진짜 집처럼 보이지 않고, 어떤 이는 종종 아이들이 그린 것이 무엇인지 분명히 알지 못합니다. 하지만 이 유치하고 바보 같은 것들 속에 원시적이지만 즐길 수 있고 사랑할 수 있는 무언가로 만드는 천진함, 순수함이 있습니다.

이런 종류의 천진함과 순수함이 순수한 어릿광대 파르치팔에게도 있습니다.

그런데 돈키호테는 어떻습니까? 그는 젊지 않고, 나이가 많아 쭈글쭈글하지만 풍차와 싸우는 바보입니다. 그의 바보스러움 또한 어린아이 같은 무언가가 있습니다.

유치원에 있는 아이들은 벤치를 배라고 부르고, 탁자 밑을 기어 다니면서 그것을 동굴이나 집이라 부릅니다. 저도 어린 시절에 커다란 엉겅퀴와 쐐기풀을 거인들인 양 막대기로 쓰러뜨리곤 했던 기억이 납니다. 아이들은 사실인 것처럼 상상하는 세계 속에, 상상력의 세계 속에 살고 있습니다.

돈키호테 또한 어린아이처럼 자기 주변에 사실인 것처럼 상상하는 세계를 만들어 놓지만, 그에게는 어떤 교활함도 없고, 다른 사람들을 이용하기 위한 어떤 영리한 속임수도 쓰지 않으며, 마음이 어린아이만큼이나 단순합니다.

돈키호테 또한 '순수한 바보', 어린아이 같은 순수함을 지닌 바보입니다.

그리고 우리의 마지막 주인공 짐플리치시무스는 실제 어린아이
인데, 전쟁의 참상 속에 집과 가족이 파괴될 때 어린 소년이었습니다.
그래서 그는 은자에게 잔인함을 이해하지 못하는 어린아이의 솔직한
천진함으로 그 참상들을 들려줍니다. 그는 숲을 떠날 때도 이 천진함
을 간직하고 있습니다. 파르치팔처럼 숲에 격리되어 있던 그는 무지한
채로 세상으로 들어가 바보 같은 실수들을 저지르고, 이 무지한 소년
을 궁지에 빠뜨릴 수만 있으면 자신을 아주 똑똑하다고 느끼는 사람들
의 웃음거리가 됩니다.

하지만 그때 이 숙맥이 자기 주변의 세상을 바라보는 싱싱하고 솔
직한 세계관이 그를 둘러싼 사람들의 썩은 사고방식보다 훨씬 더 온당
합니다.

짐플리치시무스 또한 '순수한 바보'입니다.

그런데 이제 저는 여러분에게 또 다른 '순수한 바보', 문학에 속하
는 것이 아니라 연예라는 또 다른 매체인 영화에 속하는 바보 한 사람,
찰리 채플린에 관해 들려 드리고자 합니다.

영화 속에서 채플린은 기괴할 정도로 형편없이 차려입은 작은 바
보 남자이자, 빈털터리 떠돌이고, 세상 살아가는 방식을 모르며 전
혀 영리하지 않습니다.

영화 〈모던 타임즈〉에서 그는 한 거대한 공장에서 일하는데, 그
작은 남자는 기계와 접촉하는 조립 라인과 마주하면서 머리가 쭈뼛쭈
뼛 서게 하는 등 아주 우스꽝스러운 사고들을 겪습니다. 하지만 그 영
화를 보면 여러분은 항상 그 우스꽝스러운 작은 사람에게 동정심을 느
끼게 됩니다. 여러분은 그를 보고 웃지만, 또한 그를 보고 웃지 않습니

다. 그것이 바로 어린아이가 우스꽝스러워 보이는 무언가를 말할 때 여러분이 웃는 방식입니다.

찰리 채플린 또한 '순수한 바보들' 가운데 한 사람입니다. 돈키호테와 짐플리치시무스와 파르치팔과 마찬가지로요.

저는 여러분이 지금 문학이나 영화 속에 주인공으로 등장하는 이 '순수한 바보들'에게 특별한 무언가가 있다고 느낀다고 생각합니다. 그들에게는 특별한 무언가가 있습니다. 저는 이 어린아이 같고 바보 같은 사람들이 가지고 있는 것이 무엇인지를 여러분에게 들려주면서 이 주요 수업을 마치고자 합니다.

몇 년 전 유명한 작가 아서 쾨슬러가 쓴 『창조의 행위』는 이전에 아무도 씨름해 보지 않은 문제와 씨름하는 아주 두꺼운 책입니다.

그 문제는 이런 것입니다. 우리가 '창조적'이라 부르는 사람들이 있습니다. 일부는 과학자들이고, 일부는 의사들이며, 일부는 시인, 화가, 음악가들입니다만, 그들은 한 가지 공통점이 있습니다. 즉 그들은 새로운 무언가, 반복이나 복제나 모방이 아니라 새롭고 독창적인 무언가를 창조할 수 있다는 것입니다.

비록 이들 한 사람 한 사람이 때로는 자신의 발견이나 발명이나 창작물을 인정받는 데에 커다란 어려움을 겪는다 할지라도 결국에는 성공에 이릅니다. 그것이 성공할 수밖에 없는 것은 이 세상과 창조를 할 수 없는 모든 수많은 사람이 재능을 지닌 소수 사람에게 의존하기 때문입니다. 그들이 없다면 문명과 진보는 현상을 유지하게 될 것입니다.

그러므로 이렇게 묻는 것은 아주 가치 있는 질문입니다. 그런 천재가 무언가 새로운 것을 만들어 내거나 발명하거나 발견할 때 무슨 일이 일어날까?

이 책의 저자 쾨슬러는 이 위대한 사람 중 한 사람이 무언가 새로운 것을 찾아내거나 발견하는 조건들에 관해 최대한 많은 사실을 수집하고자 수고를 아끼지 않았습니다.

그가 발견한 첫 번째 것은 이런 면에서 볼 때 과학자나 발명가나 예술가 사이에 차이가 없다는 것, 그것이 단순히 새로운 장치를 발명하는 것이건, 교향곡을 만들어 내는 것이건, 자연 비밀의 하나를 발견하는 것이건 간에 창조 행위는 똑같다는 것입니다. 달리 말하자면 어떤 종류의 생각을 얻는가는 훈련에 달려 있지 않으며, 교육과 훈련이 어떤 것이건 간에 새로운 생각을 얻는 방법은 똑같다는 것입니다.

바로 이 '방법'이라는 것은 언제나 일종의 '되돌아가기', 더욱 원시적이거나 어린아이 같은 마음의 상태로 되돌아가기와 같은 것입니다.

무엇보다도 그런 사람은 자신이 여러 해 동안 보아 온 사물을 마치 처음 보는 것처럼, 마치 그것이 새롭고 신선한 것처럼, 이전에 본 적이 없는 것처럼 바라봅니다.

여러분이 무언가를 '익숙하다'고 느끼면서 "오, 난 그거 본 적 있어, 난 그거 알아……."라고 말하는 한, 그것에 관한 새로운 생각을 전혀 얻지 못할 것입니다. 첫째는 마치 처음 보는 어린아이처럼 그것을 바라보는 것입니다.

그리고 둘째는 어린아이가 새로운 장난감에 흥미를 느끼는 것처럼 이 '새로운 사물'에 깊이, 그리고 진심으로 관심을 두는 것입니다. 진짜 관심, 진짜 흥미가 없으면 아무것도 자라나지 않습니다.

셋째는 어린아이가 백일몽을 꾸면서 이전에 보거나 들었던 무언가에 관한 온갖 종류의 상상의 사물들을 발명하는 것처럼, 이 사물에 관해 깨어 있는 '꿈꾸기' 상태로 들어가는 것입니다.

모든 공업화학의 90%가 의존하고 있는 벤젠 공식의 발견자인 위대한 과학자 F.A. 케쿨레(1829-1896), 이 위대한 사람은 그 공식을 런던 버스의 꼭대기에 앉아 있을 때 일종의 백일몽 상태에서 발견했습니다. 그는 자기 학생들에게 이렇게 말하곤 했습니다. "제군들, 여러분이 가장 먼저 배워야 하는 것은 꿈꾸는 것입니다."

그런데 그것은 수많은 다른 중요하고 성공한 사람들에게도 마찬가지입니다. 그들은 꿈과 같은 상상력이 자신들의 관심을 끄는 사물 주변을 돌아다니도록 내버려 두었습니다. 조금 길거나 짧은 시간이 지나 위대한 생각이 처음에는 '예감으로', 그리고 나서는 확실한 것으로 생겨났습니다.

신선한 관점, 살아 있는 진실한 관심, 그리고 자유로이 뛰노는 상상력, 그것이 바로 비결입니다. 그런데 이것은 어린아이들에게는 자연스러운 것들로, 세상 전체가 새롭고, 모든 새로운 것들이 관심을 끌며, 어린아이들은 정말로 온갖 종류의 것들을 쉽게 상상합니다. 창조적인 사람은 어린아이와 같아져야 하며, 그렇지 않으면 창조적으로 될 수 없습니다.

쾨슬러가 말하듯이 여러분이 새로운 생각과 함께 앞으로 나아가기 위해서는 (어린 시절로) 되돌아가야만 합니다. 말하자면 작은 시내를 건너기 위해 크게 뛰기, 크게 도약하기를 시도하는 것과 같습니다. 여러분은 달려갈 공간을 가지려고 몇 발짝 뒤로 물러났다가, 위로 뛰어

올라서 시내를 훌쩍 넘습니다. 그런데 그것이 바로 모든 창조적인 사람이 해 온 일입니다. 이 어린애 같은 경이로움과 상상력의 순간에 이 유치함의 순간에 그들은 자신을 새로운 생각과 성공과 명성으로 데려다 준 위대한 전진의 도약을 이루었습니다.

모든 창조적인 사람들 안에는 어린아이 같은, '순수한 바보' 같은 채로 남아 있는 무언가가 있습니다. 그리고 그들을 창조적으로 만든 것이 바로 그들 속에 있는 이 어린아이, 이 순수한 바보입니다.

그런데 말이죠, 쾨슬러의 책에 있는 꽤 새로운 생각은 겉보기처럼 그리 새로운 것은 아닙니다.

그림 동화에는 다음과 같은 이야기가 있습니다. 옛날에 세 아들을 가진 왕이 있었는데, 위로 두 아들은 영리했지만, 막내아들은 아주 바보 같았습니다. 그의 마음은 어린아이 같았습니다. 그런데 왕은 세 아들 중 누구에게 왕국을 물려주어야 할지 몰랐습니다. 그는 세 아들에게 풀기 어려운 과제를 주어서 그 과제를 해내는 아들에게 왕국을 물려주기로 결정했습니다. 왕이 세 아들에게 준 과제는, 10야드의 리넨을 왕에게 가져와서 그것을 견과 껍데기 한 개에 들어갈 수 있을 만큼 고운 실로 잣는 것이었습니다.

첫째 아들은 네덜란드로 갔습니다. 그런데 질 좋은 리넨으로 유명했던 네덜란드에서도 견과 껍데기 한 개에 들어갈 만큼 고운 리넨을 찾을 수 없었습니다. 둘째 아들은 질 좋은 리넨으로 큰 명성을 누리는 또 다른 나라 실레지아로 갔지만, 그 역시 성공하지 못했습니다. 셋째 아들, 바보처럼 어린애 같은 가장 어린 아들은 그냥 걸어서 돌아다니다가 어떤 숲으로 들어갔는데, 갑자기 바로 앞에서 무언가가 떨어지더니 쪼개져 열렸습니다. 그것은 견과 껍데기였는데 그 안에는 가장 고운 리넨이 여러 야드 들어 있었습니다! 그래서 그가 왕국을 물려받았습니다.

이 오래된 동화는 얼핏 보기에 아주 무의미한 것 같지만, 사실은 현대의 저자 쾨슬러와 똑같은 생각을 밝히고 있습니다. 어린아이 같은 순수한 바보 아들은 하나의 포괄적인 관점을 통해서, 즉 '견과 껍데기를 통해서' 어떤 크고 복잡한 문제를 볼 수 있었습니다. 그것이 바로 지금까지도 모든 창조적인 사람들이 세계를 앞으로 나아가게 하는 독창적 사고, 새로운 발명이라는 위대한 왕국을 물려받는 것과 셋째 아들이 왕국을 물려받은 정당한 이유입니다.

그런데 인간의 모든 창조성은 그것이 예술이건 과학이건 발명이건 간에 창조주Creator라 불리는 존재 속에 그 원천과 기원이 있습니다. 인간의 모든 창조 행위는 '신'이라 불리는 그 거대한 창조성의 바다에서 나오는 작은 물방울 같은 것입니다.

그래서 아주 작은 창조 행위를 하면서도, 그것이 단지 여러분이 쓰는 에세이나 아주 작은 새롭고 독창적인 생각일 때조차도, 여러분은 신이라는 진정한 자연의 전체 창조성에 참여하고 참가하는 것입니다.

창조할 수 있는 사람만이 성배를, 진정하고도 관습적이지 않은 의미에서의 신, 즉 창조주를 발견할 수 있습니다.

그저 순응하고, 다른 사람들이 한 것을 반복하고, 어떤 것도 창조하지 않는 사람들도 신을 말하고 그를 창조주라 부르지만, 이것은 공허한 말입니다. 오직 창조적인 정신만이 진정으로, 또 실제로 신의 창조적인 정신을 이해할 수 있습니다.

그것이 바로 우리가 학교에서 아침 시를 읊는 이유입니다. "세상 그 어떤 높은 곳도 아닌, 깊은 영혼 속에 있는 하느님의 정신이 해와 영혼을 비추며 살아 있고 움직입니다."[21] 세상을 창조한 정신이 영혼 속에서도 창조의 힘으로 살아 있습니다. 세상을 만든 그 거대한 창조의 힘이라는 바다의 물 한 방울처럼 말이지요.

그런데 여러분 자신 속에 있는 이 창조적인 힘, 창조적 세계의 힘이라는 그 작은 물방울을 발견하기 위해서는 파르치팔처럼 순수한 바보가 되어야 합니다. 어린아이처럼 되어야 합니다. 그리고 그것이 바로 복음서에서 그리스도가 한 말들이 의미하는 바입니다. "너희가 어린아이와 같지 않으면 하늘나라로 들어가지 못하리라."(누가복음 18장 17절)

하지만 하늘나라는 어떤 장소가 아닙니다. 그리스도는 이렇게 말했습니다. "하늘나라는 너희 안에 있다."(누가복음 17장 21절) 그것이 창조적 사고의, 창조적 행위의 왕국입니다. 이것이 바로 동화 속 바보스러운 아들이 물려받은 왕국입니다. 하늘나라는 창조하는 힘이고 능력이며, 파르치팔에게 주어진 왕위이기도 합니다.

그렇지만 결국 우리는 어른으로 성장해야만 하고, 어린아이로 머물러 있을 수는 없습니다. 어른이 되어 걱정거리와 문제와 책임들을 지닌 채, 어른의 세계 속에서 살아야 합니다. 그러나 어른이 되어서도 아이 같은 어떤 것을 지니고 있지 않으면 창조적이 될 수 없습니다.

이 진리, 어른이 되면서도 창조적인 아이스러움을 지녀야 한다는 과제를 상징하는 그림이 있습니다. 여러분 모두 아주 익숙한, 그러나 이제 새로운 의미로 이해할 성 크리스토퍼의 그림이 그것입니다.

어깨 위에 창조적인 아이를 데리고 있는 힘센 사람의 그림, 그 그림은 창조적이라는 것이 의미하는 바, 즉 어른이 되지만 영혼 속에 아이의 힘이 있는 것, 어른이지만 때로는 어린아이처럼 순수한 바보가 될 수 있는 것을 상징합니다. 그것이 바로 성 크리스토퍼의 의미입니다.

그리고 이것이 성배의 왕이 된 순수한 바보 파르치팔 이야기의 의미이기도 합니다.

# 파르치팔과 함께 하는 자아 찾기 여행

## 1. 『파르치팔과 성배 찾기』, 현대인의 자아 찾기

열여덟 살 시절에 나는 무얼 하고 있었나? 그때 나는 내가 누구인지 얼마나 알아가고 있었을까? 내가 어떤 사람인지, 이 세상에서 해야 할 일이 무엇인지 알고자 무엇을 하고 있었던가? 특히 학교에서 받은 교육은 지금 내게 소명으로 다가오는 일들과 어떤 연관성이 있을까?

　　앞부분에 소개되어 있듯이, 이 책은 거의 반세기 전인 1960년대 중반 스코틀랜드 에든버러의 발도르프 학교에서, 자아가 완성되어 가는 길목의 열일고여덟 살(서양 나이로는 16 또는 17세) 학생들에게 찰스 코박스라는 한 교사가 행한 문학 수업의 노트다. 그러나 그러한 사실이 믿기지 않을 만큼, 이 책을 읽다 보면 그야말로 다양한 차원의 만감이 교차한다. 그 중 가장 먼저 드는 생각이 바로 위와 같은 자문이다. 물론 지금 그 나이인 젊은이들에게는 이 물음의 시제가 모두 현재형이 된다.

　　이러한 자문에는 탄식과 자조가 다소 섞이지 않을 수 없을 것 같다. 코박스 선생이 들려주는 '인성 발달과 자아 완성'론에 비춰 볼 때, 나 또는 우리의 현실 조건은 여러모로 그 이상과의 거리가 상당히 멀어 보이기 때문이다. 그러나 실망할 필요는 없다. 그가 말하듯이, 자아 찾기의 문제로 고통과 고독을 겪는 것은 비단 나나 우리만이 아니며, 그것은 현대 인류의 보편적 해결 과제이기 때문이다. 따라서 중요한 것은, 그가 인도하는 바대로, 파르치팔이라는 인물을 통해 (물질적 조건까지 포함하여) 현대인의 역사적 성격(변화)을 제대로 이해하는 것이며, 나아가 인간을 근본적으로 아는 것이다.

───

• 이와 관련하여 우선 주목하고 넘어가야 할 것이, 『파르치팔』 시대의 이슬람 세계와 기독교 세계의 관계 설명과 해석에 나타난 저자의 역사관이다. 그의 설명에 따르자면 유럽 기독교 세계에 지성 즉 과학을 전해 준 것은 이슬람 세계였으며, 이것이 바로 유럽 르네상스의 필수 원동력이 되었다. 그리고 당시의 이슬람 세계야말로 그때까지 축적된 인류의 모든 지적 자산을 가장 폭넓게 흡수하여 통합·발전시킨 진정한 문명 계승자였다. 이에 비추어 보자면 서구 근대의 역사가들이 제국주의의 백인 우월주의적 인종학에 근거하여 인류사 전체를 서구 중심적인 것으로, 이슬람 세계를 비롯한 여타 세계를 야만으로 뒤바꾸어 놓은 것은 그야말로 역사 날조다. 그러나 여기서 또 한 가지 저자의 말을 귀담아들어야 하는데, 이슬람 세계가 베푼 업적 또한 그 의미를 정확히 보아야 한다는 것이다. 이슬람 세계를 통해 전 인류가 공유하게 된 과학 즉 지성이란, 그 자체로는 선도 악도 아니며, 인간의 관점과 선택에 의해 선도될 수 있고 악도 될 수 있다는 점이 바로 그것이다.

## 2. '정신-영혼-물질'을 통한 인간 이해와 현대 문학

이 책에서 최초의 현대인이라 일컫는 파르치팔은 지금으로부터 800년 전에 쓰인 문학 작품의 주인공이다. 달리 말하자면 13세기 초에 나온 이 작품이 최초의 현대 문학 작품이 되는 셈이다. 인물이나 배경도 전혀 '현대적'이지 않거니와 무엇보다도 그 양식이 역사적 장르로서의 현대 소설(novel=새로운 것)이 아니어서, 이 작품을 현대 문학이라고 한다면 이 분야의 '전문가들'은 십중팔구 코웃음을 칠 것이다. 더구나 이 작품 자체가 일반 독자뿐만 아니라 세계 문학(사)에 웬만큼 해박한 '전문가들'에게도 매우 생소하리라 짐작된다.

그러나 우리가 주목해야 할 이 작품의 현대성은 파르치팔 이야기로 상징되는 현대인의 본질 이해다. 우리가 상식적으로 생각하는 '정신/물질'이라는 이항 대립에서 특히 후자를 중심으로 한 것이 아닌, '정신-영혼-물질'이라는 삼원적三元的 인간 이해가 바로 그 핵심이다. 저자 코박스 선생은 '정신/물질'이 아니라 '정신-영혼-물질'이라는 틀로 현대인을 이해해야 한다고 역설한다. 정신세계에 근원을 두고 있지만, 물질적 성격 또한 필수적으로 내포하고 있으면서도, 스스로 판단하여 자신의 운명을 만들어 나가는 영혼의 존재가 바로 현대인이라는 것이다. 그에 의하면, 정신주의자나 물질주의자는 '정신'으로 '초월'하거나 '물질'에 '집착'할 뿐이어서, 근본적으로 연민과 겸손이라는, 현대인이 지녀야 마땅할 지고지순의 정신적 가치를 체현할 수 없다. 현대인이 자유롭다는 것 또는 자유로울 수 있다는 것은 바로 영혼의 존재라는 뜻이며, 타자의 고통에 깊은 연민을 느끼고 진정으로 겸손해지는 것이

자유로운 존재를 향해 나아가는 인간의 길이다.˙

## 3. 찰스 코박스 선생이 보여 주는 문학 수업과 감상법

이 책에서 얻는 가장 중요한 영감 가운데 하나는 문학 수업의 방법론
에 관한 것이 아닐까 생각한다. 현대인의 감각으로 볼 때 친숙하지도,
그다지 흥미롭지도 않은 원작을 이렇게도 재미나고 의미심장하게 만
드는 것은, 한마디로 말해서, 이 책 자체가 훌륭한 문학 작품 즉 잘 만
들어진 이야기이기 때문이다. 요컨대 문학 수업의 성패는, 그것이 그
야말로 잘 만든 이야기인지 여부에 달려 있는 것임을 이 책은 여실히
보여 준다(그런데 사실 모든 수업이 그렇지 않을까). 찰스 코박스 선생 자신
이 볼프람 폰 에셴바흐 원작의 가치를 십이분 높이는 이 시대의 트루
바두르이자 탁월한 이야기꾼이 아닐 수 없다.

그런데 코박스 선생의 그 탁월함은 단순한 말솜씨가 아니다. 적

---

• 저자가 말하는 연민과 겸손은, 인간이라면 반드시 지니고 행해야 할 핵심 미덕들이다. 드
루이드교를 믿고 있던 고대 켈트인들이 기독교 도래 이전에 이미 기독교의 이상 속에 살
고 있었다는 저자의 설명 역시, 이 두 가지 미덕들을 통해 이해해야 한다. 이는, 각자가 따
르는 현실 종교의 이름이 무엇이 됐건, 또는 종교가 있건 없건, 연민과 겸손을 지향하고 체
화하고자 하는 것이 인간다움의 길이라는 해석으로도 이해할 수 있다. 이러한 저자의 해
석은 기독교 중심주의와 거리가 먼 것이며, 오히려 진정한 의미에서 회통會通적인 것이라
할 것이다. 따라서 저자가 말하는 '연민'은 '사랑'이 될 수도 있고, '자비'도 될 수 있으며, '측
은지심'도 될 수 있는 것이다.

어도 두 가지 점은 꼭 눈여겨보아야 한다. 하나는 그의 이야기가 읽는 이를 몰입하게 하는 힘의 원천이다. 그의 이야기는 책에 쓰여 있지만 곁에서 직접 들려준다는 느낌이 자연스럽게 든다. 왜일까? 그것은 바로 그의 이야기가 작품 속 인물과 사건을 생생하고 깊이 **경험**하도록 해 주기 때문이다.* 그래서 그가 묘사하는 사람들은, 이를테면 영화가 아닌 연극 속 인물들에 훨씬 가깝다. 그 인물들에게 말 그대로 일체감을 느끼는 것이다. 둘째는 파르치팔 이야기라는 중심 이야기를 뒷받침해 주면서 감성적·지적 상상력을 다양하게 자극하는 풍부한 이야기들이 담겨 있다는 점이다. 하나의 상상력과 지적 호기심이 또 다른 상상력과 지적 호기심을 불러들인다. 그래서 이 책은 재미있는 이야기이면서 품격 높은 문학·인간학 연구서이기도 하다. 그러나 어떤 현학적 허영과 애매함도 없이 명징한 것은 물론, 각각의 뒷받침 이야기의 내용 역시 다른 누구도 아닌 바로 나의 경험이자 내 공부의 바탕이 된다. 예컨대 아서 왕 이야기에 대한 코박스 선생의 해설은 우리의 단군신화를 새로운 각도에서 볼 수 없을지 궁리하게 한다. 이처럼 이 책은 훌륭한 문학 수업 지침서이자 그 자체로 흥미진진한 이야기이며 연구서인 데다, 문학 작품 감상 안내서가 되기도 한다. 위에서 말한 이 책의 미덕들은 곧 작품 감상의 초점이다. 문학 작품에서 무엇을 어떻게 귀 기울여 듣고 스스로 경험하며, 거기서 얻은 상상력과 지적 호기심을 어떻게

---

● 이렇게 서로가 서로의 이야기를 생생하게 경험하며 귀 기울여 듣는 것은 아메리카 인디언의 구비전통에서 잘 볼 수 있다. 이들의 기억력이 좋은 것도 이러한 '생생한 경험'으로서의 이야기 문화에 그 비밀이 있다. 제리 맨더 · 캐서린 잉그램 대담, 「나쁜 요술-테크놀로지의 실패」, 『녹색평론선집1』, 김종철 편, 녹색평론사, 1996, 62~63면.

펼칠지를 이 책은 보여 준다.

그렇다면 이 책이 지닌 이러한 미덕들의 궁극적 비밀은 어디에 있을까? 이 역시 찰스 코박스 선생이 친절하게 말씀해 주고 있다. 어린아이 같은 마음 상태에서 나오는 신선한 관점, 살아 있는 진실한 관심, 꿈꾸듯 자유로이 뛰노는 상상력이 바로 그 비결이라는 것이다. 그래서 이 책에 끝까지 몰입한 독자라면, 코박스 선생의 이야기를 자신의 이야기로 경험하며 귀 기울인 독자라면, 이 한마디에도 자연스럽게 동의할 것이라 생각한다. 찰스 코박스야말로 순수하고 자유로운 상상력을 지닌 현대의 파르치팔이다.*

## 4. 『파르치팔과 성배 찾기』를 통해 보는 오늘날 현실과 문학의 의미

"『파르치팔』을 읽고 나면 여러분은 책 속에만 존재하는 한 사람이 아닌 여러분 스스로에 관한 어떤 것을 배웠다고 느끼게 될 것"이며, "그것이 결국 모든 문학이 목적하는 바"라고 코박스 선생은 말한다. 그런데 이 책을 읽고 나면 자신의 자아뿐만 아니라 우리를 둘러싸고 있는 오늘날 현실과 그 속에서의 문학의 의미 문제에까지 생각이 미친다.

이 책에서 코박스 선생이 제시하는 현실 진단에는 논란의 여지가

---

• 이 책 앞부분에 소개되어 있는 저자의 인생 역정을 통해서도 그 자아 탐색의 여정을 충분히 상상해 볼 수 있다.

있을 수 있으나, 우리가 목도하고 있는 바로 지금의 현실을 본다면 선생께서는 어떤 물음을 던질지 먼저 생각해 보게 된다. 그런데 오늘의 현실을 생각할 때 2011년 3월 11일의 후쿠시마 사태 이후 변화된 지구의 생존 조건 문제를 빼놓을 수 있을까. 기형 나비와 물고기, 그리고 2011년 3월 11일 이후 5~6년 뒤에 한반도 주변 바다를 포함하여 태평양 전체가 방사능 물질 세슘으로 완전히 오염될 것이라는 시뮬레이션 결과*보다 더 오늘날 우리가 처한 현실을 극적으로 보여 주는 것이 있을까.

『파르치팔과 성배 찾기』를 읽으며 묻게 되는 것은 오늘날 '어부 왕의 고통'은 과연 무엇인가 하는 것이다. 또한 오늘날의 파르치팔 이야기는 과연 무엇인가 하는 것이다. 어떤 사람들이 순수한 바보들인가? 오늘날 진정한 자아 찾기란 무엇일까? 서점 진열대에 넘쳐나는 문학 작품들 가운데 우리가 귀 기울일 탐색의 이야기는 과연 어느 것인가? 무엇이 진정 좋은 문학 작품인가? 찰스 코박스 선생의 『파르치팔과 성배 찾기』는 이 모든 물음들 또한 거듭 묻게 한다.

---

• 김익중 교수의 페이스북에 인용된 온라인 환경과학 매체 〈Environmental Research Letters〉 자료 참조.

## 5. 현대의 파르치팔들

찰스 코박스 선생의 이 불후의 명강의·명저에 사족이 됨을 알면서도 다시 한 번 언급하지 않을 수 없는 것이 있다. 이 책의 바탕 사상인 루돌프 슈타이너 인지학人智學의 핵심 중 하나일 터, 코박스 선생 역시 줄기차게 강조하는 바는 지성 즉 머리만으로 사고하는 것의 본질과 한계를 똑바로 알라는 것이다. 이는 곧 현대인이라면 누구든 다소간 습관화되어 있는 사변적 사고와 태도의 근본적 폐해를 경계하는 것이다.* 특히 그 폐해를 심각하게 받는 것이 아이들이다. 전자 게임기이건 인터넷이건 또는 입시교육이건 겉보기의 형태만 다를 뿐, 오늘날 아이들은 '머리'만을 기형적으로 키워 내는 환경에 둘러싸여 있다.** 그 해결책은 무엇보다도 늘 몸을 움직이며 가슴으로 온전히 느끼는 훈련을 하는 것이다. 이것은 특히 '어린 파르치팔들'의 성장 과정에서 언제나 강조되어야 할 핵심이다.

인간이 온전히 성장하려면 머리보다 가슴과 사지가 먼저라는 이

---

• 이러한 '머리 중심'의 생활 습관과 기묘한 짝을 이루는 것이 바로 극한을 치닫는 물질적 욕망과 말초적 감각성이다. 물질적 욕망과 말초적 감각만이 기형적으로 발달하다 보니 천부의 다기한 인간 감각과 감성은 대부분 극도로 무뎌지며, 올바른 행동을 향한 의지는 형편없이 약화된다.

•• 세계 최대 규모의 아동구호 비정부기구NGO인 '세이브더칠드런'이 국내 최대 전자기업의 중국 하청업체에서 불법 아동노동이 적발된 데에 근본 대책 마련을 촉구한 일이 최근에 있었던 것처럼, 지구의 다른 곳들에서는 여전히 우리와는 다른 차원에서 아이들이 노예적 생활환경에 놓여 있다. "세이브더칠드런 "삼성, 중국 아동노동 대책 마련하라"", 〈한겨레〉, 2012년 8월 9일, 〈http://www.hani.co.kr/arti/society/society_general/546529.html〉(2012.8.27).

단순 진리를 확증케 해주는 현대의 파르치팔들이 있다. 두말할 필요도 없이 코박스 선생이 이 책에서 소개하는 인물들인 앙리 뒤낭, 알렉산더 플레밍, 알베르트 아인슈타인, 찰리 채플린 등이 그들이다. 그들은 무엇보다도 연민과 겸손이 무엇인지를 진정 알며 신비감을 느낄 줄 아는 인물들이다. 그들의 어릴 적 성장 과정이 궁금하지 않을 수 없다. 그렇지만 한 가지 분명히 해 둘 것이 있는데, 현대의 파르치팔 가운데에는 남성만이 존재하는 것은 아니라는 점이다. 현대의 파르치팔에 관한 코박스 선생의 이야기를 들으며 내게 가장 먼저 떠오른 인물은 한 여성, 레이첼 카슨이었다. 모두가 아는 바와 같이 지구 생태 파괴의 위기에 맞서 말할 수 없이 고독하고도 용감한 투쟁을 벌여 승리한 레이첼 카슨이, '20세기에 가장 큰 영향력을 미친 책' 『침묵의 봄』을 출간한 것이 지금으로부터 꼭 반세기 전 일이다. 그런데 이 책 자체가 말해 주는 바이지만, 레이첼 카슨은 과학자이기 이전에 시인의 마음을 지닌 사람이었음을 기억해야 한다. 그의 '과학적' 주장의 바탕에는 어머니 자연을 죽이려 하는 자들에 대한 시적 분노의 감수성이 깔려 있는 것이다.

어린이 앞의 세상은 신선하고, 새롭고, 아름다우며, 놀라움과 흥분으로 가득하다. 어른들의 가장 큰 불행은 아름다운 것, 놀라움을 불러일으키는 것을 추구하는 순수한 본능이 흐려졌다는 데 있다. 자연과 세상을 바라보는 맑은 눈을 상실하는 일은 심지어 어른이 되기 전에 일어나기도 한다. 내가 만일 모든 어린이들을 곁에서 지켜 주는 착한 요정과 이야기를 나눌 수 있다면, 나는 주저 없이 부탁하고 싶다. 세상의 모든 어린이들이 지닌 **자연에 대한 경이의 감정**이 언제까지라도 계속되게 해달라고.

　내가 착한 요정에게 받고 싶은 선물은 해독제와 같다. 그 해독제가 치료할 수 있는 증상은 이런 것들이다. **우리의 몸과 마음을 진실로 강하게 해주는 것에서 멀어지는 증상, 인공적인 사물들에 푹 빠져 헤어나지 못하는 증상, 너무나 똑똑한 나머지 모든 것에서 권태를 느끼는 증상…….** •(강조는 인용자)


　찰스 코박스 선생이 레이첼 카슨 선생의 책들을 물론 읽었을 것이고, 직접 만나지는 못했을지라도 바로 곁에서 이야기하는 것처럼 충분히 교감을 나누었을 것이라고 나는 생각한다(레이첼 카슨 선생이 『침묵의 봄』을 출간했을 때 찰스 코박스 선생은 에든버러 루돌프 슈타이너 학교 담임교사였다. 이 책에 관해 코박스 선생이 학생들에게 무슨 이야기를 들려주었을지 상상해 본다. 공교롭게도 두 분은 1907년생 동갑내기다). 『파르치팔과 성배 찾기』를 펼치기만 하면 코박스 선생의 생생한 육성이 들리는 것처럼 말이다. 그래서 번역이 진행되면 될수록, 기회만 된다면 선생을 직접 만나 뵙고 말씀을 청해 듣고 싶다는 생각이 정말 강렬하게 들었다. 10여 년 전에 이미 돌아가셨다는 것을 안 것은 1차 번역을 마치고 난 뒤였다. 그때의 먹먹하면서도 허전한 느낌은 말로 표현하기 힘들다(선생이 문학은 물론, 앞에 소개한 저서 목록이 말해 주듯이, 온갖 방면의 수업 결과를 해박하면서도 깊은 지식과 영감이 담긴 저서들로 남겨 주셨다는 사실을 알고서, 그

---

• 레이첼 카슨, 『자연, 그 경이로움에 대하여』, 표정훈 옮김, 에코리브르, 2002, 51면.

먹먹함과 허전함은 더욱 증폭되었다). 그러나 선생의 가르침을 가슴 깊이 새기는 이라면 누구라도 우선 이 점을 명심하게 될 것이다. 이제 우리 각자가 파르치팔이 되어 자아 찾기의 여행길에 나서야 한다는 것을. 고통받는 어부 왕(들)을 찾아 치유의 물음을 건네야 한다는 것을. 고통받는 이들을 찾아 치유의 물음을 건네는 것이 곧 자아 탐색의 여행길임을. 바로 그 길에서 우리는 그 가르침에 담긴 정신을 통해 선생을 언제든 다시 만나게 될 것이다.

# 미주

1. 민네장: 뒤에서 설명되고 있는 바와 같이 '트루바두르'는 중세 프랑스의 방랑기사 시인인데, '민네장'이란, 이 시기 독일에서 아랍의 연애 서정시에 자극을 받고 프랑스 트루바두르의 영향을 받아 기사들이 쓴 궁정연애시를 말한다. 그러나 실제로 본문에서는 이에 관한 언급이 없다. 오히려 머리말에서 보듯, 코박스는 프랑스의 크레티엥 드 트르와와 함께 독일 작가 볼프람 폰 에셴바흐 역시 트루바두르라 통칭하고 있다.(역주)

2. 파르치팔(Parsifal): 이 주인공 이름의 철자는 이 이외에 Parzival, Perceval 등으로도 쓰이며, 발음 역시 각각의 경우에 모두 다르다. 이 책에서는 볼프람 폰 에셴바흐 원본의 한국어 번역서에서 쓰이고 있는 발음을 따른다.(역주)

3. 자신이 읽고 쓸 줄 몰랐다는 볼프람의 주장은 학자들에게 오랫동안 골칫거리였습니다. 실제로 그가 읽고 쓸 줄 몰랐다고 주장하는 것은 위험합니다. 그는 『파르치팔』 이외에도, 특히 『티투렐』과 몇몇 연애시와 같은 다른 작품들을 썼습니다. 그가 『파르치팔』과 『티투렐』을 대필자에게 구술했다고 주장하는 것이 신빙성을 그다지 높여 주지 못한 반면에, 연애시를 썼다는 사실은 볼프람이 스스로 집필할 능력이 없지 않았음을 보여 줍니다. 그렇지 않다면, 우리는 어떤 아주 너그러운 수사가 볼프람에게 자신의 시간을 아주 많이 이용하도록 해주었다고 상상해야만 합니다. 저는 중세 수도원의 관습에 관한 전문가가 아니지만, 제가 보기에 이것은 사실이 아닐 듯합니다. 볼프람은 부유하지 않았으며, 비교적 젊어서 죽었다는 것이 일반적인 추측입니다. 『파르치팔』 연구자들의 일반적인 해석은, 볼프람 자신이 그랬다기보다 자기 지식을 자랑하는 데 인색하지 않았던 다른 중세 시인들을 비꼬면서 볼프람이 자신의 반어법 재능을 연습하고 있었다는 것입니다.

4. 몇 년 전에 볼프람 폰 에셴바흐의 『파르치팔』의 한국어판(허창운 옮김, 한길사, 2005)이 번역되어 나왔는데, 많은 수의 역주와 몇몇 삽화를 감안한다 하더라도 이 판본 역시 700쪽에 가까운 방대한 분량이다.(역주)

**5.** 밀짚 죽음: 밀짚으로 만든 침대에서 죽음을 맞이한다는 뜻.(역주)

**6.** 옥스팸(Oxfam): Oxford를 본부로 하여 1942년에 발족한 극빈자 구제 기관.(역주)

**7.** 바드(bard): 일반적으로 영웅과 그들의 행적에 대해 시를 짓고 낭송하는 데 재주가 있는 부족의 시인 겸 가수. 원래는 송덕문과 풍자시를 짓던 켈트족 작가를 일컬었다. 1세기에 는 이미 고대 로마의 작가 루카누스가 이들을 가리켜 갈리아와 영국의 민족시인 또는 음 유시인이라고 불렀다. 갈리아에서는 이 관습이 점차로 사라졌지만, 아일랜드와 웨일스에 서는 계속되었다. 아일랜드의 바드는 영창詠唱을 함으로써 송덕시의 전통을 지켜왔다. 바 드라는 말이 항상 시인의 뜻으로 쓰여 온 웨일스에서는 10세기에 와서 이들의 서열에 분 명한 등급이 정해졌다. 중세 말기 무렵에 계급 질서가 무너졌는데도 웨일스의 전통은 해 마다 열리는 시인과 음악가들의 전국적인 대회인 에이스테드보드eisteddfod로 이어져 오 고 있다.(역주)

**8.** 그런데 사실 '판단判斷'이라는 우리말 한자어에도 역시, '判'에서 칼을 뜻하는 부수(칼 도)와 '자를 단斷' 자에서 보듯 '자른다'는 뜻이 분명하게 들어가 있다.(역주)

**9.** 어민(ermine): 북방족제비의 흰색 겨울털. 왕들의 가운, 판사의 법복 등을 장식하는 데 쓰 임.(역주)

**10. folk tales**: 원문은 'fold tales'로 되어 있으나 오식으로 보인다.(역주)

**11.** 르팡스 드 즈와(Repanse de Joie): 불어로 '기쁨Joie을 베푸는 이' 정도의 의미인 듯함 ('répandre=널리 베풀다'가 변형된 것이 Repanse인 듯함).(역주)

**12.** 프레스터 존(Prester John): 중세에 아비시니아 또는 동방 나라에 그리스도교 국가를 건 설했다는 전설의 왕.(역주)

**13.** '돈 키-호티(Don Kee-hoti)', 또는 특히 영국에서는 '돈 퀵-솟Don Quick-sot'이라 발음됨.

**14.** 리그(league): 길이의 단위. 약 3마일 또는 약 4천 미터.(역주)

15. 맙소사(God help us): 원문에서는 '신이 떠나 버린 시대'인 당대에 신에게 도움을 청하는 아이러니를 은근히 풍자하고 있다고도 볼 수 있다.(역주)

16. 양처럼 차려입은 양고기(Mutton dressed as lamb): 훨씬 더 젊은 여자들에게 어울리는 옷차림을 한 여자들을 비꼬면서 하는 말.(역주)

17. 바나도 박사(Dr. Thomas John Barnardo, 1845-1905): 아일랜드계 영국인 자선가, 극빈 아동들을 위한 구호 단체의 설립자.(역주)

18. 바보(fool): 파르치팔이 세상으로 나가면서 '어릿광대fool'의 옷을 입었다고 했을 때와 똑같은 말임.(역주)

19. 본래의 '주기도문' 내용은 다음과 같다 : 하늘에 계신 우리 아버지, 아버지의 이름을 거룩하게 하시며, 아버지의 나라가 오게 하시며, 아버지의 뜻이 하늘에서와 같이 땅에서도 이루어지게 하시며, 우리가 우리에게 잘못한 이를 용서하듯이 우리의 잘못을 용서하시고, 우리를 유혹에 빠지지 않게 하시고, 악에서 구하소서, 나라와 권능과 영광이 영원히 아버지의 것입니다.(역주)

20. 오크 말(langue d'oc): 중세 프랑스 남부에서 쓴 로망스 말. 지금의 프로방스 말.(역주)

21. 발도르프 학교를 위해 루돌프 슈타이너가 준 시.
원문은 다음과 같다. "God's spirit lives and moves in light of sun and soul--in heights of worlds without, in depths of soul within."(역주)

## 자료

『아서 왕의 죽음(La Mort le Roi Artu)』, J. 케이블 옮김, Penguin Classics.

볼프람 폰 에셴바흐, 『파르치팔』, A.T. 하토 옮김, Penguin Classics.

볼프람 폰 에셴바흐, 『파르치팔』, H.M. 머스타드·C.E. 패시지 옮김, Vintage Books.

토마스 말로리 경, 『아서 왕의 죽음』(2책), Penguin Classics.

존 매튜스, 『성배에 관한 자료들』, 에든버러: Floris, 1996.

『가웨인 경과 녹색 기사』, Penguin Classics.

크레티엥 드 트르와, 『퍼시발』, Penguin Classics.

## 다른 책들

『황금 칼날』, No. 33.

『황금 칼날』, No. 47. 『성배의 탐색』.

에일린 허친스, 『파르치팔—하나의 소개』.

프란 폰 융, 『성배 전설』.

장 마칼레, 『성배: 성화의 켈트적 원천』.

알리스테어 모팻, 『아서와 잃어버린 왕국들』.

그레이엄 필립스, 『성배를 찾아서』.

리차드 세튼, 『틴타겔의 아서 미스테리』.

W.J. 스타인, 『멀린의 죽음』.

W.J. 스타인, 『성배의 관점에서 본 19세기』.

루돌프 슈타이너, 『성배』.

린다 슈스만, 『성배의 말』.

이사벨 와이어트와 베넬 마가렛, 『원탁에서 성배의 성까지』.

Parsifal and the Search for the Grail by Charles Kovacs

Copyright©Floris Books

All rights reserved

Korean translation copyright©2011.8 by Green Seed(Old Gwacheon Freeschool Publication)

Korean translation rights arranged with Floris Books

파르치팔과 성배 찾기

1판 1쇄 발행일  2012년 12월 28일

지은이  찰스 코박스
옮긴이  정홍섭
펴낸이  발도르프 청소년네트워크 도서출판 푸른 씨앗
등록번호  제 25100-2011-000004호
등록일자  2004.11.26(변경신고일자 2011.9.1)
주소  경기도 의왕시 청계동 963-12번지
전화번호  02-503-4036
ISBN 978-89-957337-5-2  03800